塞万提斯全集

·3·

喜剧

刘玉树　译

人民文学出版社

目　次

苏丹王后

堂娜卡塔琳娜·德·奥维多

序　言

　　塞万提斯最富诗意的诸多喜剧中,有一部是《苏丹王后》。该剧说的是堂娜卡塔琳娜·德·奥维多的历史或真假掺半的历史,她被掳到君士坦丁堡,阿穆拉特三世①对她一见倾心,娶她为妻。历史上确有此事,尽管有的史学家认为子虚乌有。在塞氏笔下,这个西班牙姑娘具有贤淑女子的气质,形象完美。这部作品大概是在一六〇〇年以后完成的。在描述一个土耳其大使②及其卫兵们形象的场景说明中,作者说"他的衣着如本地人一般",无疑是暗指一六〇一年八月波斯王的大使来到巴利亚多利德城的情形,当时正值塞氏在此城逗留。无论是剧中丑角马德里加尔,还是剧本主要情节中许多讽刺意味的文字,都使一些评论家(如舍维尔和波尼亚)认为,这部剧不是严肃的作品。我们认为,不能根据剧中一些段落而得出如此极端的结论。塞氏是幽默大师,他运用了维加戏剧许多常用的表现手法所具有的滑稽的一面;在勾勒伊斯兰世界的风情的同时,表现了以囚徒为主题的喜剧情节之巧妙以及大多数通情达理的人所具有的讽刺和严肃的双重性;当然他在必要时运用的技巧是微笑,而不是漫画式的笔触。

---

　　①　阿穆拉特三世(1546—1596),土耳其苏丹。

　　②　作序者有误,应为波斯大使。

相反,在涉及主人公的心理活动时,作者总是以尖锐、深刻、严肃的思考提出问题并加以解决。在设计本剧若干起伏跌宕的情节时,塞氏可能参考了克里斯托瓦尔·德·比利亚隆所写的《土耳其之行》。《苏丹王后》是塞氏最具娱乐性、最为人们喜爱阅读的作品之一。本剧的韵文极其生动流畅,富有激情,其中无论八音节五行诗①和首尾韵四行诗②,还是长句诗③像本剧第一幕结尾时"伟大的主啊,我感谢您,您以您的鲜血和生命弥补了亚当的初次失足"这样的十四行诗,都极为优美。剧本开头那些富有生气的三行诗以及自由体诗,都证明作者具有前无古人的洒脱风格。

安赫尔·巴尔布埃纳·普拉特

---

① 五行诗,押两个韵,每行八个音节。
② 这种诗体要求第一和第四行押韵,第二和第三行押韵。
③ 指每行超过十个音节的诗,尤指每行十二个音节的诗。

剧 中 人 物

沙莱——土耳其叛教者

罗贝托——叛教者

一个阿拉伯人

土耳其苏丹

一名身穿土耳其服装的小厮及另三名少年

马米和鲁斯坦——两个阉人

堂娜卡塔琳娜·德·奥维多——苏丹王后

堂娜卡塔琳娜之父

马德里加尔——囚徒

安德列亚——间谍①

两个犹太人

波斯大使

两个摩尔人

卡迪大法官

四个年长的帕夏②

克拉拉——她的化名是沙伊达

赛琳达——他的真名是朗贝托

一个年长的囚徒

---

① 从剧情看,所谓"间谍",是指以帮助囚徒逃跑而谋生的人。
② 古代土耳其的高级官衔。

两名乐师

第 一 幕

〔沙莱和罗贝托上，前者是土耳其人，后者为希腊人打
扮。跟在他们后面上场的是一个阿拉伯人，身披摩尔式
披风，手持长矛和一根小木棍，长矛上缠着很多乱麻，小
木棍顶端系一张状子；他的另一只手拿着点燃的蜡烛。
这个阿拉伯人站在舞台一边不说话。

罗贝托　这个国王威严讲排场，

　　　　气势磅礴神采飞扬，

　　　　威风凛凛权镇四方。

　　　　咳，这是什么妖魔鬼怪？

　　　　长矛上乱麻随风摆，

　　　　从他衣着看，是个阿拉伯人。

沙　莱　此乃本地一怪，

　　　　这是穷人告状，

　　　　为了申冤不怕把命丧。

　　　　身带木棍和乱麻，

　　　　看到国王驾到便点燃，

　　　　国王见到火把就停下。

　　　　穷人大声叫冤枉，

卫士们喝问干什么，

穷人就赶快向前闯，

急急匆匆慌慌张张，

把准备好的状子

用木棍挑起呈上。

他挡住去路，

为的是告御状。

一名漂亮小厮走上前，

把状子取下呈交国王，

以后国王自会发落。

然而穷人这样告状，

从来没有好下场，

利令智昏总是上当。

罗贝托　我在这里见到的怪事，

　　　　令最聪明的人

　　　　也感到莫名其妙。

沙　莱　你还会看到别的怪事。

　　　　国王陛下已站起来，

　　　　你可以仔细将他观看，

　　　　因为基督徒可以随意，

　　　　然而严禁摩尔人或土耳其人

　　　　抬头观看他。在这一点上

　　　　他的威风超过别的国君。

〔土耳其苏丹带着许多随从人员上场。在土耳其苏丹前
面是一名土耳其式打扮的小厮，他一手高高举着一枝箭；
在土耳其苏丹身后跟着另两名小厮，他们拿着两个绿天

　　　　鹅绒口袋,土耳其苏丹不管收到什么文件,都放进这两个
　　　　口袋里去。

罗贝托　　他的确风流倜傥,

　　　　　神态庄严意气扬,

　　　　　难怪他名声传四方。

沙　莱　　今天他去圣索菲亚教堂①,

　　　　　你看这教堂高大庄严,

　　　　　在土耳其当数第一。

罗贝托　　那摩尔人开始喊冤,

　　　　　国王缓缓停住,

　　　　　神情庄严又显出怜悯的态度。

　　　　　那摩尔人趋前呈上状子,

　　　　　国王接过就交给

　　　　　身旁那小厮。

　　〔罗贝托说话时,土耳其苏丹走过,沙莱躬身弯腰低头,
　　不敢看苏丹的脸。

沙　莱　　他没有拒绝接见这穷人。

　　　　　我可以抬头了吗?

罗贝托　　抬头观看吧。

　　　　　国王已到清真寺门口,

　　　　　从这里我瞻仰该寺的宏伟庄严。

　　〔苏丹下场。舞台上留下沙莱和罗贝托。

沙　莱　　罗贝托,你在这里

---

① 在伊斯兰教徒眼中应为清真寺。它本来是教堂,被改为清真寺,这在最后一
　幕中提到。

观看了国王的排场和威严，

你以为如何？

罗贝托　我不相信是真的，

我心中正在怀疑。

沙　莱　反正有六千士兵随行，

有的骑马，有的步行。

罗贝托　这倒是真的。

沙　莱　不必怀疑，一共是六千名。

罗贝托这多么令人惊讶、兴奋，

又多么令人折腰钦敬。

沙　莱　他每次出来祈祷，

就是这么浩浩荡荡。

这个日子名叫苏玛①，

摩尔人就这么称每个周五。

罗贝托　好多随从！

对了，趁这工夫

我把昨天对你说的事

干脆讲完。

沙　莱　朋友，你说吧。

罗贝托　我是来寻找

我说的那个小伙子，

我同他亲如父子，

情同骨肉。

在他幼年时期，

---

① 苏玛，即穆斯林每个礼拜五的聚礼日。

我就是他的导师，

我指引他

走成名的崎岖道路，

引导他走

培养良好品德的

艰难道路，

提防着他那青年人的欲望。

我对他苦心规劝，

细心提防，

正反事例讲了千百桩，

为的是在他

大好的青春时代

不堕入贻害无穷的爱河，

然而我的努力都白费。

他爱上了克拉拉，

她是你在布拉格

结识的条顿①骑士

朗贝托②的爱女。

她的父母因她美丽

而给她取名克拉拉③；

然而她的不幸也许

已将她投入黑暗。

他登门求婚，

---

① 条顿族泛指日耳曼人及其后裔。

② 这里的朗贝托是克拉拉的父亲。克拉拉的情人也叫朗贝托。

③ "克拉拉"在西班牙语中有光亮的意思，与下文"将她投入黑暗"相呼应。

未能如愿；

倒不是因为

他们不般配，

而是不济的时运

把他们分离，

任何人的努力

也不能挽救。

最后他将她引出家门，

两人相爱意志坚，

一定要实现他们的爱情，

他们不听师长劝导，什么也不害怕。

在寒冷的冬季，

在一个黑夜里，

这对可怜的情侣步行出走，

谁也不知他们逃亡到何方。

这可怜的小伙子名叫朗贝托，

当我非常思念他的时候，

就把他寻找。

他上气不接下气，

跪倒在我跟前，

只见他满脸冷汗，

神色慌张，

面如死灰，

抽抽噎噎地

向我哭诉，他说：

"我不想活啦，

天哪,天哪,青天哪,①

罗卡菲洛②的土耳其人

把克拉拉抢走。

我是胆小鬼,我不是人,

我不否认我背叛了她,

将她丢失,使她落入他们手中。

他们行走如飞,

我不知今夜

他们将她带往何处,

尽管我十分清楚,

如果命运允许

我们两人愿双双走进天国。"

听到这新的悲伤消息,

我默然无语不知所措,

竟不敢对他安慰一句:

"我的孩子,这是怎么回事?"

镇上突然响起

雷鸣般的警报钟声,

把我从

惶恐中惊醒。

我立刻上马,

朗贝托也骑上马,

我们俩飞奔出镇。

---

① "天哪,天哪,青天哪",这是意译,按原文直译,应为"我父、我主——由于你的神迹我该这么称呼你"。所谓"父""主",实指上帝。

② 地名,大概是作者杜撰。

在黑暗中

我们找不到

抢走克拉拉者的踪迹，

连在白天找到的线索也失去了踪影。

我们害怕中计，

不敢远离，

回到原地的时候，

却不见了朗贝托。

沙　莱　怎么啦？他是否故意留下？

罗贝托　我怀疑他是故意留下，

因为从那时至今

不知他是否还活在人间。

克拉拉的父亲悬赏

寻找她，

然而赏金再高

也未能将她找到。

据可靠消息说，

抢走她的那些土耳其人

因她美貌倾国倾城

而将她献给国君。

为了查明此事是否真实，

也为了寻找朗贝托，

我装扮成希腊人，

来到这里到处探问。

我会讲希腊语，

必定像个希腊人。

沙　莱　你怎么也讲不好希腊语，
　　　　然而你不必害怕，
　　　　这里是混乱一片，
　　　　大家讲的都是杂拌儿语，
　　　　谁也不懂，谁都能懂。
　　　　然而你逃不过我的眼睛，
　　　　只要我看到你，
　　　　我就能认出你。

罗贝托　好强的记性！

沙　莱　我的记性好极了。

罗贝托　那你为什么忘了
　　　　你自己是谁？

沙　莱　现在咱们
　　　　不谈这事，
　　　　改天再说我的事。
　　　　如果说真话，
　　　　我是什么也不信。

罗贝托　你倒像讲礼貌的无神论者。

沙　莱　我不知道我像什么，
　　　　只知道该毫不掩饰地
　　　　向你表明一切。
　　　　我现在是你的朋友，
　　　　就像过去有段时间那样。
　　　　欲知克拉拉的下落，
　　　　土耳其苏丹宫中
　　　　有个阉人是我的朋友，

他可以满足我的要求。

与此同时，你可寻访

朗贝托，也许他的身躯

也如他的心灵一样被人锁住。

〔二人下场。两个阉人——马米和鲁斯坦上场。

马　米　鲁斯坦，你不必说了，

你对我未曾

吐露过真情，

你说的全是假话，

无疑你是基督徒。

把那个西班牙女囚徒

如此长期关押、隐藏，

已足以说明

你有不良意图。

你不让国王

享受艳福，

而他把此事看得比什么都重要。

把熟透了的果子给他，糟糕，

把青果子给他，那才算好。

你把她监管六年，

细心地将她隐藏，

现在再也不能将她包藏，

你露了馅，

显出了真实嘴脸。

狗东西，你等着瞧，

看你怎样

　　　　　　对国王保持忠诚!

鲁斯坦　马米,我的朋友,别急!

马　米　你迟早要受惩罚。

　　　　　　谁只要得知

　　　　　　一件不忠诚的事

　　　　　　竟被长期隐瞒,

　　　　　　他就会考虑

　　　　　　是否继续

　　　　　　加以容忍。

　　　　　　你的事我今天已得知,

　　　　　　我就要向国王

　　　　　　报告你的劣迹。

　　　　〔马米下场。

鲁斯坦　无法对他否认这些事实,

　　　　　　我算没命啦。

　　　　〔土耳其苏丹王后①堂娜卡塔琳娜·德·奥维多身穿土
　　　耳其服装上。

王　后　鲁斯坦,怎么啦?

鲁斯坦　我的小姐,

　　　　　　咱们死期已到,

　　　　　　性命难保:

　　　　　　我的心灵这样警告我,

　　　　　　它为我的丧命而哭泣;

　　　　　　尽管我像女人,

――――――――――

① 作者为了方便,从堂娜卡塔琳娜一出现就称之为苏丹王后,其实她还是囚徒。

但从不像女人那样，

不管遇到好事

还是倒霉事，

一概以眼泪来表示。

小姐呀，马米这家伙

狡滑而又居心叵测地打探到

我将你长期隐藏，

指责我犯奸不忠，

犯下了滔天大罪。

这坏小子存心不良，

怒气冲冲地直奔宫中，

把我干的好事

当成坏事，

径直向国王禀报。

王　后　咱们该怎么办？

鲁斯坦　这完全可以想象，

只好乖乖地等待死亡，

尽管我知道，国王见到你这么美丽，

定会息怒而爱慕。

国王不会杀你，

丧命的定是鲁斯坦，

因为我是此事的主犯。

王　后　国王很残忍吗？

鲁斯坦　众人都认为他软心肠，

其实他是十足的霸王。

王　后　无论如何，我信靠上帝，

　　　　　他有力的手定会将我们

　　　　　从恐惧中解脱，

　　　　　这恐惧并非虚妄。

　　　　　如果由于我的罪孽，

　　　　　上帝不听我的恳求，

　　　　　我的心将准备迎接

　　　　　任何困苦和灾祸。

　　　　　不人道者不能战胜我的灵魂，

　　　　　只能战胜我的肉体，

　　　　　因为它脆弱、虚妄而且会腐朽。

鲁斯坦　　我想，这事恐怕

　　　　　是由我的基督徒行为所引发。

　　　　　然而我不后悔，

　　　　　相反已准备好

　　　　　以忍耐和受难的精神，

　　　　　面对风暴的来临。

王　后　　你与我的想法完全相同。

　　　　　我将把任何痛苦

　　　　　当作礼物，

　　　　　全都收下，决不忧心忡忡。

鲁斯坦　　有这样高尚的思想，

　　　　　决不会被判死刑。

　　　　　你的美貌给予你的

　　　　　不会是痛苦，而是幸运；

　　　　　相反，我恐怕

　　　　　将在烈火中

葬身丧命。

王　　后　人世赐予我的无论是

　　　　　大地和海洋

　　　　　所包藏的全部珍宝，

　　　　　还是天字第一号对手

　　　　　派出一个又一个

　　　　　狰狞可怕的兵团

　　　　　对我野蛮征讨，

　　　　　都不能改变我的坚定心意，

　　　　　我的上帝啊，

　　　　　我始终信靠您。

　　　　　我的上帝啊，我在年幼时

　　　　　刚刚知道自由

　　　　　就失去了自由。

　　　　　主啊，正是您给我的美丽

　　　　　把我带到了这里；

　　　　　如果美貌是毁弃我的工具，

　　　　　我只能忍受，然而我以

　　　　　基督徒之心理智地要求

　　　　　显示神迹，

　　　　　立刻除去我的美丽；

　　　　　请您挥手剥去

　　　　　这讨人欢心的镜子

　　　　　所显示在我脸上

　　　　　的玫瑰色红晕；

　　　　　主啊，请把我变成丑妇，

　　　　　　躯体的美

　　　　　　不该占有

　　　　　　心灵美的荣誉。

鲁斯坦　你说得好。

　　　　　　然而不能让我的感官

　　　　　　静候而无所作为，

　　　　　　而应设法寻找

　　　　　　饶恕我们罪过的

　　　　　　理由或办法。

王　后　不可能找到理由，

　　　　　　也找不到办法。

　　　　　　朋友，咱们只能忍受，

　　　　　　死，也要死得

　　　　　　像个基督徒。

鲁斯坦　你可以向上帝请求，

　　　　　　得到最高的利益，

　　　　　　这就是办法。

　　　〔二人下场。阉人马米、土耳其苏丹上场。

马　米　国王陛下，

　　　　　　莫拉托·阿拉埃斯①把她献给您。

　　　　　　她是世上第一个

　　　　　　最配享受

　　　　　　美丽这荣誉的女人。

　　　　　　鲁斯坦施计谋，

---

① 莫拉托·阿拉埃斯可能是十六世纪著名的海盗，专门骚扰信奉基督教的国家。

把这个奇珍异宝

在你眼皮下隐藏

已达六年,据我计算

马上要满七年。

国　王　照你说

　　　　她果真美丽?

马　米　她像是幽闭庭院中

　　　　一朵含苞欲放的玫瑰,

　　　　未经太阳暴晒,

　　　　鲜艳而美丽;

　　　　又像明亮的东方

　　　　出现宁静的黎明,

　　　　到处铺散着露水和珍珠;

　　　　也像太阳西沉

　　　　放射的万道光芒。

　　　　大自然从每样事物

　　　　采撷最美好的因素

　　　　来培养这尤物,

　　　　就这样使她获得

　　　　出类拔萃的美丽。

　　　　它从天上摘下两颗星,

　　　　放在她美丽的眼睛里,

　　　　使之放射出美丽的光芒,

　　　　爱的情愫常驻,与日俱增。

　　　　她的整体和各个部位

　　　　都十分相称,

> 在我看来
> 无论她各个部位还是整体
> 都无比完美。
> 再加上和谐的色彩,
> 造成了
> 无上的美。

国　王　我想这个疯子
　　　　在向我报告一位仙女。

马　米　她的美丽
　　　　超出想象,
　　　　而她尤为机敏。

国　王　你简直在迫使我
　　　　把她奉为神圣。

马　米　她是老天爷造就,
　　　　太阳从未见过,也未在其熔炉中
　　　　炼出这般女子;
　　　　尤其又赐予她
　　　　西班牙人放任的天性。
　　　　陛下,我是想说,
　　　　这个女囚徒在异教国家
　　　　也是个绝色美人。

国　王　这就勾起了见她的欲望。
　　　　她叫什么名字?

马　米　她名叫卡塔琳娜,
　　　　姓德·奥维多。

国　王　既然她已成为土耳其人,

　　　　　　为什么不改个名字？

马　米　我不清楚。

　　　　她没有改变宗教信仰，

　　　　就不想改名换姓。

国　王　这么说，她是基督徒？

马　米　据我观察，

　　　　她是基督徒。

国　王　两件事凑在一起：女基督徒，又在我后宫中？

马　米　恐怕超出三件事，

　　　　然而谁能把它打探清楚？

　　　　如果我像了解此事一样

　　　　还知道别的事，就会如实上奏，

　　　　对于反对你的任何

　　　　一言一行和思想，

　　　　不会隐瞒片刻时候。

国　王　这是你的疏忽和过错。

马　米　我敢说，我敬爱您，

　　　　忠心耿耿效力，

　　　　侍奉陛下，

　　　　小心翼翼又得体。

国　王　今天下午我就去后宫，

　　　　去看看你所赞誉的西班牙女人，

　　　　天下独一无二的美丽

　　　　是否能唤起激情。

马　米　愿穆罕默德保佑陛下。

　　〔二人下场。囚徒马德里加尔和身穿希腊服的安德列亚上场。

马德里加尔　好啊,犹太鬼,

　　　　　　瞧你们还能享用

　　　　　　这锅美味佳肴!

安德列亚　基督徒,你同谁捣乱?

马德里加尔　不同谁捣乱,

　　　　　　你没有听到

　　　　　　那屋里在吵吵嚷嚷?

　〔一名犹太人在幕后说话。

犹太人　狗东西!

　　　　愿上帝诅咒你、羞辱你!

　　　　你决不会得到渴望的自由!

安德列亚　你说,这些可怜虫为何骂你?

马德里加尔　我悄悄走进他们的家,

　　　　　　见他们正用一口大锅

　　　　　　准备美味佳肴,

　　　　　　就把一大块腌猪肉扔进锅。

安德列亚　那是谁给你的?

马德里加尔　有几个御林军人

　　　　　　前天在山中打死一头野猪,

　　　　　　将它卖给了

　　　　　　马穆特·阿拉埃斯的基督徒,

　　　　　　我向他们买来一块肉,

　　　　　　将它埋在那口锅里,

　　　　　　气死这些该死的犹太人,

　　　　　　我与他们争吵有仇恨,

愿魔鬼将他们吃了啃了，一口吞下。

〔一名犹太人来到窗口。

犹太人　野蛮人，饿死你，

上帝不给你面包，

让你挨家讨饭吃；

你是我们的冤家，

是我们犹太教堂的捣乱者，

是我们孩子们的敌人，

你是我们世上的大敌，

让人们把你像麻疯病人一样赶走！

马德里加尔　犹太人，低头，石头来了！

犹太人　哎呀，真倒霉，

我的太阳穴被砸伤啦！

哎呀！

安德列亚　我看你没有用石头砸他呀。

马德里加尔　我想都没想砸他。

安德列亚　那这混蛋为什么哼哼？

〔另一个犹太人在幕后说话。

犹太人　沙布龙，离开窗口，

这条西班牙狗是魔鬼，

他只消向你啐口唾沫，

就能打碎你的头。

哎呀，我们真倒霉！

哎呀，我们损失了一锅好吃的！

马德里加尔　混蛋，你要把脏东西弄回这世界？

犹太狗，你又回来了？

犹 太 人　哼！你还没有走？

　　　　　难道你要逼死我们？

马德里加尔　乖乖地进去吧！

　　〔犹太人在幕后说话。

犹 太 人　沙布龙，我不是告诉你了？

　　　　　不要到窗口去。

　　　　　孩子，进来吧，由他死在那里。

安德列亚　这些断子绝孙的人哪！

　　　　　卑贱、龌龊的种族，你们

　　　　　抱着虚妄的希望，怀着疯狂

　　　　　和无可比拟的固执，

　　　　　不顾事实也不加思索，

　　　　　将你们自己投入悲惨境地！

　　　　　似乎他们不吭声了，这些可怜虫

　　　　　在寂寞中挨饿、受嘲弄。

　　　　　西班牙人，你认识我吗？

马德里加尔　我发誓，

　　　　　我一定见过你。

安德列亚　我是安德列亚，

　　　　　是个间谍。

马德里加尔　你是安德列亚？

安德列亚　是呀，一点不错。

马德里加尔　是你把我的伙伴们

　　　　　卡斯蒂略和帕洛马雷斯送走的？

安德列亚　我把梅伦德斯、

　　　　　阿尔基霍和桑迪斯特万一起带走，

把他们留在那不勒斯，

由他们快乐自由。

马德里加尔　你怎么认识我的？

安德列亚　依我看，

你的记忆

是被猫吃了。

那天夜里我搜罗了你们五人，

而你却愿意留下，

说什么爱情

勾住了你的灵魂；

说什么一个阿拉伯人

用新的法律重新把你的灵魂

紧紧地锁住。

难道你不记得了？

马德里加尔　对，即使现在我的颈脖上

还套着枷锁，我依然是囚徒，

爱情的强大力量

将我的心紧紧地锁住。

安德列亚　这么说，我现在设法让你跟我走

也将是徒劳？

马德里加尔　确实是徒劳。

安德列亚　你真不幸！

马德里加尔　也许是交好运。

安德列亚　这怎么可能？

马德里加尔　这叫作

人各有志。

安德列亚　痛下决心，

　　　　就可以改变志向。

马德里加尔　这我相信,然而

　　　　我没有这个必要。

安德列亚　难道你不是西班牙人?

马德里加尔　怎么啦?是西班牙人又如何?

　　　　我可以指天发誓，

　　　　也可以对广袤的大地

　　　　和波涛滚滚的大海发誓，

　　　　我一定把我的自由

　　　　交我的意志去肩负，

　　　　哪怕要砸烂金刚石的山峦，

　　　　克服不可言说的困难；

　　　　我要以我的努力和智慧，

　　　　搜集两三艘大船,由上帝指引，

　　　　载上美丽的自由女神胜利进入那不勒斯，

　　　　给予自由女神两头公鹿，

　　　　我将留下其中一头健壮、丰腴的鹿，

　　　　而不再像目下恐惧、凄惨地

　　　　在牢笼中盘桓。

安德列亚　你一定是西班牙人!

马德里加尔　我是,我就是,

　　　　我现在是,只要活着,永远是西班牙人，

　　　　即使死后八百年,仍然是西班牙人。

安德列亚　有没有人为了获取自由而愿意逃亡?

马德里加尔　有四名勇敢的士兵在等你，

他们都出身豪门、满腹经纶。

安德列亚　是阿尔基霍说的那几个人？

马德里加尔　就是他们。

安德列亚　我已把他们藏在安全的地方。

马德里加尔　这帮人是谁？为什么这样喧闹？

安德列亚　那位是波斯大使，

　　　　　来向土耳其苏丹求和。

　　　　　他过来了，你闪到一边让路。

　　〔一位衣着与当地人一样的大使上场，他像土耳其国王
　　一样排场，有土耳其苏丹的御林军陪同。

马德里加尔　多么威风，多么风光！

安德列亚　大多数波斯人都这么威风，

　　　　　他们体格魁梧，

　　　　　骑着高头大马。

马德里加尔　据说，马使他们

　　　　　拥有力量的感觉，

　　　　　但愿上帝不让他们讲和。

　　　　　安德列亚，你跟我走吗？

安德列亚　请带路，

　　　　　到你最喜欢去的地方。

马德里加尔　去乌恰里庄园。

安德列亚　去莫拉托庄园吧，

　　　　　我要在那里同另一个间谍汇合。

　　〔二人下场，土耳其苏丹、鲁斯坦和马米上场。

国　王　你为背叛辩解，

　　　　　那真应了那句话：

欲盖弥彰。

鲁斯坦　如果真如陛下所说，

当然不必将我饶恕。

当她落入我手中时，

她的模样

似乎不会讨你喜欢，

故而必须把她保养，

把她养得红润又漂亮；

陛下，多年的愁苦

使她体弱多病，

面黄肌瘦。

国　王　是谁把她治疗？

鲁斯坦　陛下的御医——

犹太大夫塞德基亚士。

国　王　你竟抬出死人

来作你的证人，

肯定企图逃脱罪责。

鲁斯坦　我说的全是真话。

国　王　谅你也不敢撒谎。

鲁斯坦　才不过三天前，

她那漂亮的脸蛋

才显露宁静天空般的美丽；

才不过三天前，一股抑郁的痛苦

从她胸中吐出。

的的确确，才不过三天前，

这个美丽无双的

　　　　　西班牙姑娘

　　　　　才解除胸中的忧郁。

国　王　你不是撒谎,就是胡说八道。

鲁斯坦　小的不敢撒谎,也不敢胡说八道。

　　　　　只要陛下愿意,

　　　　　您可以亲自检查。

　　　　　请把她召到您跟前,

　　　　　就可以目睹她的神采,

　　　　　观看她以凡人的双脚

　　　　　在地上行走,却犹如

　　　　　在大空飘飘扬扬,

　　　　　显示着她的高雅风采。

国　王　担心紧接着担心,

　　　　　越是担心却越是期盼;

　　　　　疑虑紧接着疑虑,

　　　　　只恨那奉承者

　　　　　摇唇鼓舌;

　　　　　可是拍马屁在这里

　　　　　是绝对不行。鲁斯坦

　　　　　我要马上见这女囚徒;

　　　　　既然你已说动了我的心,

　　　　　你快去把她叫来,

　　　　　如果她不像你描绘的那样,

　　　　　我就请你上火堆断送性命!

　　　　〔鲁斯坦下场。

马　米　如果鲁斯坦的命运

只取决于女囚徒

天下无双的容貌,

鲁斯坦算交了好运;

他算得救了,

从现在起陛下就可以

赐予他恩典,

因为陛下马上会见到

天上掉下来的丽姝。

国　王　疯子,

你总爱肆意夸张。

你不要管,既然双眼

在圣美的躯体上

能有所发现,

就必定正确而不会上当。

马　米　什么样的眼光

见到阿波罗①的红色光芒

而不眼花发慌?

国　王　这样胡乱吹捧真令我生气。

马　米　从经验判断,

陛下见到这姑娘,

才会知道我的描述有辱她的漂亮。

〔鲁斯坦和苏丹王后上场。

鲁斯坦　我的小姐,同他讲话

---

① 阿波罗是希腊神话中的太阳神。马米把卡塔琳娜比作太阳,故国王斥责他胡
乱吹捧。

要温和而且轻柔，

因为这有关咱俩的生死存亡。

王　后　我把开启我舌头的钥匙

交给了神圣的上帝；

我将跪倒在他面前，

说声奴才有幸

吻他的双脚。

鲁斯坦　这样做

十分理智。

王　后　双膝跪在地上，

我的双眼望着您的双眼，

陛下，我献上这贱躯

听凭发落；

如果望着您是冒犯尊严，

我低下双眼，

低下头按照

您喜欢的方式行事。

国　王　不动脑子，无知，

对这么一个人

你们竟留住不放，

你们是疯子，笨蛋；

由于拥有这个尤物，

你们就沽名钓誉，

果真是些油嘴滑舌的东西，

你们弄虚作假，该当何罪！

对你们这些人

　　　　　　　任何惩罚也不过分！

马　米　　如果陛下觉得她丑陋，
　　　　　　我们算遭殃啦！

国　王　　对这么个天仙，
　　　　　　你们使用凡俗语言就是亵渎！
　　　　　　对这么个稀世佳丽
　　　　　　你们描绘得多么庸俗！
　　　　　　难道不该把她安排在
　　　　　　与安拉相同的位置？
　　　　　　她将俯视天下万物，
　　　　　　双脚踩着明亮的星星，
　　　　　　像穆罕默德一样
　　　　　　从那里发号施令，
　　　　　　而我们在地上的人
　　　　　　将恭恭敬敬地执行。

马　米　　难道我不曾告诉陛下，
　　　　　　她是庭院里一朵含苞待放的玫瑰？
　　　　　　即使再灵巧的舌头
　　　　　　又能说出什么？
　　　　　　难道我未曾向陛下描绘
　　　　　　像她这般机敏伶俐前所未见？
　　　　　　即使是一个妙笔生花的诗人
　　　　　　又能对陛下说出什么？

鲁斯坦　　陛下，是奴才以凡俗的双脚
　　　　　　编制出超凡脱俗的奇妙。①

———————————

　①　受到主子训斥后，马米一再为自己辩解，鲁斯坦则以貌似谦恭的语言向主子邀功。

国　王　你应该说，

是她的创造者将她创造。

鲁斯坦　不对：

这些伟大的品质

只有上帝才能创造。

国　王　你们二人的赞美

过于简单

而又概括，

为此寡人今天

一定要处你们死刑，

不许你们叫冤求饶。

鲁斯坦，你这顽奴

竟敢把这宝物

对我隐瞒三天，

理该将你处置得更严酷。

我的好运

竟有三天没有应验，

我在痛苦折磨中

生活了整整三天；

你使我在三天中

为缺少世上仅有的

和金色的太阳看到的

仅有的最大宝物

而痛苦叹息。

今天，就在今天，

你必死无疑：

我的好运开始之日，

就是你的好运结束之时。

王　　后　如果陛下发现我这个女囚徒

有某些取悦您的品质，

就该保全鲁斯坦和马米的性命。

国　　王　鲁斯坦必死，马米可以活命。

咳，我这该死的舌头，

竟说出这样的话，

你要求的，我竟不赐予。

我要补偿这次失言，

以我全部的价值

向你发誓保证，

对你的一切吩咐

全都照办不误。

不仅鲁斯坦可以活命，

如果你愿意，

我将释放

在押的全部囚徒；

因为我的意志与你的意志

已牢牢地联结在一起，

犹如夜晚的黑暗

紧跟着白天的光明。

王　　后　陛下，我无能力

享受如许恩典。

国　　王　爱情善于把你

同寡人置于平等地位。

我所拥有的国土
广阔无垠，
我要它们全都向你
俯首听命；
拥戴我当国王的
所有王公大臣
更得听从你的调遣，
这既合法又合理；
你不必推辞客气，
过去和现在我就是这脾气，
只要对我吩咐调遣，
就能使整个世界服从你。
不管你是土耳其人还是基督徒，
对我都无关紧要，
这个绝色佳人就是我的妻子，
从今起她就是伟大的苏丹王后。

王　后　恰好我是基督徒，
我的信仰坚定至诚，
无论是好言劝慰还是以死威胁，
都不能改变我的信念。
这个情况太过明显，
陛下的臣民必将纷纷议论，
把您当作胡为发狂，
我请陛下好好思量。
陛下，何处有过这种情况：
一个信穆罕默德，

　　　　　　一个信耶稣基督，

　　　　　　二人异梦同床？

　　　　　　以如此高度的标准衡量，

　　　　　　陛下的愿望难以实现，

　　　　　　因为两种不同的教规

　　　　　　不能使爱情圆满成功。

　　　　　　陛下办事要与您的地位、

　　　　　　财富和宗教信仰相配，

　　　　　　若同我的信仰和卑微地位搀和，

　　　　　　实在相差悬殊、不成体统。

国　王　　我正在考虑这些事情，

　　　　　　因为爱情赐我以许可；

　　　　　　我是圆周，

　　　　　　小姐你是圆心；

　　　　　　我与你之间

　　　　　　办事要平等相待，

　　　　　　不可在某一点上停留

　　　　　　而造成不平等。

　　　　　　威严与爱情

　　　　　　从来不相配，

　　　　　　两人真诚相待

　　　　　　就出现平等气氛。

　　　　　　你看，我这样行事

　　　　　　就可以扭转这局面：

　　　　　　我拜倒在你脚下，

　　　　　　就把你举到我头那般高，

咱俩就处在平等地位。

王　　后　　陛下,请起来,

这样谦卑令我生畏。

马　　米　　他降了;他已被战胜。

王　　后　　我求陛下恩典,

请陛下一定赐予。

国　　王　　无论你要什么,

我都服从,决不驳回。

释放或是关押,

判罪或是饶恕,只要你一句话,

小姐,什么权你都拥有:

因为爱情将你的帝国扩展。

你可以随心所欲,

天大的难事也可向我提出,

为了表明我的心迹,

我相信天大的难事也能实现。

我的爱,切莫稍有所获

就心满意足;

为了取悦于你,宁当罪人

我也要做出奇迹。

王　　后　　陛下,为了考虑……

我只要求给我三天时间。

国　　王　　三天时间算不了什么。

王　　后　　……我不清楚有什么疑虑

使我犹豫不定,

三天过后陛下再来,

就会明白

我心中到底想的是什么。

国　王　我很高兴。我的思想斗争

已经平息，

我的兴奋与分秒俱增，

我的忧郁已没有踪影。

你们二人既受了折磨，

又享受了快乐，

现在我赏你们

每人六个金币。

鲁斯坦，快走，

把我要举行结婚典礼的消息

告诉所有女囚徒。

马　米　你可是给她们带去好消息！

国　王　你也告诉她们，从今往后

对美丽的卡塔琳娜

侍候爱戴有加，

就像对待圣物一般。

〔土耳其苏丹、马米和鲁斯坦下场，舞台上只留下苏丹王

后。

王　后　伟大的主啊，我感谢您，

您以您的鲜血和生命

弥补了亚当的初次失足，

在他毁了我们的地方，您把我们挽救①。

_____

① 指亚当偷吃禁果而使人类有了原罪。

感谢您,仁慈的牧者,
您寻找羊群中迷失的羔羊,
从狼口中将它救出,
用神圣的双肩将它背回。
在我痛苦的寻求中我感谢您,
主啊,只有您能给我帮助:
我是羊圈中丢失的那头羔羊,
无论路途是近是远,
如果您不来救援,
我害怕那凶恶的蛇将把我伤害!

第 二 幕

〔两个摩尔人押解马德里加尔上场,后者两手反绑在背后。大法官卡迪与他们一同上场,他对土耳其人来说既是法官又是主教。

摩尔人甲　我们对你说过,

事先我们已得到消息,

因而在你犯罪时

当场将你捉住。

那个阿拉伯女人也在押,

这样的大罪

不可轻饶,

坦白交待吧。

卡　迪　把他们手脚绑住,

一起扔进海里,

必须加上重物,

以免浮上水面。

不过,如果你愿成为摩尔人,

结了婚你就成为自由人。

马德里加尔　弟兄们,把我捆绑起来吧。

卡　迪　狗杂种,你到底打什么主意:

　　　　　成婚还是去死？

马德里加尔　　无论是成婚还是去死，

　　　　　哪样也不是好事，

　　　　　一切都是死亡，一切都是痛苦。

　　　　　因为我们的教规

　　　　　不容我选择活命，

　　　　　成婚不过是把死期延迟；

　　　　　不过成婚并成为摩尔人，

　　　　　我等于死了又死，

　　　　　与其如此，倒不如

　　　　　由你们捆绑着去死，

　　　　　这样我可以自由地笃信我的主。

　　　　　先生们，然而我知道

　　　　　这次我肯定不会死。

卡　迪　　我是最高法官，

　　　　　判了你死罪，怎么能不死？

　　　　　对我的判决

　　　　　不允许上诉。

马德里加尔　　不管怎么说，我的命虽不好，

　　　　　我依然为此而高兴。

　　　　　石头已挂在我脖子上，

　　　　　你一定想，我不愿意淹死，

　　　　　当然，我是不愿意死。

　　　　　为了不使你纳闷，

　　　　　你叫这两人出去，

　　　　　我把我的想法

细细告诉你。

卡　迪　你们出去,由他这么绑着,

　　　　我倒要看看

　　　　这个被判死刑的人

　　　　怎样逃离死神。

　　〔两个摩尔人下场。

马德里加尔　如果你有很好的记忆力

　　　　(你不可能没有),

　　　　一定记得那个智者,

　　　　他的大名叫阿波洛尼奥·铁亚尼奥①,

　　　　据你所知,

　　　　要么是上帝的恩赐,

　　　　要么是长期努力

　　　　而获得的本领,

　　　　他能听懂鸟类

　　　　啼鸣歌唱,

　　　　听着它们叽叽喳喳,他就说:

　　　　"它们说的是这个。"确实如此。

　　　　无论是金丝雀的欢唱,

　　　　朱顶雀的啼鸣,

　　　　还是斑鸠的喳喳,

　　　　乌鸦的呱呱,

　　　　从奸诈的麻雀

　　　　到雄赳赳的鹰,

---

① 应为阿波洛尼奥·德·铁亚纳(? —97),毕达哥拉斯派哲学家。

所有鸟语他都能听懂,

明白它们所说的秘密。

此人名闻遐迩,

他就是我爷爷们的爷爷,

他把他的本领

传给了他的后代。

每代只有一人

学得他的本领,

此人只能是

亲属中最亲近的人。

这样代代相传,

随着时代的变换,

这本领竟然

落到了我这不幸的脑子里。

今天早晨

当我来此犯罪时,

我的灵魂就接近

希望和恐惧,

在路上我听见一个犹太人家里

一只小小的夜莺

展示优美的歌喉。

它这么说:

"倒霉蛋,你到哪里去?

这一遭你去,

是你的大限到了,

回去吧,你可以偷生活命,

一旦实现你的愿望，

你就落入法网。

如果不采用这个办法，

你必死无疑。

你告诉办案的法官，

老天爷已下了命令，

六天之内他必死，

一命呜呼进阴曹。

然而如果他对几年前

对两名摩尔男子和一名寡妇

所犯的三大罪行

予以平反纠正，

并且用某种水净身后

为他们祈祷

（至于是什么水，

现在我不愿告诉你），

他就洗净了灵魂，

洗净了身，

必将成为

国王的宠臣。"

除了这条了不起的消息透露给你，

我还有一件更了不起的事：

我能在很短时间内

使牲畜们开口说话。

国王的那头大象，

我自愿报名

在十年后使它

讲一口纯正的土耳其语。

如果我做不到，

可以把我砸死、烧死，

一点一点地把我碎尸万段。

卡　迪　那净身的水事关重大，

你必须告诉我。

马德里加尔　到时候我自会告诉你。

因为必须是某些草

和接骨木分泌的水。

你认不出来，只有我知道，

而且必须在晴朗的夜空下

收集三夜。

〔卡迪为他松绑。

卡　迪　现在我还你自由。

不过朋友，有件事

令我糊涂不明白：

我不清楚对哪位寡妇，

对哪两个摩尔人

应该平反纠正，

因为受我欺侮的摩尔人

不计其数，

寡妇超过百人。

马德里加尔　我再去听那夜莺歌唱，

我知道它一定会告诉我

我们所想知道的那些人。

卡　迪　我要告诉这两个摩尔人

我释放你的原因：

你将让大象

开口讲土耳其话。

不过,你告诉我,

你会讲土耳其话吗?

马德里加尔　根本不会讲!

卡　迪　你既然一无所知,

怎么想当教师?

马德里加尔　我将每天学习

想要教它的语言,

因为在十年中

我有时间学会土耳其语和希腊语。

卡　迪　你说得对。朋友,

我的性命就交给你：

至少我会回报,

给你以自由。

马德里加尔　悔改吧,大法官,

悔改,从今往后

不再把这么多完好的人

变成瞎子独眼龙!

卡　迪　你不要忘了那些草,

在你告诉我的事情中

这些草最关紧要,

而且我完全相信。

因为我已经知道,

　　　　世界上曾经有个叫

　　　　阿波洛尼奥·铁亚尼奥的人

　　　　听得懂鸟语，

　　　　我还知道

　　　　世上有治好哑巴的技巧。

马德里加尔　　这就好极了！

　　　　我等着你给我大象，

　　　　我等着给你草。

〔众人下场。台上出现土耳其苏丹，他在绿纱帘后面；四个老年帕夏上场，坐在地毯上，身倚着枕头。波斯大使上场，他上场时，有人给他披上一件织锦缎衣裳；两名土耳其人拉着他的胳膊，首先检查他是否带着武器，接着引导他坐在一个天鹅绒坐垫上。帘子掀起，土耳其苏丹出现。与此同时可以吹响笛号。众人坐定，大使开口说话。

大　使　地上万国之王，

　　　　愿安拉保佑贵国繁荣富强；

　　　　愿陛下万岁万万岁，

　　　　福运亨通，得上天的欢心。

　　　　我来出使，按我的习惯，

　　　　客套话简短，

　　　　如果陛下赐我发言，我就开口进言，

　　　　得不到陛下允许，在陛下面前我闭口不言。

帕夏甲　你按你的承诺简短地说吧，

　　　　如果讲得简短，

　　　　国王陛下自会细听，

　　　　因为我们要求他听你说。

经过一再劝说,他才来接见你,

并要给你答复,

陛下可是很少听敌方说话。

你说吧,客套话已经够长啦。

大　使　那我就说啦。

我的国君说,如果你喜欢和平,

他就向陛下求和,

并公正诚实地订约讲和,

使和平不因时间和仇恨而破裂。

如果陛下的心灵同他善良的心灵相印,

上天会给两位陛下报酬。

帕夏乙　不要劝说,请建议,说明你的来意。

大　使　目的就一个——求和。

帕夏乙　那个红头坏家伙

对敬拜穆罕默德仪式的项目

竟以肮脏、野蛮的方式

随意取舍,

他一定以为他的权力

足以吓倒、挟制、驯服全世界,

他以为上天已令他当万国之王,

实现屈辱的和平对他合适。

我们明白他的求和及其他手法,

鉴于有许多波斯人

出入西班牙国王宫廷,

我再次把波斯王视作仇敌。

竟敢向信仰基督的人乞求好处,

　　　　　　这就是你的主子干的好事，

　　　　　　因此我们拒绝帮助他

　　　　　　乞求耻辱的和平。

大　使　　他是令全世界钦佩、惊讶的国君①，

　　　　　　完全不逊于腓力二世②，

　　　　　　更像其子亚历山大那么赫赫有名；

　　　　　　我不愿在此赞美

　　　　　　他高尚、深沉的勇气；

　　　　　　然而太阳在运行途中

　　　　　　一路上看到的都是他的国土，

　　　　　　并将他的名声和品德

　　　　　　传入吾王苏丹的耳中，

　　　　　　因而引起吾王

　　　　　　与他沟通的愿望，

　　　　　　吾王把我召去，派我出使，

　　　　　　令我穿越陌生的关卡、

　　　　　　许多国家和海洋，

　　　　　　去朝见那伟大的国王。

帕夏甲　　这岂能容忍？

　　　　　　马屁精，滚蛋，快走，

　　　　　　你这基督徒大使③。把他赶走，

---

① 指西班牙国王。

② 腓力二世（公元前382—前336），马其顿王国国王，亚历山大大帝之父。腓力
　二世曾征服希腊，亚历山大则把疆土扩张到印度河，建立了亚历山大帝
　国。

③ 波斯大使也信仰伊斯兰教，但由于他去朝见了西班牙国王，帕夏便指称他为
　基督徒大使。

　　　　　对信仰基督的人

　　　　　不能指望有什么好结果。

　　　　　别管他低头哈腰,

　　　　　我说了,把他赶走。

帕夏乙　把他处死不更好?

帕夏甲　大使享受优待,

　　　　　不可处以极刑。

　　　〔众人将大使推出。

帕夏甲　陛下,不必令我息怒,

　　　　　不必要我压低调门说话,

　　　　　这家伙实在无耻,

　　　　　使人难以压抑怒火。

　　　　　陛下请考虑,并下令

　　　　　给这条走狗

　　　　　最合适的回答。

国　王　你们根据情况

　　　　　提出方案再告诉我。

　　　　　请考虑,讲和是否合宜

　　　　　而又体面。

帕夏乙　依我之见,

　　　　　只要波斯王不得寸进尺,

　　　　　我想最好是

　　　　　在东方平息战乱。

　　　　　我读过悲惨的历史,

　　　　　这样处理,波斯对咱们无害,

　　　　　犹如弗兰德对西班牙一样。

因而应该化干戈为玉帛，

原因在这卷羊皮纸上写得明白。

国　王　你急于得到宁静和平，

急于要求那软绵绵的礼品。

勇敢的布拉英，你反对

穆斯塔法的意见吗？

或许你也要讲和？

帕夏甲　我赞成继续打下去，

理由我将书面呈上。

国　王　我要研究你们的意见，

然后说出我的主意。

帕夏甲　将世界操于手中的安拉

会把内容丰富和重要的主意交给陛下。

帕夏乙　穆罕默德要这样安排幸福的和平，

不让在波斯而是在罗马

听到战争的鼙鼓声，

要让陛下的舰船在西班牙沿岸航行。

〔众人下场。苏丹王后和鲁斯坦上场。

鲁斯坦　您是他心上的宝贝，

他将满心喜欢地享用您。

王　后　我已打定主意，

粉碎他的压力：

我不愿供他享受，

宁可坚决赴死。

鲁斯坦　对您的浩然正气，

我不能说三道四；

> 不过您要考虑
>
> 他的权势大无边，
>
> 您也要好好考虑，
>
> 他不强迫诱骗您当摩尔人。

王　后　同一个异教徒一起生活，

　　　　岂不犯了弥天大罪？

鲁斯坦　如果您能逃离开他，

　　　　我早就给您出主意了；

　　　　然而当权势无视

　　　　理性和权利的时候，

　　　　所谓罪孽如果不取决于意志，

　　　　却也不需要事实。

　　　　咱们要么尽力设法解救自己，

　　　　要么任人将咱们处死。

王　后　这是两个极端。

鲁斯坦　对，然而需要理智：

　　　　如果一帮壮汉

　　　　用捆绑老虎的绳索

　　　　来捆绑一个普通人，

　　　　此人不宜用灵魂来冒险。

　　　　由这个事实可以想见，

　　　　无人可以改变这权势，

　　　　作孽者乃是这权势，

　　　　而不是被迫害的人。

王　后　我愿意当烈士，

　　　　我不愿犯罪宁愿死。

鲁斯坦　　当烈士是为了

　　　　　更高尚的原因，

　　　　　那就是为了信仰，

　　　　　甘愿牺牲性命。

王　　后　我会抓住这样的机会。

鲁斯坦　　谁会让您去牺牲？

　　　　　国王爱您是基督徒，

　　　　　无论是强迫还是自愿，

　　　　　不管怎么做，

　　　　　他都能实现其意图。

　　　　　很多圣徒愿意当烈士，

　　　　　采用了各种办法去追求，

　　　　　然而不一定能达到目的：

　　　　　当烈士需要

　　　　　非凡的品德，

　　　　　特别是需要

　　　　　上帝的恩赐。

王　　后　我要向上帝祈求，

　　　　　如果我不配当烈士，

　　　　　我愿向他披露

　　　　　当烈士的神圣决心；

　　　　　我将尽我所能，

　　　　　在寂静和疑虑中

　　　　　向上帝大声呼喊。

鲁斯坦　　别出声，马米来了。

　　　〔马米上场。

马 米 国王看您来了。

王 后 我的死期到了!

马 米 小姐,您这么说很不对!

王 后 我总是这么说话,

你不必自作聪明

来给我出主意。

马 米 我知道您将是我的女主人,

我当然不能使您不高兴。

〔土耳其苏丹上场。

国 王 卡塔琳娜!

王 后 这是我的名字。

国 王 人们将称你

卡塔琳娜·拉奥斯曼①。

王 后 我是基督徒,

不允许有其他别号,

因为我的姓是奥维多,

它高贵显要,典雅高妙。

国 王 奥斯曼并不卑贱。

王 后 我同意陛下的看法,

因为陛下高傲骄横,

天下无双。

国 王 而你却超过了我,

任何时候你的名字都在我之前,

你可以因此蔑视

---

① "奥斯曼"前加"拉",意为奥斯曼女人。

天下无双之人。

王　　后　我知道这别号包涵着

令人尊敬的内容，

然而如果要给我命名，

应使别人明白我是基督徒。

国　　王　你的自由放任令我惊讶，

大大超过了女子的性格；

不过你可以拥有这些自由，

然而只能对赋予自由

以其自身所包含价值的人

才能行使自由。

从自由的价值观我得知，

你珍视你自身的一切，

你的高傲

既使我高兴又令我伤心。

愿你显示威严，

让全世界都对你敬畏，

因为你必定要成为苏丹王后。

当然我给你以突出的地位：

你现在就是苏丹王后。

王　　后　给我以突出的地位，

您要您的女奴当王后？

请好好考虑，恐怕

您很快会后悔。

国　　王　我考虑过了，此事

没有什么大不了，

不过是要使

你的基督徒血液

同奥斯曼的血液相混合，

以造成更加高贵的血液。

你若能如我所愿，

得以开花结果，

全世界都将看到

那果实必定是

天下无双，

十分完美。

太阳走遍宇宙，

将会发现

没有人能胜过

一个奥斯曼西班牙人。

我的心已经猜到，

卡塔琳娜，

你将产下

非常美丽的狮子。

王　　后　　倒不如产下鹰。

国　　王　　你的好运

实在不难

予以验证。

这个轮子①尽管在转动，

然而你在它的顶端，

———————

①　作者把命运比作一个在转动的轮子。

享受荣华，

不会变更。

那天下午

你占据了我的心，

也夺去了我的身，

我在爱你的火焰中燃烧。

这是发自内心的爱，

它以强大的勇气

控制和操纵着

我的意志和心灵。

王　后　我必定继续当基督徒。

国　王　可以。

现在我心所爱

是你的身，

我把它看作天空一般。

难道我要负责你的灵魂，

或者我是上帝而要施加影响？

或者我已在把你的灵魂

引向永生的境界？

只要你不离开我，

你就按你的意愿生活。

鲁斯坦　马米，你看如何？

马　米　女人竟有如此威力！

王　后　陛下，不能禁止我

与男基督徒来往。

马　米　荒唐，

　　　　　给予这样的特权, 真太荒唐。

国　王　我如此爱你, 又如此有权力,

　　　　　王后, 你可以随心所欲,

　　　　　气势威严地

　　　　　向我要求一切。

　　　　　我已心甘情愿

　　　　　给你一切管辖权,

　　　　　你之所愿就是我之所愿:

　　　　　你可以核查

　　　　　我是否将你的愿望实现。

马　米　情况严重,

　　　　　在土耳其人中前所未见。

　　　　　鲁斯坦,

　　　　　你的基督竟在这里出现。

鲁斯坦　基督早已知道。

　　　　　马米, 基督经常

　　　　　把坏事变成好事。

国　王　你的命令可以规定

　　　　　我的行动方式,

　　　　　使我不离开

　　　　　你的喜好分毫,

　　　　　我的心必须同时

　　　　　了解你、体贴你、取悦你。

　　　　　美丽的卡塔琳娜,

　　　　　不要再自认卑贱,

　　　　　请设法改变初衷。

我决不愿以权势

夺取我之所爱：

因为强摘的瓜

从来不甜。

你作为我的女奴，

我现在就可以享用，

然而我要你当后宫的至尊，

使你永享清福。

常言道，

家花没有

野花香。

可是真奇怪，

我却苦苦地要把野花变为家养！

我两手拥有她，

却怕刚到嘴边

就从手中消失。

啊，无谓的恐惧，

我竟变得如此低声下气！

我定能实现我之所愿，

我在此谦恭等候。

鲁斯坦　我看国王陛下

怒气冲冲，

我劝你放低姿态，

不必在不快中制造悲哀，

既然你可以对他施令发号，

就不必求告。

王　后　畏惧和疑虑顿时烟散雾消，

　　　　啊，我太年轻无知！

　　　　任何疑虑

　　　　竟如此容易消除！

　　　　国王陛下，我在您面前

　　　　跪下双膝，

　　　　我是陛下的女奴。

国　王　怎么能这样？

　　　　王后，抬起头来，

　　　　你的两个太阳①

　　　　装扮得你这般美丽，

　　　　使我的双眼

　　　　看到上帝②或大自然的

　　　　巨大威力，

　　　　是安拉赋予大自然神力

　　　　使它创造出

　　　　你美丽的神迹。

王　后　请注意，我是基督徒，

　　　　以后我依然是基督徒。

马　米　多么古怪，多么荒唐！

　　　　苏丹王后竟是基督徒！

国　王　你可以对全世界发号施令，

　　　　你可以保持你的信仰，

---

①　指王后的眼睛。

②　伊斯兰教徒只说"安拉"，不说"上帝"。但土耳其苏丹为了迁就王后，竟也说
　　"上帝"。

你不属于我,而属于你自己。

你倾国倾城,

人们不仅应该对你尊敬,

更应该膜拜如神。

我保证办事符合你的心意,

一模一样不差毫厘。

马米,你把宫中全部女囚徒

都叫到我跟前,

向王后表示服从听命,

马米,乖乖地执行命令。

〔马米下场。

国　王　不仅敬拜我的人

应该服从她,

就连异国臣民

也应该服从她。

王　后　陛下,您的愿望

已经过头了。

国　王　我所喜欢的事

不可以长短轻重衡量,

一切都要达到而且尽心尽力,

为了办到这些事,

我从不担心,总是抱着希望。

〔马米回来,带来了克拉拉,后者在此叫沙伊达;跟着她
上场的还有赛琳达,他就是罗贝托在寻找的朗贝托。

马　米　她们来了。

国　王　这两个代表全体女囚徒

　　　　　　表示服从听命。

沙伊达　愿上帝

　　　　为您的婚礼祝福；

　　　　祝您多产多育，

　　　　为国王陛下

　　　　早生贵子；

　　　　鲁斯坦所明白的想法

　　　　您已经知道，

　　　　全世界的人以不同方式

　　　　为您千遍万遍祝福。

赛琳达　最美丽的西班牙女郎，

　　　　你是西班牙的王冠，

　　　　机敏善良，

　　　　世上无双。

　　　　上帝使你的愿望

　　　　得到完美的实现，

　　　　祝贺王后

　　　　新婚愉快欢乐：

　　　　你所拥有的王国

　　　　都按你的意愿治理；

　　　　没有事情会令你

　　　　忧愁苦恼；

　　　　穆罕默德

　　　　会赞美你。

国　王　你不要在她面前提穆罕默德，

　　　　王后是基督徒，

她的大名叫堂娜卡塔琳娜，

尊姓德·奥维多，

这个名字对我至关紧要；

因为逼她当摩尔人

她就不会到我手中，

我就不能享用埋藏着的

佳丽珍宝。

寂静未能埋没

我这美丽的卡塔琳娜的伟大名字，

我对她的名字敬拜

如同对圣物一样。

我们的婚礼

必须震撼全球，

愿上帝给我以荣耀，

我的臣民都来庆贺；

让深深的海洋

从它可怕的洋底

献出美味的鱼虾；

让世界给我以财宝，

让大地和清风

给我飞禽走兽，

供我御厨做成

一道道珍馐佳肴。

王　后　陛下这样宣扬，

　　　　我实在担当不起。

国　王　拿来南方的珍珠，

阿拉伯的黄金

和泰尔的紫色颜料、香料，

给你做成冠冕；

采来春天的鲜花，

装点你的前额。

如果你觉得

这样的请求

有点丧失理智，

那就请你来管理这一切。

〔众人下场，舞台上留下沙伊达和赛琳达。

赛琳达　啊，克拉拉，咱们的事儿

乱如一团麻！怎么办？

无论怎么努力

也无法挽救。

我这个男子汉竟敢混进

土耳其苏丹的后宫？

我想不出主意、办法或出路

来摆脱这灾难。

沙伊达　我也想不出来。

你胆大包天！

赛琳达　爱情使人无所畏惧，

男欢女爱

就不顾一切。

我不顾刀枪林立，

不顾剑拔弩张，

进到后宫来看你。

　　　　　　我已看到了你，并且享用了你，

　　　　　　即使死到临头，

　　　　　　也无悔无怨。

沙伊达　情人说话

　　　　　　气壮如牛，

　　　　　　满怀希望；

　　　　　　然而无法把咱们

　　　　　　从灾难中解救。

　　　　　　只怨咱们太莽撞，

　　　　　　进入这后宫，

　　　　　　就算咱们倒霉，

　　　　　　要出去是死路一条。

　　　　　　在这里找不到

　　　　　　安稳的地方；

　　　　　　要逃出去，

　　　　　　就是插上死亡的翅膀。

　　　　　　无论如何里应外合，

　　　　　　也不能将守门人引开，

　　　　　　任何办法也不能

　　　　　　躲开死神的等待。

　　　　　　在这后宫里，

　　　　　　我身怀有孕，

　　　　　　而你却是个男儿身，

　　　　　　咱们算彻底完蛋得救无门。

赛琳达　够啦！既然咱们

　　　　　　命该去死，

　　　　无论是着急或失望，

　　　　都找不出生路一条。

　　　　克拉拉，你该明白，

　　　　既然咱们必死，

　　　　要有个新的死法，

　　　　要在死中获得永久的生。

　　　　我是说，无论如何

　　　　咱们死也是基督徒。

沙伊达　　既然咱们在向死亡走去，

　　　　我就顾不得什么生。

　　〔二人下场。驯象师马德里加尔上场，他手持管状铁皮
　　助听器；间谍安德列亚同他一起上场。

安德列亚　马德里加尔，我早就对你说过，

　　　　那个阿拉伯女人

　　　　迟早会送掉你的命！

马德里加尔　她给的福大于祸。

安德列亚　让你当上了

　　　　驯象师。

马德里加尔　安德列亚，这有什么不好？

　　　　当然也许这是

　　　　前所未有的事。

安德列亚　说到底，如果你

　　　　犯了欺君罪，

　　　　难道就不会死？

马德里加尔　不必管它，

　　　　我先活着。

十年以后，

不是象死，

就是我或国王一命呜呼，

这笔买卖就不算亏。

如果把我塞进麻袋，

把我扔进海里，

即使我是游泳能手，

也不能施展伎俩，

只能喝水呛死，

事情岂不更糟？

我现在不是活得很好？

难道你有什么

更好的办法

来对我救援相帮？

安德列亚　你说的是。

马德里加尔　安德列亚，你该认为

这是件了不起的大事，

我有把握在你意想不到的时候

成功出奇迹。

安德列亚　马德里加尔，你真风趣，

死到临头不怕鬼。

这大象真会说话？

马德里加尔　这头大象聪明异常，

无须驯象师训导，

我反复思量，

它准是具有

　　　　　　某种理性思考能力。

安德列亚　看来你才是

　　　　　　没有理性的畜生，

　　　　　　整天胡说八道，

　　　　　　天下数你第一。

马德里加尔　只有这样我才可以

　　　　　　同卡迪打交道。

安德列亚　你好自为之；

　　　　　　然而你切不可

　　　　　　同我玩同样把戏。

马德里加尔　同最好的朋友

　　　　　　我就喜欢开玩笑。

安德列亚　这助听器是银的？

马德里加尔　我要的是银的，

　　　　　　但是给我助听器的人说，

　　　　　　用铁皮的就可对付。

　　　　　　我必须用这玩意儿

　　　　　　对着大象的耳朵说话。

安德列亚　这是白费时间白费劲！

马德里加尔　这办法想得好,玩笑也开得妙！

　　　　　　每天付给我

　　　　　　一百个铜板。

安德列亚　也就是两个金币？好家伙！

　　　　　　这玩笑开得真好！

马德里加尔　卡迪来了。瞧，

　　　　　　我得同他谈谈。

安德列亚　你又想骗他？

马德里加尔　也许是吧。

　　〔安德列亚下场，卡迪上场。

卡　迪　西班牙人，你已经开始

　　　　驯象了吗？

马德里加尔　是的，进度也相当快，

　　　　我已经教了它四课。

卡　迪　用什么语言？

马德里加尔　用比斯开①语。

　　　　据了解，这种语言

　　　　其古老超过了

　　　　埃塞俄比亚和阿比西尼亚②语。

卡　迪　我觉得这语言很陌生，

　　　　在哪里使用？

马德里加尔　在比斯开。

卡　迪　是在比斯开……？

马德里加尔　它在纳瓦拉省旁边，

　　　　靠近西班牙③。

卡　迪　这种语言古老，

　　　　世上独一无二；

　　　　请你教它西班牙语，

　　　　我们更容易听懂。

马德里加尔　那些更高雅的语言，

————————

① 比斯开是西班牙北部一个省，属于巴斯克地区，讲巴斯克语。

② 这里的阿比西尼亚是指古代埃及南部地区。

③ 实指西班牙中部地区。

我知道的都会教给它，

随便哪种，任它选学。

卡　迪　你会讲哪些语言？

马德里加尔　盲人们讲的瞎话，

意大利贝尔加莫方言，

法国加斯科涅方言，

以及希腊人讲的古代语。

我要给它准备一本书，

上面的文字像图画，

用这本书我让它明白

下层社会的语言；

如果这些语言它觉得难学

（因为这些都是难学的语言），

我就教它软绵绵的

巴伦西亚①语和葡萄牙语。

卡　迪　如果这头大象

没有学会

土耳其语或摩尔人语言，

至少也得学会西班牙语，

否则小心你的小命。

马德里加尔　如果这会叫无数好心人

甚至坏心人高兴，

不管学什么语，

它都能成为专家，

----

① 西班牙的一个省。

　　　　　　令所有的人开怀笑哈哈。

卡　　迪　西班牙人,求你一件事。

马德里加尔　不要客气,我很高兴为你做事。

　　　　　　说出你的愿望,

　　　　　　马上就会实现。

卡　　迪　这将是你在我一生中

　　　　　　给我做的最大好事。

　　　　　　告诉我:今天你看到

　　　　　　在空中飞翔的乌鸦

　　　　　　呱呱乱叫,

　　　　　　它们说的是,什么?

　　　　　　当时我不能

　　　　　　把这事向你问明白。

马德里加尔　你会知道的。

　　　　　　我告诉你的事

　　　　　　你切莫怀疑。

　　　　　　告诉你,它们说的是,

　　　　　　它们要去阿尔库迪亚①乡下,

　　　　　　因为它们饿得发慌,

　　　　　　要去饱吃一顿。

　　　　　　在那广阔的农村,

　　　　　　总会有死牛等候,

　　　　　　它们可以

　　　　　　放开肚子吃个够。

①　位于西班牙巴利阿里群岛。

卡　迪　这地方在哪里？

马德里加尔　在西班牙。

卡　迪　好远哪！

马德里加尔　那是些善飞的乌鸦，

　　　　　　翅膀轻轻一展

　　　　　　就飞出几千里；

　　　　　　它们飞得如此快，

　　　　　　今早飞到法国，

　　　　　　晚上就到巴黎。

卡　迪　告诉我，昨天那只朱顶雀

　　　　讲些什么？

马德里加尔　我总是听不懂，

　　　　　　它讲的是匈牙利话。

卡　迪　那只美丽的百灵

　　　　讲的是什么？

马德里加尔　女孩子家的悄悄话，

　　　　　　你不必知道。

卡　迪　你告诉我吧。

马德里加尔　她大致上说，

　　　　　　你跟在一个小伙子后面，

　　　　　　还有一些别的小事情。

卡　迪　真见鬼！

　　　　她为什么同我过不夫？

马德里加尔　怎么样，从我说的话中，

　　　　　　你可以看出我懂它们的话。

卡　迪　倒是差不了多少；

不过那吊我胃口的事

你没有讲到。

你什么也不要告诉别人，

因为我的信誉

得来实在不易。

马德里加尔　在说你的坏话时，

我是个哑巴。

你完全可以相信我，

放心睡你的安稳觉。

讲赞美你的话，

我永远不会犹豫。

不管鸫鸟

和朱顶雀

站在花枝上

骂你什么；

不管毛驴们

说什么怪话，

也不管乌鸦和金丝雀

叽叽喳喳，

反正只有鄙人

能听懂它们的话，

无论走到何方

我都缄默不吭声。

卡　迪　难道没有一只鸟

歌颂我？

马德里加尔　卡迪哟！它们将来会对你恭敬，

如果从今往后，

当我看到这些混球

张嘴想说你的坏话，

就可以定它们的不敬罪

而割掉它们的舌头。

〔阉人之一鲁斯坦上场，跟在他后面的是一个老年囚徒，

他在那里听别人说话。

卡　迪　鲁斯坦老兄，你去哪里？

鲁斯坦　去找一个

西班牙制衣匠。

马德里加尔　是不是裁缝？

鲁斯坦　对。

马德里加尔　那你找的一定是鄙人，

因为我是裁缝又是西班牙人，

裁剪手艺脱俗超凡，

在太阳照得到的地方

这样的人只有我一个。

咱们要裁剪什么呢？

鲁斯坦　给苏丹王后

做华丽的衣裳，

把她打扮成女基督徒模样。

卡　迪　你还有没有头脑？

鲁斯坦，你说的什么？

王后已经有了，而且要穿

基督徒衣裳？

鲁斯坦　这不是开玩笑，

　　　　　你听到的全是实话。

　　　　　她的大名是堂娜卡塔琳娜，

　　　　　姓德·奥维多。

卡　迪　你胡说八道，

　　　　　令我惊讶，使我愤怒。

鲁斯坦　国王陛下已经同

　　　　　一位美丽的女囚徒喜结连理，

　　　　　爱之所至，容忍她

　　　　　过基督徒生活，

　　　　　任由她穿基督徒衣裳，

　　　　　并且待她如基督徒一样。

基督徒①　感谢公义、仁慈的上帝！

卡　迪　竟能如此胡来？

　　　　　我如不去同他争论，

　　　　　宁愿不活命。

　　　〔卡迪下场。

鲁斯坦　去也无用，

　　　　　你只会看到他

　　　　　是一团爱情的烈火。

　　　　　跟我来吧，

　　　　　咱们找一个好裁缝。

马德里加尔　先生，

　　　　　我知道在这伟大的都城里

　　　　　找不到更好的

────────

①　就是前文所说的"老年囚徒"。

　　　　　　叛教者或囚徒；

　　　　　　为了证明这一点,先生,

　　　　　　我明白地对你说,

　　　　　　我就是那著名的

　　　　　　驯象大师；

　　　　　　既然能叫一头野兽说话,

　　　　　　裁制高雅的服装

　　　　　　当然不在话下。

鲁斯坦　　你说得很对,

　　　　　　不过如果不是那么回事,

　　　　　　你跟我走

　　　　　　就会倒霉。

　　　　　　好啦,不管它,我把你带走。

　　　　　　来吧。

基督徒　　先生,请过来,

　　　　　　如果你愿意,我想跟你说几句话。

鲁斯坦　　说吧,我听着呢。

基督徒　　这件事情我了解,

　　　　　　不止一个迹象表明,

　　　　　　他对裁缝这行当

　　　　　　知之甚少或一窍不通。

　　　　　　我至少当过

　　　　　　西班牙宫廷裁缝,

　　　　　　而且是宫廷中

　　　　　　最好的裁剪师。

　　　　　　我是专做女服的裁缝,

　　　　我之成为囚徒，

　　　　若不是由于灾难，

　　　　那就十分神秘。

　　　　把我带走吧，

　　　　也许你将看到奇迹。

鲁斯坦　好吧，

　　　　你过来，你也过来，

　　　　也许会有一个被选中。

马德里加尔　朋友，你是裁缝？

基督徒　对。

马德里加尔　我可不行，

　　　　只会缝个补丁。

基督徒　瞧，多乖巧的裁缝！

　　　　尽管我也试图

　　　　用智谋而不是靠膂力

　　　　回到西班牙，

　　　　可我确实是裁缝。

　〔众人下场。苏丹王后手持念珠串上场，土耳其苏丹跟
　在她后面，听她说话。

王　后　圣母，您是最美的太阳，

　　　　圣母啊，我衷心赞美您；

　　　　您是海上的明星，

　　　　照耀着灵魂

　　　　在风暴中看到宁静！

　　　　痛苦时我向您祈求，

　　　　圣母啊，我在沉沦，

因为我已到了

盲目、无谓恐惧的沙洲边缘，

我把灵魂急切地交给您。

意志属于我自己，

我保有我的意志而把它献给您，

神圣的玛利亚，

请看，我垂头丧气，

圣母啊，请赐我以恩典尽管我不配享受。

国王陛下，您来了？

国　王　卡塔琳娜，祈祷，祈祷吧，

没有神佑，

人的幸福不会持久；

你呼唤你的玛利亚吧，

我不会惊慌，

而是感觉良好，

因为我们把她看作圣徒。

王　后　圣母玛利亚啊，

人们世世代代赞美您，

啊，您多么美丽，

月亮在您面前自叹不如！

国　王　你赞美她吧，

我们也把她赞美，

我们首先给她以

童贞女的荣誉。

〔鲁斯坦、马德里加尔、老年囚徒和马米上场。

鲁斯坦　这两个就是成衣匠。

马德里加尔　　陛下,我对裁缝这行当

完全精通,

而其余的人只能凑合。

王　　后　　给我做西班牙式样的衣裳。

马德里加尔　　我很高兴这么做,

这使我想到了

奇丽诺拉。

王　　后　　奇丽诺拉是什么?

马德里加尔　　那是一种衣裳,

大小宽窄恰到好处,

一看就觉得漂亮,

还没有一个王后穿过这种衣裳;

用金银衣料制作,

要用衣料几百丈。

王　　后　　穿上它谁能

不累垮?

马德里加尔　　王后,那准是

假裙子。

基督徒　　真不像话!

这家伙要么脑子有毛病,

要么是取笑、胡闹。

朋友,这么取笑,你会倒霉,

如果你不知道,我就告诉你,

同如此重要的人开玩笑,

决不会有好下场。

王后,我会给你做一件

　　　　合身的西班牙式衣裳。

王　　后　这个人一定是我的父亲，

　　　　他的声音瞒不过我。

　　　　好人哪，

　　　　给我量尺寸吧。

基督徒　老天有眼，

　　　　给了她

　　　　匀称的身材！

王　　后　肯定是他，怎么办？

　　　　我的方寸已乱！

国　　王　为了奖励你，

　　　　我将给你以自由和钱财。

　　　　请按照西班牙式样，

　　　　用既美丽

　　　　又昂贵的衣裳

　　　　打扮得让她孤芳自赏。

　　　　东方的珍珠，

　　　　美洲的钻石，

　　　　你尽管使用，

　　　　你要什么，我都满把满把提供。

　　　　让我的卡塔琳娜

　　　　按她心意穿戴，

　　　　不论她如何妆扮，

　　　　我都把她看作女神。

　　　　她是我心目中的偶像，

　　　　不论她穿土耳其或外国衣裳，

　　　　　　　我都把她疼爱，

　　　　　　　把我的生命交到她手上。

基督徒　宝贝，来吧，

　　　　我要给你量腰身，

　　　　给你做的衣裳

　　　　必须合体像样。

马德里加尔　先量她的柳腰！

　　　　　　我这个大裁缝就是这么干！

国　　王　基督徒朋友，这可不行，

　　　　　这可有伤风化。

　　　　　只可从外边测量，

　　　　　不准碰到她的身。

基督徒　陛下，哪里见过

　　　　有这么干活的裁缝？

　　　　陛下岂不知道，

　　　　在裁剪中

　　　　如果不以尺寸作指导，

　　　　活计必定做不好。

国　　王　这倒是。

　　　　　你尽力设法干好，

　　　　　然而不可过分。

基督徒　陛下，对我的拥抱

　　　　不必有所猜疑，

　　　　王后会把我

　　　　当作她的父亲。

王　　后　我的怀疑果然不错，

从出生以来,这事

最使我害怕难过。

国　王　你过来干活吧。

王　后　我的好爸爸哟,

千万不可露出马脚。

〔父亲一边量尺寸,一边说话。

基督徒　我恳求上帝,使这条

为你量尺寸的皮尺,

把你轻轻地

送进我的怀抱!

我恳求上帝

使眼前这种荣华富贵,

变换成在你故乡的

贫贱安宁,

使这些华美的衣着

变换成粗布衣裳,

在西班牙故乡

纺纱织布度时光!

王　后　爸爸,别说了,

我受不了这样的责备,

我的心在猛烈地跳,

我害怕得要晕倒!

〔王后晕倒。

国　王　怎么回事?怎么如此纷乱?

这怎能不叫我着急呼喊?

丧门星,骗子手,

　　　　　你对她施了巫术？你把她弄死了？

　　　　　混蛋，你干了什么？

　　　　　魔鬼，你说。

基督徒　她就会说话。

　　　　　陛下，请把她的胸部放松，

　　　　　用水给她洗脸，

　　　　　她就会苏醒。

国　王　她已经丧命！

　　　　　马上处死这怪物！

　　　　　也叫那家伙送命！

　　　　　把他们带走！

马德里加尔　我比大象

　　　　　早死！

马　米　走吧，狗东西！

基督徒　王后还活着，

　　　　　我是她的父亲。

马　米　你谎话连篇，

　　　　　谁还相信你。

　　　　　骗子手们，走吧，走吧，

　　　　　你们这帮傲慢的西班牙人。

马德里加尔　啊，象类的精英，

　　　　　今天我不能见到你啦！

　　〔马米和鲁斯坦把土耳其苏丹王后之父和马德里加尔强
　　行带走。在舞台上留下土耳其苏丹及王后，后者晕倒在地。

国　王　如果你不苏醒，

　　　　　这空前的灾难

如天塌一般

压在我肩上！

〔土耳其苏丹将王后抱下。

第 三 幕

〔鲁斯坦和马米上场。

马　米　王后如不很快

　　　　从昏厥中苏醒，

　　　　她就失去父亲，

　　　　大象就失去老师。

　　　　她一苏醒便大声说：

　　　　"我的父亲怎么样？多么可怜呀！

　　　　我的父亲到哪里去了？"

　　　　她用眼睛四处将他寻找。

　　　　说时迟，那时快，

　　　　国王不等回答

　　　　便命令我

　　　　立刻把两个裁缝

　　　　从木桩①上或火中救出。

　　　　我猜想

　　　　那老者必定是

　　　　国王那心肝宝贝的父亲。

———————————

①　所谓木桩，是将木桩顶端削尖，把犯人串在木桩上活活折磨死的酷刑。

我赶快奔跑,及时赶到

刽子手正在削尖

处死他们用的木桩。

那西班牙驯象师

一获释放

就连蹦带跳地说:

"感谢上帝和我的徒弟!"

依我看,他准以为

他承诺训练的象

已经开口说话,

因而别人才释放了他。

我把这老者

带到王后面前,

王后亲切地拥抱他,

千百次地亲吻他。

在那里,父女俩

在简短的交谈中

互诉别离后

千万种经历。

最后,国王命令我

在犹太人区

好好地安置

他的岳父大人。

他又命令,

要按基督徒习惯

盛情款待,

以显示陛下的爱心和伟大。

鲁斯坦　国王爱她满怀柔情蜜意，

这真是怪事一桩！

对她言听计从，

像失魂落魄一样。

对卡迪大法官充满怀疑，

连一句话也听不进去，

并且严厉斥责

他的好意进谏。

国王要在两天之内

在后宫寻欢作乐，

同王后和女囚徒们

跳起基督徒们的舞。

我已找来乐师，

他们都是西班牙囚徒，

将高高兴兴地在后宫

为前所未见的联欢会增添欢乐。

我要不要让他们

穿上新衣干干净净？

马　米　应该，不过他们仍然是奴隶。

鲁斯坦　为了过得快乐，

最好让他们像自由人一样，

头戴羽饰，打扮得漂漂亮亮，

让他们在熟悉的西班牙式舞会上，

生动活泼地表演。

马　米　你别管，

这根本不可能。

鲁斯坦　苏丹王后

已经有一套西班牙衣裳。

马　米　谁给她做的？

鲁斯坦　是一个犹太人

从阿尔及尔带来。

那里到了两艘海盗船，

装满小艇和货物，

那犹太人就在那里

购买了我说的那套衣裳。

马　米　苏丹王后穿别人的衣裳

实在太不像样。

鲁斯坦　她急着要脱下

土耳其衣裳，

我想象她可以穿上

粗呢服装，

那倒是像

基督徒穿的衣服。

马　米　依我看，她最好穿上

青藤和绿叶。

鲁斯坦　马米，识相点，走开，

因为我事情太多实在忙。

马　米　为了侍候奥维多老爷，

我比你更忙。

〔二人下场。苏丹王后及其父上场，后者身穿黑衣。

父　亲　孩子，不管你怎么解释，

　　　　我都不能理解，

　　　　而只知道你是

　　　　愿意来做他的老婆：

　　　　他是个不讲理的暴君，

　　　　即使有点儿基督徒气味，

　　　　也不会给你半点儿快乐。

　　　　你双脚和胳膊

　　　　缠着绳子①算什么？

　　　　还有什么绳索对你

　　　　比这更为残酷？

　　　　你是心甘情愿

　　　　俯首听命，

　　　　一心要享受

　　　　这豪华威严、

　　　　花天酒地的生活。

王　　后　爸爸，如果是我心甘情愿

　　　　同这不信基督、

　　　　给我带来痛苦的人

　　　　亲亲密密地生活，

　　　　老天爷决不会饶恕，

　　　　五雷轰顶夺我性命，

　　　　您对我的祝福

　　　　都将变成咒诅。

　　　　我千百次地下决心，

————————

　　①　指丝带之类的饰物。

与其取悦于他不如去死；

我千百次地蔑视他的讨好奉承，

企图将他激怒。

我的轻蔑，

我的狂傲，

一件件一桩桩

都把我身价抬高。

我的冷淡燃起他热情之火，

我的轻蔑将他吸引，

我的狂傲使他更向我靠近，

我躲避，他把我追寻。

最后我以保留基督徒姓名

作为当苏丹王后的条件，

战战兢兢地对他听命。

父　亲　孩子，你该清楚你闯了祸，

我知道你会看到，

至少现在你是

犯了致命的大罪。

你看，你处于什么地位，

瞧你怎么处理，

因为虽然貌似幸福，

实质上却是大祸临头。

王　后　您对我循循善诱，

不过您告诉我，

难道他们不杀我，

我必须自戕性命？

　　　　　如果他不愿意
　　　　　让我活着，
　　　　　难道我必须
　　　　　自己动手杀死我自己？

父　亲　绝望自杀
　　　　　是最糟最丑陋的罪孽，
　　　　　我认为，什么罪
　　　　　也不能同它相比。
　　　　　自杀就是怯懦，
　　　　　就是对创造、养育
　　　　　我们的上帝的
　　　　　自由之手作试探①。
　　　　　这个真理有根有据，
　　　　　决不允许怀疑：
　　　　　犹大上吊自尽
　　　　　比出卖基督罪更上一层②。

王　后　我愿意当烈士，
　　　　　尽管现在我
　　　　　脆弱多病的躯体
　　　　　派上这可恶的用场。
　　　　　我希望，指引罪人
　　　　　去天国的光明，
　　　　　终有一天

---

① “试探”是基督徒们的用词。他们认为，每个人必须绝对听从上帝“自由之手”
（即至高无上的权力）的安排，自杀就是怀疑上帝的权力。
② 犹大出卖基督后，因悔恨而上吊自杀。

在黑暗中把我照亮，

把我这个

受尽侮辱、

已经悔改的囚徒

引向永恒的自由。

父　亲　我要劝你

期望而不要惧怕，

因为不可催促上帝

至高无上的权力。

我完全信靠上帝，

而不以胡思乱想

描绘走出这迷宫的

道路；

但是，如果是通向死亡，

你切莫逃避，而要坚强。

王　后　上帝以我悲惨的命运

批准了我的意图，

要求我面临

难以想象的考验，

保持坚强的信心，

使苏丹王从我得到报偿，

使父亲您高兴满意。

我走了，因为今天下午

有很多事要做；

国王陛下一心要

炫耀我的风采。

如果您愿去那里，

爸爸，我一定好好安排。

父　亲　谁去那里就是毁了自己，

我怎么能去呢？

在寻欢作乐中

你要保持诚实品质，

娱乐也要

适可而止；

要显示良好教养

和善良家庭的出身。

王　后　我会这么做，

因为我知道

绝不该出丑。

父　亲　上帝保佑你！

我的宝贝，上帝与你同在，

你在不快中有人精心侍候，

而我，忧郁或愉快又有何用！

〔父女二人下场，苏丹王后的衣着必须是基督徒式的，应
尽量穿得豪华。两名乐师和马德里加尔上场，他们都是
囚徒，身穿红色紧身背心，白布裤子，黑色皮靴，全身都是
新的，但无皱褶领饰和袖口。马德里加尔手拿铃鼓，其余
二人手持吉他。这两名乐师分别称为甲、乙。

乐师甲　这位老兄曾在木桩前

等候受辱，

那时他那副尊容真难看。

马德里加尔　我的天哪，

那时我有点儿灰溜溜，

他们都快准备好了，

我差点儿成为烤鸭。

乐师甲　又是谁让你当裁缝了？

马德里加尔　就是现在这个要咱们三人

当诗人、乐师、舞蹈员的那家伙，

我看他是魔鬼。

乐师甲　如果王后没有很快苏醒，

老兄，你就完蛋了！

马德里加尔　那就成烤兔子了，可不是在铁笼子上，

这混蛋暴君！

乐师乙　说话小声点儿，

小心倒霉！

难道你们不记得那俗话：

"墙外有耳"？

马德里加尔　我小声地说，

我说……

乐师甲　你说什么？什么也别说。

马德里加尔　我说，任何像他这般大小的国君，

一般脾气都不小，

我怕咱们在跳舞中

只要迈错一步，他就会要了咱们的命。

乐师乙　你会跳舞吗？

马德里加尔　就像笨驴一样。

不过我记得一首优美的歌谣，

内容是叙述伟大的苏丹王后的故事，

前前后后无所不包，

我想发疯一般向他大声歌唱。

乐师甲　你是怎么知道的？

马德里加尔　是她的父亲

亲口告诉我。

乐师乙　咱们还能唱什么？

马德里加尔　许多萨拉班达①小调，

许多好听的桑巴帕洛、

恰科纳和弗利亚小曲。

乐师甲　谁会跟着这些曲调跳舞呢？

马德里加尔　苏丹王后。

乐师乙　她什么舞也不会跳，

因为据说，她幼年时

就丧失了自由。

马德里加尔　卡帕乔，你瞧，

任何一个西班牙妇女

一出娘胎就会跳舞！

乐师甲　这个理由我不反对。

不过王后为了保持威仪，

我怀疑她会参加跳舞。

乐师乙　在舞会上后妃们照样翩翩起舞。

马德里加尔　确实如此，贵妇们表面一本正经，

人背后什么事都干。

乐师甲　如果让咱们有地方

———————————

① "萨拉班达"和"桑巴帕洛"都是曲调名字，均音译。

聚在一起排练，

也许可以编排一个快乐的舞蹈，

伴唱可以使用

我在西班牙所见喜剧中的曲调。

那些舞蹈是由

阿隆索·马丁内斯创作，

十分有趣而又欢快，

胜过那类以挨饿的

或挨打的小偷逗乐的幕间剧①。

乐师乙　这倒是真的。

马德里加尔　这次咱们会上木桩，

会成为鱼虾的口粮。

乐师甲　马德里加尔，你也太胆小了，

总是说些倒霉话。

　〔鲁斯坦上场。

鲁斯坦　朋友们，你们到齐了？

马德里加尔　我们都来了，

你瞧，都带着乐器；

不过，我们都十分害怕，

恐怕过一会儿会屁滚尿流。

鲁斯坦　你们穿着要干净整齐；

不要害怕，来吧，

国王陛下在等候。

---

① 在作者那个时代，每幕剧之间穿插独幕短剧（幕间剧），此类剧中往往有小偷这类角色。

马德里加尔　我诅咒我的罪孽，

　　　　　　愿上帝保佑我！

乐师乙　你不要害怕，

　　　　不要吓唬我们，

　　　　幸运之神佑助胆大人。

〔众人下场。马米上场，他指挥两三名小厮安装一个王位台；他们铺上土耳其地毯，再放上五六个彩色天鹅绒坐垫。

马　米　穆扎，向这边拉一点，再拉一点；

　　　　阿尔璐特，你把坐垫搬来，

　　　　拜朗，你注意，国王走到哪里，

　　　　你就把花撒到那里，

　　　　点起香炉。嘿，快点儿干！

〔小厮们不声不响地干活，在王位台安装好时，土耳其苏丹、鲁斯坦、乐师们和马德里加尔上场。

国　王　你们都是西班牙人吗？

马德里加尔　都是。

国　王　是阿拉贡人还是安达卢西亚人？

马德里加尔　卡斯蒂利亚人。

国　王　是兵还是官？

马德里加尔　是军官。

国　王　你们的职业是什么？

马德里加尔　我？是报子。

国　王　这个人的职业呢？

马德里加尔　吉他手，

　　　　　　我是说，吉他弹得

　　　　　　　乱七八糟不像样。

国　王　那一个有什么本领？

马德里加尔　本事可大了，

　　　　　他会缝麻袋，还会裁制手套。

国　王　这些行当可都值得尊敬！

马德里加尔　国王陛下是否需要我们之中

　　　　　一个是铁匠，另一个是制斧能手，

　　　　　还有一个是烟火匠，或者起码是

　　　　　建立炮队的大师？

国　王　果真如此，我会重视你们，

　　　　　还要特地给你们赏赐。

马德里加尔　糟糕，

　　　　　获得自由的希望

　　　　　化为泡影。

国　王　只要安拉愿意，

　　　　　就可以使这个成为囚徒，那个获得自由，

　　　　　没人能抗拒安拉的意志。

　　　　　瞧，卡塔琳娜来了。

鲁斯坦　她来了，

　　　　　她那美丽的脚所到之处，

　　　　　那里就开放鲜艳的花朵。

　　〔苏丹王后上场，她身穿基督徒式衣裳，衣服应尽可能华
贵，颈上戴一个乌檀木小十字架。同她一起上场的有沙
伊达和赛琳达（即克拉拉和朗贝托），以及三名搭建王位
台的小厮。

国　王　来吧，人间仙女，

　　　　你比天空更美，

　　　　这是事实，而不是想象，

　　　　你是我的心欢乐跳跃和

　　　　安憩的地方；

　　　　在我眼里你非常美丽，

　　　　胜过春天清晨的美景：

　　　　朝霞悠然渲染、镶嵌

　　　　田野和整个世界。

　　　　你不必更换衣裳，

　　　　天下臣民都会

　　　　高高兴兴地向你致敬。

王　后　这么赞美，

　　　　我感到受不了，

　　　　因为阿谀奉承

　　　　从来不是心里

　　　　想说的真话，

　　　　这样的赞美就是谎话。

马德里加尔　一句谎话，就给他一个耳光。

乐师乙　马德里加尔，请注意

　　　　咱们在什么地方，

　　　　不要用舌头招来死亡。

国　王　你所拥有的价值

　　　　必使你伟大如天高。

　　　　王后，你来就座，

　　　　今天我的一切不快将愉快地消失，

　　　　我的心灵将全神贯注，

　　　　　务必让你开心欢喜。

　　〔土耳其苏丹和王后坐在座垫上;鲁斯坦、马米和乐师们
站着。

马　米　卡迪大法官要进来。

国　王　马米,给他开门,让他进来,

　　　　　不可不让他进门。

　　　　　这次朝见令我不快,

　　　　　尤其是在这种场合。

　　　　　他是来将我责备,

　　　　　说什么我行事荒唐,

　　　　　既唯唯诺诺,

　　　　　又高傲专横。

　　　　　这种责备一钱不值,

　　　　　因为爱情

　　　　　把我奴役,

　　　　　不许随心所欲。

　　　　　我赞美爱情的奇迹。

　　〔卡迪上场。

卡　迪　我看到的是什么? 天哪!

　　　　　陛下竟能容忍!

国　王　卡迪大法官,

　　　　　请不要责备我,

　　　　　先在我身边坐下!

　　　　　因为这不是责备人的

　　　　　时机和地方。

卡　迪　陛下不让我讲话,

使我不能陈明理由。

我就坐下默不作声。

国　王　你就这么做。

你该按我要求的那样

讨我高兴喜欢；

我会感谢

而恩赐诸位。

马德里加尔　陛下，在跳起那

我从未学过的舞蹈以前，

请先听一首歌谣。

乐师甲　恳求上帝保佑，

别让这家伙唱砸了锅！

马德里加尔　你得知道，这是你

生活和发迹的历史；

我会很快给你唱完，

因为此事只有我知道，

而且倒背如流记得牢。

"某个冬季，有位并不富裕的

奥维多绅士，

在马拉加登上一艘

十把桨的船，

他是要去奥兰。

咱这个时代真是怪，

只要是绅士

似乎就离不开穷字。

他有个女儿非常美丽，

妻子和女儿商议妥当，

与他一同出发。

由于是在一月，

海面平静无风暴，

海盗们隐遁在海湾；

然而灾难和不幸

如各种风随船航行，

一个灾难降临，

使他们失去自由成为倒霉人。

莫拉托·阿拉埃斯并不睡觉，

为的是也使别人睡不好觉，

在那次行劫中

他追上了那艘快船；

他在得土安①停靠

把女孩卖给

一位知名的摩尔富翁，

他的名字叫阿里·伊斯基耶多。

母亲悲痛而死，

父亲被带到阿尔及尔，

因他年迈

免做划船苦役。

四年以后，

莫拉托回到得土安，

发现那女孩

---

① 得土安，摩洛哥北海岸城市。

出落得比太阳还美。
便从她主人阿里手中
以四倍于当初
他买她的价格
把她买回，
阿里告诉莫拉托：
'我很愿意把她卖掉，
因为她软硬不吃，
我不能把她变成摩尔姑娘。
她还不满十岁，
然而谨慎机警，
远远胜过
成熟的老年人。
她是他们国家的光荣，
是坚强的榜样；
尤其要考虑到她孤身一个，
而且又是个贫贱的弱女子。'
那个知名海盗买下她，
心中无比欢喜，
来到了君士坦丁堡，
我想那是在公元六百年；
他把她献给了国王陛下，
当时陛下还年轻，
后来设法让后宫阉人
把她交出。
有人要她把卡塔琳娜

> 这甜美的名字更改为
>
> 索拉伊达,她坚决不干,
>
> 连奥维多这个姓也不改换。
>
> 终于在几多周折后
>
> 国王陛下见到她,
>
> 犹如仰望太阳,
>
> 顿时眼花迷乱;
>
> 把他广阔国土上的最大权力
>
> 赋予了她,
>
> 把灵魂也交给了她。"

国　王　他说得多对呀!

马德里加尔　"……还允许她当基督徒……"

卡　迪　这太过分了!

国　王　朋友,别说话;别打扰我,
　　　　我正听得高兴。

马德里加尔　"……我不想在此叙述
　　　　她的父亲为何找不到她:
　　　　那要说的事更多,
　　　　而我必须简单叙述;
　　　　我只说,他想方设法,
　　　　历尽艰辛来找她,
　　　　这段漫长的历史
　　　　留待别的机会再说。
　　　　今天卡塔琳娜已成王后,
　　　　今天她驾临天下,
　　　　今天我们看到她脚踩

奥斯曼之狮不屈的颈项；

今天她把他制服驾驭，

并以前所未见的办法

造福众基督徒，

这就是我所知道的这段历史。"

乐师乙　这位即兴诗人真棒啊！

提洛岛的金发主人①

一定让你喝了一大锅

阿格尼佩泉水②。

乐师甲　愿缪斯③们

用最好的火腿和陈酒

犒赏你。

马德里加尔　有普通酒我就满意啦。

卡　迪　这个基督徒是魔鬼！

我认识他，我有把握说，

他的智慧胜过穆罕默德。

国　王　我要奖励他。

马德里加尔　王后，请过来，

您一定得按照咱们的习惯

跳第一个和最末一个舞。

王　后　国王陛下恐怕

享受不到这种眼福，

---

① 提洛岛是希腊的一个小岛，传说是太阳神阿波罗的出生地。金发主人即指阿波罗。

② 阿格尼佩，希腊神话故事中众女神（缪斯）的圣泉。

③ 缪斯，希腊罗马神话中主管艺术的女神，共九位。

因为我从小就

失去了自由，

我不会跳奇里古怪的舞。

马德里加尔　王后，我来带您。

王　后　那就马上开始。

〔苏丹王后起身跳舞。此舞应排练得很好。乐师们唱歌。

乐师们　美丽的西班牙姑娘，

我的心为你而倾倒，

为了讨你喜欢，

我舍弃了自己的爱好；

为了你，我从容

而欣喜地不顾一切，

甘愿做你的奴隶，

宁可将大好河山舍弃；

为了你，我胸有成竹，

决心已定，要顶住

一切指责，

不接纳任何劝谏；

为了你，

我违反我的先知①

给我定下的戒律，

不再憎恶基督教徒；

你是我眼睛里的眸子，

同你在一起我就幸福，

_____

① 指伊斯兰教先知穆罕默德。

　　　　我明白，丝毫也不犹豫，

　　　　我将为你而活，为你而死。

　　〔改换另一种舞。

乐师们　姑娘听着甜言蜜语，

　　　　而她的心并不高兴。

　　　　由于国王仍想

　　　　保持他的规矩，

　　　　他的甜言蜜语

　　　　并不能讨她欢喜。

　　　　劝国王把事情

　　　　仔细考虑周到，

　　　　切莫让甜蜜爱情

　　　　迷住自己的心窍。

　　　　她的心并不高兴。

　　　　她的风采和勇气

　　　　实在无与伦比，

　　　　将国王陛下的心

　　　　紧紧地拴住。

　　　　她的冷漠燃起他的烈焰，

　　　　她的勇气令他惊异，

　　　　他仰慕她的倩影，

　　　　然而却确实看到

　　　　她的心并不高兴。

国　王　我的宝贝，不要再跳了，

　　　　因为你每挪动一步

　　　　都把我的心牵动。

> 你的轻盈和节拍，
>
> 举手投足都有神采。
>
> 我的宝贝，休息一下吧，
>
> 如果累了，就歇歇，
>
> 在今天这个喜庆日子，
>
> 我这恣意行事的手
>
> 要给所有的人以自由。

〔听国王说到这里，全体在场的人——囚徒们，沙伊达和赛琳达，三个小厮以及苏丹王后——都在他面前跪下。

王　后　我吻你的脚百次千次！

赛琳达　对我而言

这是非常幸福的事！

国　王　卡塔琳娜，你觉得称心吗？

王　后　陛下，我不觉得称心，

因陛下对我们礼遇有加，

特别地欣喜愉快，

倒闹得我糊涂犯傻。

国　王　请起来，我的夫人，

我这次恩赐对象

并不包括你，

如果你要问为什么，

因为我恩赐于奴隶，

而你是堂堂的王后，

我对你如同对安拉一般

真心地膜拜敬礼。

赛琳达   哎呀,天要塌下来啦!

　　　　我的大限已到!

　　　　克拉拉,我不知道

　　　　为什么又预感到

　　　　咱们的恩爱到此已了,

　　　　这意味着咱们将是

　　　　情人们的前车之鉴。

　　　　我觉得国王陛下

　　　　随意恩赐的自由,

　　　　尽管也给了咱们,

　　　　恐怕并非真的拥有。

沙伊达   别说了,注意

　　　　不要引起别人怀疑,

　　　　有事过后再对我说。

卡　迪   陛下的恩赐对象

　　　　不包括这三个人吧?

国　王   包括这两个,但不包括那个。

　　　　他就是那个

　　　　自称能教会大象

　　　　讲纯正土耳其语的人。

马德里加尔   我倒大霉了!

　　　　我算完蛋了吗?

国　王   你教它说话,

　　　　届时会得到自由。

马德里加尔   如果安德列亚不帮忙,

　　　　我不知何时能得自由。

我要设法逃走，

径直逃奔

比利亚迭戈①。

卡　迪　卡塔琳娜是

这么美丽，我不再

否认她幸福的命运。

不过，孩子，在这欢乐中

请别忘了多生孩子，

在这里那里多多撒播种子。

国　王　卡塔琳娜是美丽的妇人。

卡　迪　她的要求却很多。

国　王　多什么？

诸多愿望只有一个目的。

卡　迪　咱们走着瞧吧。

国　王　反正你会把我所做的一切

记录在案。

马米，到那边去，我有话对你说。

马德里加尔　卡迪大法官，

我有要事对你说。

卡　迪　马德里加尔，你说吧。

马德里加尔　好，我告诉你：

马上叫人给我

带来三十个金币，

我要用来购买

————————

① 比利亚迭戈，地名，在西班牙北部。

　　　　　　　一个印第安人出售的

　　　　　　　一只漂亮的鹦鹉。

　　　　　　　从西印度来的这只

　　　　　　　天下无双的鸟,

　　　　　　　足以教导

　　　　　　　世上所有无知而又聪明、

　　　　　　　富裕而又贫穷的人。

　　　　　　　我将把它说的话都告诉你,

　　　　　　　因为你知道

　　　　　　　它的话我全都明白。

卡　　迪　　你去我家吧,

　　　　　　　我一定给你钱。

国　　王　　马米,快点儿,

　　　　　　　我得马上回来。

　　　　　　　你们来吧,真叫人焦急,

　　　　　　　你们这两个

　　　　　　　十足的傻瓜,

　　　　　　　我已赐予你们自由,

　　　　　　　来吧,享受这

　　　　　　　快乐的自由。

乐师乙　　愿上帝赐予陛下

　　　　　　　百年幸福!

马德里加尔　徒儿呀,我教你说话,

　　　　　　　你却以怨报德,

　　　　　　　这是怎么回事呀?

　　　　　　　尽管你让我活了命,

却夺去了我的自由。

由此我感到,并得出结论:

任何美事都必须付出,

灾祸后边可能有福,

只要你不死于灾祸

而去遭受永久的折磨。

〔众人下场,只有马米和鲁斯坦留下。

马　米　你看国王陛下

想要我干什么?

鲁斯坦　我不清楚,

但也想知道是怎么回事。

马　米　我猜他一定

又有缥缈的幻想。

他想重新燃起他的烈火,

又要享用过去那种

甜甜蜜蜜的欢乐。

他要观赏他的众美女,

而且是着急得难以忍耐。

狡黠、老练而富有智慧的卡迪

给他出了好主意,

这主意正中国王下怀。卡迪说:

"孩子,我劝你早生贵子,

这里那里

多播种子;

如果这块土地无收成,

那块土地定可丰收。"

鲁斯坦　有了这个道理，

国王陛下就没有错。

为了得到继承人

这个最大的理由，

就不会得罪苏丹王后。

马德里加尔　我想，对国王来说

没有比这个主意更好，

因为在众女囚徒中不止一个基督徒。

前面来的女子是谁？

鲁斯坦　是两个。

马　米　这两个女子将

首先被选中。

鲁斯坦　这倒很合适，

因为她们非常美丽。

〔克拉拉和朗贝托上场。前面交待过，他们分别叫沙伊

达、赛琳达。

赛琳达　我不能向你解释

我担心的原因，

因为鲁斯坦和马米还在这里。

沙伊达　朋友，请安静。

马　米　你们二人都祈求老天

让你们交好运吧，

让国王把你相中而你又能取悦他。

赛琳达　怎么，国王陛下又故态复萌？

鲁斯坦　在这节骨眼，国王必定

把全部女囚徒玩赏。

沙伊达　这是怎么回事？

　　　　转眼之间他竟

　　　　把他所钟爱的天仙忘却？

　　　　他哪有什么情爱，而只有淫欲。

鲁斯坦　他在寻求生出一个继承人的地方，

　　　　无论什么女人都无关紧要，

　　　　这就是他的爱情不稳定的原因。

马　米　我把赛琳达安排在哪里？

　　　　因为她很像是多产女子。

　　　　把她安排在前面好吗？

赛琳达　千万不要这样！

　　　　请把沙伊达和赛琳达

　　　　放在众美人的最后。

马　米　那倒也好，

　　　　既然你们愿意。

鲁斯坦　赛琳达，请注意，

　　　　要面对国王，向他显示

　　　　你两只眼睛的阳刚美；

　　　　他也许会选中你，你就交了好运，

　　　　会给他生下他所企盼的王子。

　　　　这里是众美人的排尾，

　　　　你站在这里，其余美人

　　　　会一个个到来。

沙伊达　我服从。

赛琳达　我感谢你把我们放在排尾。

　　　〔马米和鲁斯坦下场。

赛琳达　这下糟糕了，
　　　　倒霉的时刻
　　　　真的来到！
　　　　我是个男儿身，而你身怀有孕。
　　　　咱们该怎么办？
　　　　如果国王看中了
　　　　你美丽的脸蛋。
　　　　毫无疑问，他会挑选你，
　　　　这样不幸的事情
　　　　却眼睁睁地不能避免。
　　　　如果不幸之中
　　　　国王把我选中
　　　　那就是我命中注定……

沙伊达　如果你倒霉，
　　　　我也逃脱不了死亡的命运。

赛琳达　我们可否
　　　　把脸弄丑？

沙伊达　那会逼咱们
　　　　说出这么做的原因，
　　　　这岂不是
　　　　弄巧成拙。

赛琳达　你瞧，叛教者马米
　　　　和坏基督徒鲁斯坦
　　　　他们干得多欢快。
　　　　女囚徒们都来了，
　　　　她们都到了这里；

<blockquote>
你如果数一数，

我保证有两百人。
</blockquote>

沙伊达 　我看，她们这些人

想法与咱俩不同，

一个个都喜气洋洋。

国王走得多快哟，

一个个地看过来，

已过了一半。

赛琳达 　克拉拉，我的心

被吓得冰凉。

请祈求上帝，让他

在来到咱们之前

大地把他的双脚粘住！

沙伊达 　也许他在来到这里之前

就能选中一个。

赛琳达 　如果他到这里，让他瞎了眼！

〔土耳其苏丹、马米和鲁斯坦上。

国　王 　后面的这些女子

我一个也看不上眼。

马米，不必再领我看了。

马　米 　不过这两位姑娘中

有一位会讨你喜欢。

鲁斯坦 　抬头，在这里

害羞不管用，

你们两个抬起头来。

国　王 　卡塔琳娜，世上再没有美人

像你一样令我倾倒!

不过,既然卡迪要我这么做,

我也乐意照办。

马米,你把这一个给我带走。

〔土耳其苏丹把头巾掷向赛琳达便走了。

鲁斯坦　那一位交了好运,

　　　　你竟以哭泣庆贺?

沙伊达　对,

　　　　因为我希望

　　　　自己得到

　　　　这样的好事。

马　米　赛琳达,咱们走吧。

鲁斯坦　咱们把她独个儿扔下。

沙伊达　我羡慕她,我是女人。

　　　　〔鲁斯坦和马米把称作赛琳达的朗贝托带走。

沙伊达　啊,我甜蜜的爱!

　　　　你去何方? 是谁把你带去经受

　　　　钟情者所作的最奇怪的考验?

　　　　这次悲惨的离别

　　　　使我十分明白,你这次受罪

　　　　将使我更认清我的错误。

　　　　朗贝托,你是个男儿身,

　　　　而他们要你去生儿当母亲,

　　　　这是何等荒诞不经,

　　　　可又有什么办法来澄清?

　　　　哎呀,我俩正当的愿望

　　　　　　引出如此荒唐的结果，

　　　　　　到这种地步，我不能原谅自己，

　　　　　　但也无法补救！

　　　〔苏丹王后上场。

王　后　沙伊达，有什么事？

沙伊达　王后，

　　　　　　我不知如何向您诉说

　　　　　　我心中的痛苦：

　　　　　　我的那位女友赛琳达

　　　　　　一直同我在一起，

　　　　　　现在被带去交给了国王。

王　后　你为什么担心？

　　　　　　她的运气不是会变好吗？

沙伊达　这是让他去送死，

　　　　　　因为他是个不幸的男子。

　　　　　　我们俩从小就在一起，

　　　　　　相亲相爱不分离，

　　　　　　我们都是特兰西瓦尼亚人，

　　　　　　是同一个国家同地区的乡亲。

　　　　　　我不幸成为囚徒，

　　　　　　此事我暂不对您细讲，

　　　　　　因为时间很紧，

　　　　　　考虑救他的办法要紧。

　　　　　　我被送进这后宫，

　　　　　　把我的梦想葬送；

　　　　　　他打探到

我的下落，

焦急万分，

想出计谋，

乔装打扮，

自愿让人掳走。

他扮成个姑娘，

容貌十分漂亮，

他的主人不知实情，

把他卖给了土耳其苏丹。

以这样奇特的计谋，

我的情郎实现了他的愿望，

他的真名叫朗贝托，

我愿为他死，为他受痛苦。

他认出了我，我认出了他，

一来二往，

我就怀了孕，

现在这种情况急得我比死还难受。

美丽的卡塔琳娜

（我知道这么称呼

你乐意接受）：在大难中

我该怎么办？

我那胆大包天的情郎

是个死心眼儿的人，

现在大概已到了国王手中，

我那可怜的情郎啊！

我似乎听到

马米回来说:

"沙伊达,你偷情的事

已经全部败露。

准备去死吧,臭娘儿们,

火堆已经为你点燃,

朗贝托也活不了,

钩子已经为他挂好!"

王　后　美丽的沙伊达,你跟我来,

振作起精神,

我寄希望于上帝的慈悲,

他将救你脱离这祸灾。

〔二人下场。土耳其苏丹上场,他一手持出鞘的匕首,一手掐住朗贝托的脖子,跟他们上台的有卡迪和马米。

国　王　这样无耻的坏事

促使我亲自当刽子手!

朗贝托　陛下息怒,

这样会损害你的伟大形象;

请先听我讲完,

我就听凭处置。

国　王　谎话连篇

也救不了你的命。

卡　迪　陛下听他讲吧,

应该听罪犯申辩。

国　王　说吧,我听着。

马　米　随你说吧。

朗贝托　我是小女孩时,

听一个男智者说，
男子比女子
有更多优良品质；
从那时起
我就梦想成男子，
不断向上帝祈求
赐我以这种恩典。
基督教拒绝给我，
而伊斯兰教却不拒绝。
我哭泣着恳求穆罕默德，
以感动顽石的虔诚，
以眼泪和温柔，
以热切的愿望，
以祝愿和许诺，
以恳求和叹息，
从内宫到这里
默默地、极为有效地
请求他给我这样新鲜的恩赐。
先知大受感动，
答应了我温柔的恳求，
在转瞬之间
把我变成强壮的男子；
如果由于这样的奇迹
而该遭受什么刑罚，
求先知回来救我，
求先知来证明我的清白。

国　王　卡迪,这可能吗?

卡　迪　这说不上什么奇迹,还有更神的。

国　王　我从未听说,也未曾见过。

卡　迪　陛下问到我,

　　　　您就会知道究竟,

　　　　原因我会告诉您。

　　　　不过您看那边

　　　　是不是王后来了。

国　王　我觉得她生气了。

朗贝托　绝望中有了希望!

　　〔苏丹王后和沙伊达上场。

王　后　这么小小的考验,

　　　　陛下就很快表露

　　　　您的爱情不热切!

　　　　您随心所欲,

　　　　感情说变就变!

　　　　陛下,如果您后悔

　　　　把我从卑贱

　　　　抬到陛下的至尊高位,

　　　　就请把我扔下,把我忘却。

　　　　难怪我痛苦,我害怕

　　　　这两个女人

　　　　会破坏我的欢乐;

　　　　难怪我害怕

　　　　这种事和这一天的出现。

　　　　然而尽管我受损,

　　　　　　我要感谢老天的捉弄，

　　　　　　因为他不允许陛下

　　　　　　沉溺于甜甜蜜蜜的美梦中。

　　　　　　陛下，把她们赶走，

　　　　　　让她们马上离开后宫：

　　　　　　这样才对得起我的情爱，

　　　　　　才能给我以喜悦，

　　　　　　消除疑虑而使我欢畅。

　　　　　　只有当我感到

　　　　　　陛下不再故技重演，

　　　　　　我才感到欢乐无限。

国　王　　你嫉妒吃醋的时候

　　　　　　比发号施令更使我欢喜，

　　　　　　众所周知，

　　　　　　醋意是爱情之子，

　　　　　　不过分的醋劲

　　　　　　会燃旺爱情的火焰，

　　　　　　增添爱情的乐趣和欢欣。

王　后　　如果陛下为了后继有人

　　　　　　而干出这样那样的无聊行为，

　　　　　　我可以实实在在告诉您，

　　　　　　我一定会给陛下生下继承人，

　　　　　　而且时间不会拖得太长，

　　　　　　我已有三个月

　　　　　　未曾品尝妇女们

　　　　　　月经来潮之苦。

国　王　美人哪，

你多么谨慎！

到现在才告诉我这喜讯，

我以高贵出身、良好教养的

摩尔人的心

向你保证，

保持你为我

保持的贞洁。

正如我们亲眼所见，

老天爷不让你有

发泄醋劲的时机，

原来是为此

把赛琳达变成男子。

他已招认，而且确是事实，

是奇迹，是幸运，

也是你善良的标志。

王　后　这件事加固了

咱俩之间的爱情。

既然发生了这奇迹，

陛下就让沙伊达和赛琳达结为夫妻。

我哭泣着向你请求，

马上把他们逐出后宫；

不使他们留下任何痕迹，

因为我不愿产生有关他们的幻象。

沙伊达　哎呀，这真叫我为难，

我不愿意结婚。

王　后　也许他们将来会因此
　　　　对我千恩万谢，
　　　　陛下恩赐他们吧，
　　　　我不愿再见到他们。

国　王　王后，你恩赐吧。

鲁斯坦　天下有过
　　　　这种事吗？

国　王　王后，
　　　　你随意处置
　　　　这两人。

王　后　封赛琳达或赛琳多①
　　　　为奇奥的帕夏。

国　王　你大权在握，
　　　　为何给他的恩典如此之小？
　　　　我封他当罗达斯的帕夏，
　　　　这才符合
　　　　他天下独一无二的男子身份。

朗贝托　愿天下万方向您朝拜，
　　　　愿上帝对您的仁慈心肠
　　　　给予报偿。
　　　　带刺儿的玫瑰啊，
　　　　给玫瑰以荣光！

国　王　你不必请求，而要迫使我
　　　　做这等辉煌的好事，

---

① 赛琳达是女人名，赛琳多则为男子名。

　　　　　　这样我才愿意

　　　　　　为了庆贺你对我所作

　　　　　　早生贵子的预言，

　　　　　　请卡迪负责

　　　　　　把黑夜装扮成白天；

　　　　　　所有窗口

　　　　　　都点燃起

　　　　　　无数灯火，

　　　　　　我的臣民们

　　　　　　以各种形式

　　　　　　举办盛大的庆祝会；

　　　　　　罗马的圣徒和百姓，

　　　　　　希腊的圣徒和百姓，

　　　　　　以及其他各地的王公贵族，

　　　　　　把你们的庆贺活动

　　　　　　加倍翻新。

卡　迪　一定照陛下的吩咐去办，

　　　　　　祝您实现

　　　　　　这伟大的希望。

　　　　　　愿王后实现她的许诺，

　　　　　　如拉结①一样生贵子。

王　后　你们两人赶快上路，

　　　　　　我已决心

　　　　　　不愿再见到你们，

---

　　① 拉结,《旧约》人名,是雅各的妻子,为雅各生下两个儿子。

　　　　　　否则你们

　　　　　　还会遭殃。

朗贝托　王后,既然得到您的允许,

　　　　　　我就不再让

　　　　　　您快乐的眼睛见到我。

　　　　　　我将永远牢记

　　　　　　您的智慧和恩赐。

沙伊达　美丽的卡塔琳娜,

　　　　　　您圣美无双,

　　　　　　我将学到您的机敏。

国　王　你异常善良的心

　　　　　　赢得了应有的赞美。

　　　　　　来吧,我眼中的宝贝,

　　　　　　我要把我的心灵

　　　　　　重新献给你。

王　后　这么着我赢得了

　　　　　　消除怨恨的荣光;

　　　　　　发生过龃龉的夫妻

　　　　　　言归于好,

　　　　　　就能使感官

　　　　　　特别欢畅满意,

　　　　　　使怨恨烟消云散。

　　　〔众人下场。马德里加尔和安德列亚上场。

马德里加尔　安德列亚,我把钱给你①,

---

① 马德里加尔以购买一只鹦鹉为借口,从卡迪那里骗得三十个金币。他用这钱
　买通安德列亚,请他帮助逃跑。

> 你如果救助我,我就算交了好运;
>
> 因为不必花十年时间
>
> 来教育我那头大象了。
>
> 与其乞求恩典,
>
> 不如赶快逃走。

安德列亚　难道这还不清楚?

马德里加尔　三十个金币是购买

> 一只世上无双的鹦鹉的价钱,
>
> 它什么都会,就是不会说话。

安德列亚　你过奖了,

> 它本是个哑巴。

马德里加尔　无知的卡迪!……

安德列亚　你说卡迪是什么?

马德里加尔　到了路上

> 我把奇妙的事告诉你。你瞧,
>
> 我恨不得飞到马德里,听人们
>
> 围着我问:"这是怎么回事?
>
> 当过囚徒的先生,你说,
>
> 现在统治土耳其的苏丹王后
>
> 真的名叫卡塔琳娜?
>
> 而且她是基督徒,聪明机智,
>
> 她的姓是奥维多?"
>
> 咳,我要对他们说什么!我正在思索,
>
> 既然我已走过了人生的一半,
>
> 当过喜剧演员,作为诗人
>
> 写过这位姑娘的历史,

对她如实描写不差分毫，

在这里和在那里演出同一个人物。

安德列亚，那位观众张大着嘴，

把苍蝇，甚至黄蜂往肚里吞

是不是为了看我而发傻？

不过他也许会报复我，给我取几个绰号，

使我生气烦恼。

再见，著名的君士坦丁堡！

再见，佩拉①和佩尔马斯②！再见，

台阶，齐夫梯③以及盖迪④！再见，

美丽的维西太花园！再见，被你们

称为圣索菲亚的大教堂，

然而你们已将它改为清真寺！

再见，船坞，见鬼去吧，

你⑤每天把一条造好的船放下水，

从龙骨到桅楼楼顶

什么都齐全，

出海航行吧！

安德列亚　马德里加尔，瞧，快走吧。

马德里加尔　知道啦，

　　　　　可还有几百样东西

　　　　　我要对它们说再见。

安德列亚　咱们走吧，没完没了的再见有何用。

──────────

① ② 是君士坦丁堡的街区。

③ ④ 很可能是建筑物或街区名。

⑤ 指船坞。

〔二人下场。两个在剧开场时上场的人物叛教者沙莱和
罗贝托上场。

沙　莱　根据我的朋友阉人鲁斯坦

　　　　对我说的特点,

　　　　毫无疑问,就是她。

罗贝托　我不怀疑,

　　　　那个因神迹而变成的男子,

　　　　是朗贝托,他聪明机智。

沙　莱　咱们去王宫门口观看,

　　　　他很可能拿着去当

　　　　罗达斯帕夏的委任状出来了,

　　　　据说这是国王对他的恩赐。

罗贝托　这是上帝的神迹!

　　　　咳,但愿在死神将我双眼合上之前,

　　　　先让我看到他和他的委任状!

沙　莱　咱们走吧,上帝定会消除你的怨恨!

〔二人下场。笛号响起,开始亮起灯火。土耳其苏丹的
小厮们登场,手持火把在舞台上奔走,大声说:"堂娜卡
塔琳娜·德·奥维多王后万岁! 她顺利生下了王子,顺
利生下了王子!"接着鲁斯坦和马米上,他们对小厮们说
话。

鲁斯坦　孩子们,高声呼喊吧,高声欢呼

　　　　伟大的堂娜卡塔琳娜王后,

　　　　她是伟大的苏丹王后又是基督徒,

　　　　光荣和荣誉属于她这位年轻基督徒,

　　　　光荣属于她的民族和祖国。

上帝如此把她的愿望

向正确、神圣的道路上引导，

让我们重新写下纪念她

获得自由的信史。

〔再次响起笛号声和小厮们的欢呼声。本剧结束。

（剧　终）

爱情的迷宫

序　言

这是一部阿里奥斯托①式的骑士类喜剧，可能是受《疯狂的罗兰》第五章某一段落的启发写成的，它与《罗恩格林》②传说中的斗牛和庇护贵妇人之类的情节有点相象。同时，这部喜剧属于文艺复兴时期故弄玄虚、铺陈夸张一类的通俗作品。舍维尔和波尼亚设想，这部喜剧可能是塞万提斯本人得意地提及的《糊涂事》。这样设想是危险的，因为尽管这两位学者振振有词，而从被称之为决斗类喜剧这个事实看，我认为他们在这个问题上迷失了方向，会越弄越糊涂。《爱情的迷宫》中波希亚乔装成牧童等情况，使人觉得颇似女佩德罗·德·乌尔德③，在剧中作者没有完全抛弃调侃讥讽的手法，例如在本剧第二幕，波希亚扮成村姑，手提"一篮鲜花、水果"，她说：

> 爱神啊，既然我再三受折腾，
> 你也不肯对我高抬贵手，
> 我倒不如

① 阿里奥斯托(1474—1533)，意大利诗人，主要作品是叙事诗《疯狂的罗兰》。该作品以查理大帝及其骑士与伊斯兰教徒的战争为背景，叙述骑士罗兰寻找恋人，走遍天涯，后发现她另有新欢因而发疯的故事。
② 《罗恩格林》是中世纪德国叙事诗，据说是德国诗人沃尔弗拉姆·封·埃申巴赫(1170—1220)所作。
③ 即《鬼点子佩德罗》中的主人公，为男性。

任你折腾。

照作者的话说,"爱情的作弄和纠葛"构成这部头绪纷繁的喜剧的情节,剧中几乎没有一点儿孤零零的独立情节,真是一团乱麻,连夏克在叙述本剧梗概时也把剧中的人物弄混了。舍维尔和波尼亚讥讽道:"我们提醒读者要尽量细读剧本,弄清情节。"

不过,这种乔装打扮变换人物的手法,这种骑士式蒙面的做法,无论从其热闹场面,还是某些古怪的情节看,颇值得反复回味。无辜受辱的姑娘和毫不相识的勇士挺身而出予以庇护,这种主题除前述《罗恩格林》是如此以外,还可以联想到《撒拉逊①纪事》小说部分中国王堂罗德里戈②庇护洛雷纳侯爵夫人的事。在决斗中,凄凉的号角声,法官和首领们出场,诺瓦拉公爵坐在披丧事标志的座位上,波希亚身披斗篷,其随从们有一半穿丧服,而另一半则穿节日盛装,鼓手们的鼓身上也是丧事和喜事的标志各半——"鼓身的一半涂绿色,另一半涂黑色",这种对舞台效果的追求,大概连塞氏本人也是满意的,他在场景说明中写道:"那样子也许很奇特。"无疑,舞台效果之佳,令我们联想到如维克多·雨果的作品《玛丽·都铎》中的浪漫人物。

安赫尔·巴尔布埃纳·普拉特

---

① 撒拉逊人,中世纪欧洲人对阿拉伯人的称呼。
② 堂罗德里戈(? —713),西班牙最后一个哥特族人国王。

剧 中 人 物

阿纳斯塔西奥——多尔兰公爵的公子

两个居民

科奈利奥——阿纳斯塔西奥的仆人

诺瓦拉公爵

一个跟班

罗塞纳公爵公子的使者

多尔兰公爵的使者

胡丽亚和波希亚

塔西托和安德洛尼奥

一个看守

达戈贝托——乌特里诺公爵的公子

曼夫雷多——罗塞纳公爵的公子

罗莎米拉——诺瓦拉公爵的女儿

旅店老板

两名法官

一个刽子手

特里诺——信差

第 一 幕

〔诺瓦拉的两个居民和身穿乡下人服装的阿纳斯塔西奥
上场。

阿纳斯塔西奥　先生们,听说罗塞纳公爵的公子

　　　　曼夫雷多离此仅三十里地,

　　　　此话当真?

居民甲　如果你想知道详情,

　　　　公子的使者在此,

　　　　他能将到达时间讲清。

　　　　曼夫雷多公子在雷索镇及其花园消遣,

　　　　只等我们的公爵通知他

　　　　来此的时间他就起程。

阿纳斯塔西奥　曼夫雷多长得可英俊?

居民乙　他的画像表明,

　　　　他是个美男子,

　　　　而且机敏聪颖。

阿纳斯塔西奥　你们公爵的千金

　　　　罗莎米拉愿意嫁给他吗?

居民甲　她从不违抗父亲的意愿,

　　　　曼夫雷多又是位了不起的公子,

　　　　　　做他的夫人荣华富贵由她享受。

阿纳斯塔西奥　　那倒也是。

　　　　　　可还是有人对此有疑虑。

居民乙　我是为咱公爵放哨的，

　　　　　　使者一定是要来了。

居民甲　咱公爵一定会奖赏你。

居民乙　那是应该。

　　　〔诺瓦拉公爵费德里科①、罗塞纳公爵公子的使者及其随
　　　从们上场。

公　　爵　你们也许会说他是来游逛。

　　　　　　他在莫德纳或雷索消磨时光，

　　　　　　等毒太阳过去再作主张。

　　　　　　在这个时刻请诸位为他的到来

　　　　　　做好欢迎的准备，

　　　　　　场面不仅要亲切，还要盛大热烈；

　　　　　　在迎接他顺利到达的时刻，

　　　　　　请显示当初迎彩礼的兴高采烈。

使　　者　爵爷，您如此慷慨豪爽，

　　　　　　使我难以尽述

　　　　　　您身上所具有的高尚品质；

　　　　　　尽管如此，我要尽力

　　　　　　鼓动我的舌头，

　　　　　　向我的主子汇报您安排的盛大仪式。

公　　爵　这倒不必；不过我对你十分相信。

_____

① 即前面剧中人物中的诺瓦拉公爵，以下作者简称他为公爵。

〔乌特里诺公爵的公子达戈贝托上场。

达戈贝托　智慧的费德里科啊，

　　　　　慷慨豪爽的诺瓦拉公爵！

　　　　　谁个不知我是何许人物，

　　　　　对认准的美事我从不放弃，

　　　　　我以我的全部能力发誓，

　　　　　此次来决不会善罢甘休；

　　　　　良心驱使我来，我就决不害怕，

　　　　　我要把不能隐瞒的事和盘托出。

　　　　　您的名誉

　　　　　为了您的掌上明珠

　　　　　本应慎加爱护，

　　　　　然而现在却实在堪虑。

　　　　　这次实在不得已，

　　　　　箭在弦上不得不发，

　　　　　中途停下已属虚幻，

　　　　　必须要您亲口做出公正的承诺。

　　　　　您的千金罗莎米拉

　　　　　同某人关系已非同寻常，

　　　　　如果实属必要，

　　　　　我可以公开宣告。

　　　　　仅仅由于时机不对，

　　　　　某人没有求婚而把此事瞒下，

　　　　　然而这一切都是事实，

　　　　　我愿为此用决斗加以证实。

　　　　　我宣布，您的千金

　　　　不顾冒犯上帝，

　　　　也不顾您白发年高，

　　　　同一个下流男士偷情。

　　　　为了证明我的宣言，

　　　　我将等候决斗，然而以十天为限。

　　　　因为这是规矩和惯例，

　　　　缺乏证人的事必须以决斗见分晓。

公　爵　我如堕五里雾中，不知如何回答；

　　　　我要考虑你是何许人，

　　　　我想只有事实才能使你

　　　　有胆量来玷污我的荣誉。

　　　　谁有胆量干出这种过分的事？

　　　　指责者是乌特里诺公爵的公子，

　　　　被指责者是我的女儿；公子聪慧且公正，

　　　　我女儿她的名誉却被玷污。

　　　　你想以勇武使我相信你的话，

　　　　然而罗莎米拉的品质

　　　　令我疑惑不决，

　　　　我不能因愤怒而失去理智。

　　　　我要听听女儿交待坦白，

　　　　也许可以消释部分疑虑，

　　　　证明你所说的是真还是假，

　　　　然后我再决定是否将她惩罚。

　　　　快把罗莎米拉带到我跟前，

　　　　一定要弄个水落石出：

　　　　若她是无辜者，就还她清白，

名誉和光荣恢复如初。

使　者　爵爷,请允许我离去,

尽管您认为这位公子

说话没有实在证据,

曼夫雷多的婚礼已取消。

这样的诬蔑,无论真假,

使任何庆典都不能举行,

因为名誉事关重大,

必然引起纷纷议论。

爵爷,有事请吩咐。①

公　爵　等一等。

也许你应该清楚,

未看到任何证据,

不该把这消息带给曼夫雷多。

来人哪,把我女儿带来。

卫　士　已经去找她了。

达戈贝托　我这谦恭的行为和言词

本身就提供了事实,

难道您觉得证据不充分?

公　爵　把谎言当事实,这种事我见过。

达戈贝托　看重谎言的人

当然会把事实当谎言。

〔罗莎米拉上场。

卫　士　罗莎米拉小姐到。

———————

① 这是客气的告别辞,实际上是说再见。

罗莎米拉　父亲啊,为何这般急切?

公　爵　急切? 现在请乌特里诺公子说吧。

达戈贝托　讲就讲,不过上帝知道,

我以这种方式讲,心里实在难过。

无比美丽的公爵小姐啊,

我说过,沉默并非明智;

我说过,一个汉子爱上了你,

竟然与你私通。

这件事我敢以我的剑保证,

在已查明的事实中

它必定是最好的见证;

这也是你为自己辩白的

可行的唯一办法;

不过,你对你的罪过明明白白,

你不敢为自己辩白。

公　爵　孩子,你有何可说? 为什么不回答?

是因害怕还是因羞愧而不语?

你掩脸躲闪,看来你是希望

让你的对手无证人而得逞。

孩子,你真不配当我的女儿!

达戈贝托　既然是事实,当然该相信。

公　爵　你有罪,你一声不吭,

你低头掩面,这样子十分明白。

畜生,是哪个小子欺骗了你?

是谁把你的名誉毁坏?

是什么厄运

让咱父女俩丢脸？

你正派的名声哪里去了？

你的头脑哪里去了？

只怨你自己不小心谨慎！

跟班小厮 老爷们,小姐晕倒了！

〔罗莎米拉晕倒。

公 爵 马上把她送上城堡塔楼,

让她在牢中凄惨度日,

直到有人用剑或笔

消除她名声中的污点之日。

达戈贝托 我在此不再啰唆,

将在决斗场上

用剑证明我的话。

公 爵 看来我该接受这种安排,

这件事我必须

细细加以考虑。

达戈贝托 我相信我的剑和我说的真话,

我做这事完全出自一片诚心。

使 者 这事弄得我目瞪口呆,

我闹不清事情的原委。

爵爷再见,因为这事太奇怪,

心中不快,我得快快离开。

〔使者下场。

公 爵 愿上帝保佑你,把我家丑闻

传进我女婿干净的耳朵,

我本想得此佳婿以增添声誉,

哪料到命运捉弄得我名声扫地！

命运啊，你向我表明，

谁给你杳无踪影的祭坛上供，

你就回报以耻辱和羞愧，

因为一张嘴巴就能闹得好人声名狼藉。

〔公爵下场，达戈贝托下场时阿纳斯塔西奥把他叫住。

阿纳斯塔西奥　喂，公子，你的显赫地位，

是否不允许你倾听

我浅陋的意见，

和衣着粗俗人的话？

达戈贝托　具有尊贵地位的人

不应有摆臭架子的陋习。

请你随便讲吧，

我一定洗耳恭听。

阿纳斯塔西奥　你这样指控罗莎米拉，

闹得她声名狼藉，

我这粗人为此而怒火中烧，

为了保卫她我挺身而出；

她是未出阁的黄花闺女，

你将她肆意中伤，

你所说的事不论真假，

你不该口出如此恶言。

你不必惊讶，听我说：

可能只你一人知道此事，

也可能有人出于好奇或恶意，

发现了这件事而

把它加以传扬。

爱情这类勾当本该得到原谅，

如果只有你知道，

你企图惩罚这隐私性错误实不应当，

那你太不谨慎。

如果那已是公开的秘密，

你应该由别人去说，

因为随便出口伤人

同你的身份绝不相称。

如果你在我的话中发现什么精神，

那就是我想告诉你，

像你这样的堂堂公子，

手中的宝剑不该欺侮而该保护女子。

如果你热爱这位好诺瓦拉公爵，

依我看，为了实现你的愿望，

完全有别的路子可走

而不必破坏他的声望。

然而许多迹象告诉我，

你的胸中并非热情和荣誉相争，

而是愤恨和嫉妒作怪，

这情况已摆得一清二楚。

公子，如果这真心话令你恼怒，

那么请原谅我如此讲话。

居民甲　公子非打死他不可，

你没听见这乡巴佬说话多冲？

达戈贝托　我本想以另一种方式回答你，

　　　　　　　然而还是用理智

　　　　　　　来克制愤怒为好。住口,滚开,

　　　　　　　我的忍耐不会没有限度。

　　　　〔达戈贝托下场。

居民乙　天哪,你口若悬河,

　　　　　　　你的谈吐

　　　　　　　与你的穿着很不相称,

　　　　　　　衣装到底不等于口才。

阿纳斯塔西奥　有时候愤怒会使

　　　　　　　笨舌人善于辞令,

　　　　　　　因为勇气可以鼓起低落的情绪,

　　　　　　　给怯懦者壮胆。

　　　　　　　此人是不是乌特里诺公爵的公子?

　　　　　　　我是说,他是不是乌特里诺爵号的继承人?

居民甲　正是。

阿纳斯塔西奥　他为什么到诺瓦拉来?

居民乙　据说是受爱情驱使。

阿纳斯塔西奥　他倾心于谁?

居民乙　咱是个普通百姓,闹不清,

　　　　　　　不过我猜想

　　　　　　　是罗莎米拉拴住了他的心,

　　　　　　　可是现在看来情况变化不明。

阿纳斯塔西奥　既然这么说,情况已很明白。

　　　　　　　我的想法没有错,

　　　　　　　因为他肆意毁坏她的名声,

　　　　　　　他的指责完全是出于嫉妒。

哼,该死的嫉妒窜出心窝,

口出恶言! 天哪,

爱情啊,闹得人糊里糊涂!

活着多么空虚哟! 自由也是一场空!

〔阿纳斯塔西奥下场。

居民甲 要么是我见识少,要么你不是乡巴佬,

我敢说,此人有名堂,决不可小瞧。

居民乙 随机应变换衣裳,

把明白的事儿遮挡。

我不知道,青天白日,

竟有如此怪事。肮脏的世界啊,

你的光辉多么短暂,

因为你挂羊头卖狗肉,骗人上当!

〔二居民下场。胡丽亚和波希亚身穿羊皮袄上场,她们
打扮成牧童。

胡丽亚 波希亚……

波希亚 真糟糕!

如果你办错了事

要对我辩解,

你必须叫我鲁蒂略。

真不知为什么你总是忘记

咱们已改换了名字。

胡丽亚 我疏忽了

咱俩已改换身份,

可你也不必为我的疏忽

而大惊小怪:

　　　　　　既然已把身份忘记，
　　　　　　忘记名字就毫不奇怪。
　　　　　　鲁蒂略，我真不幸！
　　　　　　我现在悔恨
　　　　　　被一个愿望拴住了心，
　　　　　　竟然对他献出了我的身。
　　　　　　鲁蒂略，这件事我越想
　　　　　　心中越害怕，
　　　　　　我愈来愈悔恨。

波希亚　　朋友，从你的痛苦中
　　　　　　我看到更糟糕的事：
　　　　　　谁心中恐惧多，
　　　　　　就缺少爱的情意。
　　　　　　如果你心中爱情已冷淡，
　　　　　　荣耀就变为苦果，
　　　　　　宁静就变为风暴，
　　　　　　白天就变为黑夜。
　　　　　　热烈地爱吧，你马上会看到
　　　　　　云消雾散，
　　　　　　所有的痛苦
　　　　　　将变为平安和甜蜜的宁静。
　　　　　　不过，无论你愿不愿意，
　　　　　　你已经踏上了战场，
　　　　　　对一切讥笑挖苦
　　　　　　必须向其冲杀。
　　　　　　残酷的爱情

已把你驱入黑暗的迷宫；

你使尽浑身解数

也不能走出这黑洞。

你已心不由己，

对担心的事无法躲避；

一切的关键

在于你具有一颗潇洒的心，

这倒不是为了打斗，

打架斗殴万万不可，

而是说，你要准备

不顾一切地

获取你想望得到的一切；

如果你实现了愿望

就不必再乞求

他人而徒然张望。

干事要像个男子汉，

不要胆小怯懦，

大步向前跨，

一步一个脚印，

大声喊叫，

不要娇滴滴如莺啼鸣。

不要蜷缩在闺房，

要纵情地欢唱；

如果需要，

可以放上几枪，

我向上帝和这个十字架发誓，

　　　　　　这就是你该做的事！

胡丽亚　天哪！鲁蒂略，

　　　　你想以对天发誓吓唬我？

波希亚　那我怎样才能

　　　　轻易显示我是个男子汉？

　　　　我相信，不时赌咒发誓

　　　　就显得有阳刚之气。

胡丽亚　朋友，可我不会赌咒发誓。

波希亚　我已经花了不少时间教你。

胡丽亚　波希亚，你知道我害怕什么？

　　　　哎呀，我就怕忘了名字！

波希亚　我对上帝发誓，你实在不可救药！

胡丽亚　够了够了，

　　　　不要再发誓，要是再这样，

　　　　我就扔下你，独自离开。

波希亚　这么娇气不好。

胡丽亚　为什么？

波希亚　这我清楚。

胡丽亚　我见你对天发誓，

　　　　就急得直发脾气。

波希亚　我同你一样胆小，

　　　　然而我什么都干；

　　　　我比你大不了几岁，

　　　　可我学到了避免

　　　　受害的好经验。

　　　　提起精神，拿出勇气，

咱们就具备了一切，

你把顾虑打消，

我也会意气风发壮志豪。

胡丽亚　波希亚，你说得对。

哎呀，又把你的名字忘啦！

波希亚　真拿你没有办法！

你叫我鲁蒂略吧！

胡丽亚　你不要生气，我向你发誓，

再也不会忘记。

波希亚　你既已发誓，就要多多发誓，

就保证不会忘记。

胡丽亚　我怕这两件羊皮袄

会露出咱们的马脚。

波希亚　我本来就想说：

打扮成这么富有，不妙。

胡丽亚　说不上富有，我是怕

被人认出。

波希亚　被人认出什么？

胡丽亚　我叫他们做的羊皮袄，

名义上是我的女仆们

上演滑稽剧或喜剧所需，

这种事情

难道你不知道？

波希亚　没有她们照样演戏，

不过可能是悲剧。

胡丽亚　咱们出走后，

　　　　　她们一定还想着这两件皮袄。

　　　　　所以咱们处境危险，

　　　　　倒不是说这皮袄如何好。

波希亚　等咱们到达莫德纳，

　　　　　就换下这件衣裳。

胡丽亚　我要打扮成跟班小厮。

波希亚　咱俩一起装扮。

胡丽亚　我担心我哥哥

　　　　　在诺瓦拉。

波希亚　愿老天爷保佑！

胡丽亚　尽管我怀疑，

　　　　　事情却十分清楚，

　　　　　他对罗莎米拉

　　　　　已爱得神魂颠倒，

　　　　　乔装打扮将她追求。

波希亚　这并不重要，

　　　　　因为罗塞纳公爵的公子一到，

　　　　　罗莎米拉就同他成亲，

　　　　　你忠实的哥哥

　　　　　要么寻死，要么割爱。

胡丽亚　咱们的命运太不好！

　　　　　你所爱恋的男子

　　　　　爱上了别的女子；

　　　　　而我所爱的人讨厌我，

　　　　　明天就娶亲成婚。

　　　　　艰难的命运

把我们推上

早逝的道路。

是什么怪物

在抵制咱们的良好愿望！

是什么恐惧、什么思虑

在打乱咱们的企图！

哎呀,鲁蒂略,咱们此行

岂不白费劲！

波希亚　我想只要活在世上,

命运不会亏待我。

要有信心,不要着急,

俗话说得好:

魔鬼再精,

也斗不过女人。

胡丽亚　你听,有人来了,

是猎人,你听:

有人来了,而且很多。

波希亚　你别为难,

见到他们问声好,

可不要同他们啰唆。

〔两个猎人上场。

猎人甲　我就提两只灰背隼？

猎人乙　对。

猎人甲　一切都全了。

公子他留在后面了？

猎人乙　不,你看他正朝这边走来。

猎人甲　他在雷索停留时间太久。

猎人乙　你知道他心里难受。

　　　　今天等他的使者来到，

　　　　他就知道该干什么了。

波希亚　卡米洛，在这里需要

　　　　机警、勤奋和勇气，

　　　　因为我觉得那边走来的

　　　　正是罗塞纳公子。

胡丽亚　爱神哪，你真帮忙，

　　　　因为你使我在此把他撞上！

　　　〔罗塞纳公爵的公子打猎后上场。

曼夫雷多　这不是鹭鸟吗？

猎人甲　是昨天在湖上发现的，

　　　　这湖就在眼前。

曼夫雷多　可有一个牧人对我说，

　　　　这一带平原上没有见过鹭鸟。

猎人乙　有两个乡下人对我说，

　　　　他们发现了两只。

曼夫雷多　回雷索镇去吧，

　　　　尽管天色还早，然而要刮大风，

　　　　天上那一片片密云

　　　　表明要起风暴。

　　　　好漂亮的两个牧童哟！

　　　　小伙子们，你们是雷索人吗？

胡丽亚　我们出生在帕维亚。

曼夫雷多　你们现在去哪儿？

胡丽亚　　我们去诺瓦拉，
　　　　　因为听说
　　　　　费德里科公爵正在
　　　　　筹办盛大的婚宴，
　　　　　他要把女儿罗莎米拉
　　　　　嫁给一个名叫曼夫雷多的青年，
　　　　　此人是罗塞纳公爵的公子。

曼夫雷多　　你们听到的消息很准确。

波希亚　　这婚宴真有名气，
　　　　　我们要去看热闹，
　　　　　扔下我们父母在家干生气。

曼夫雷多　　你们放的羊群呢？

波希亚　　我想是丢了。

曼夫雷多　　你们的胆子太大了！

胡丽亚　　只是为了去看热闹。

曼夫雷多　　现在牧人们
　　　　　是穿这样的羊皮袄吗？

波希亚　　现在乡下人只要有钱，
　　　　　也要摆摆阔气。

曼夫雷多　　你们带足盘缠了吗？

胡丽亚　　我们有充分的忍耐力。

曼夫雷多　　如果失去了忍耐力
　　　　　又该怎么办？

波希亚　　到了那种地步，
　　　　　也就不必再吃苦。

曼夫雷多　　啊，我很喜欢你们！

胡丽亚　我们已经看出来了。

曼夫雷多　你们叫什么名字？

胡丽亚　我叫卡米洛。

波希亚　我叫鲁蒂略。

曼夫雷多　你们实在很像

　　　　　城里的孩子，

　　　　　你们的名字和风度

　　　　　一点儿也没有

　　　　　乡巴佬的影子。

波希亚　我们在帕维亚读书，

　　　　当然染上了城里人习气。

胡丽亚　公子，请告诉我们

　　　　这里去诺瓦拉有多远？

曼夫雷多　我看至多不超过三十里。

猎人乙　都是崎岖小路，还得再加两里。

曼夫雷多　我走的就是这条路，

　　　　　你们要是愿意，咱们一起走。

胡丽亚　我当然很乐意。

波希亚　我也很愿意。

　　　　不过请注意，

　　　　我们两人走得很慢。

曼夫雷多　不碍事，

　　　　　我同你们一起走。

波希亚　上帝保佑你们；

　　　　看来你们都是诚实人，

　　　　高尚、富有，而且有地位。

猎人甲　你们二位的模样

　　　　证明比你们刚才说的更有钱财；

　　　　你若不信，

　　　　这两件皮袄可以做证。

猎人乙　那是因为帕维亚的人

　　　　个个都是财主，

　　　　这两个孩子一定是

　　　　某个有钱牧民的子弟。

曼夫雷多　我要回雷索镇去，

　　　　　你们自己收拾回家吧。

　　〔一名百姓上场。

百　姓　您的使者到了。

曼夫雷多　是蒙佩西吗？

百　姓　对，公子。

曼夫雷多　朋友们，你们稍等，

　　　　　我马上回来。

波希亚　请便。

　　〔除波希亚和胡丽亚以外，其余人都下场。

胡丽亚　鲁蒂略，你看怎样？

波希亚　卡米洛，我的朋友，

　　　　你现在可以看到

　　　　你的好机会来了。

　　　　幸运之神已把你

　　　　送到那公子手中，

　　　　你该看到，良好的开端

　　　　包含着良好的结局。

胡丽亚　我干脆对他直说我是谁，

　　　　你看行吗？

波希亚　你不要过早暴露自己。

胡丽亚　那你看我该如何行动？

波希亚　到时候你自会知道

　　　　该怎么做。

胡丽亚　我的事情

　　　　时间紧迫。

　　　　还有三天时间

　　　　公子就要成婚，

　　　　我怎么能像你说的那样，

　　　　任凭时间消逝。

波希亚　像这样严重的情况

　　　　着急也解决不了问题。

　　　　安静，公子回来了，

　　　　脸色死一般难看。

　　　〔罗塞纳公爵的公子、罗塞纳公爵公子的使者和两名猎

　　　人上场，使者首先上场。

使　者　公子，乌特里诺公爵的继承人

　　　　达戈贝托公子，

　　　　当着我和诺瓦拉公爵的面

　　　　提出了我向您说的事。

　　　　听了那可悲的消息，当父亲的

　　　　没有丧失理智；那时他与其说是父亲，

　　　　不如说是可敬的法官，命令把她带来，

　　　　达戈贝托公子当面指出她的罪责。

罗莎米拉听了以后，不能或不愿

张嘴辩解；

因此公爵认为她有罪，

因为她不反驳这样明显的侮辱。

他考虑了这情况，最后决定，

在处理此事期间将他的千金

禁闭在城堡之中，

这样处理非常明智。

达戈贝托说要用他的剑

在决斗中证明他的指责。

鉴于罗莎米拉这样被人指控，

我当即撤消了您的婚礼，

这就是我出使的结果。

公子您瞧，无论我做得正确与否，

诺瓦拉公爵已自认倒霉，

不愿先考虑您的婚事。

曼夫雷多　　天哪，多么窝囊！

从哪里生出这么多枝节？

难道这是采取长远的预防措施？

既然如此，为什么不事先预示？

猎人甲　　公子，我看见一个男子

从头到脚穿着丧服，

沿这绿色山坡

迈大步走得飞快。

曼夫雷多　　我觉得是朝这边走来，

他已经下了马。

正当我灰心丧气的时候，

来了这个穿贵族家制服的伙计！

他会是谁呢？

猎人乙　剑已经准备好。

使　者　他跑得脸色煞白。

曼夫雷多　一副狼狈相。

〔多尔兰公爵的使者穿着丧服上场。

多尔兰公的爵使者　谢天谢地，曼夫雷多，总算找到了你！

曼夫雷多，不管谁，只要是执行

我来的使命，就不能多讲客气话，

我来只是要讨个说法，

不管是口头还是用刀枪。

我遵守使者的古老规矩，

请你听我讲，还要马上回答，

伟大的多尔兰公爵派我来

向你挑战，一定要厮杀一场。

他说（这是事实），

他招待你和随从们在家留宿，

在家里对你盛情款待，

而你忘恩负义，忘却了留宿之情，

心生邪念拐走了他的女儿和侄女：

这种行为与你的声誉和名字极不相称。

因此，如果你不改邪归正，

就不配你的贵族身份，

他向你挑战，以他的权力对你的权力，

如果你愿意，他也可以同你一对一地拼斗。

波希亚　咱们干的蠢事引出了麻烦。

　　　　胡丽亚,你听到了没有?

胡丽亚　别作声,躲在这树丛中,

　　　　咱们瞧曼夫雷多公子如何回答。

多尔兰公爵使者　对你干的坏事和侮辱,

　　　　他决计进行报复。

　　　　你手下的人都已看到

　　　　我穿一身丧服,

　　　　不论早晚或快慢,

　　　　不论你如何轻蔑或傲慢,

　　　　对你这破坏留宿规矩的家伙,

　　　　他一定要惩罚你对他的侮辱。

　　　　他特派我来此相告,

　　　　你若有话,请对我说。

曼夫雷多　你这张烂嘴信口胡说,

　　　　我清白无辜,强压心中怒火;

　　　　我不知如何回答这种谎言,

　　　　我只认为,这种胡说

　　　　是要无礼地考验

　　　　我的涵养和耐心。

　　　　请告诉你的主子,

　　　　我要当面反驳他的指责,

　　　　我可以对天发誓,

　　　　我决不会干这种昧心事。

　　　　我老老实实踏进他的府第,

　　　　又老老实实地离开他的家门,

尊重好客房东所应有的权益，

遵守贵族绅士所约定的规矩。

我没有见过他的千金，从未见过，

我走这条路也并非

要与房东寻衅找岔，

即使会产生邪念，

我也要努力加以控制，

如果有轻浮的念头

窜上我的心头，

我将不断地把它制服，

我不接挑战，但也不轻视，

只是设法将此事推迟，

直到多尔兰公爵满意，

由事实来加以阻止。

如果这样做无效，

这个骗局依然在欺骗他，

到那时我会接受挑战，

来迎合、满足他的喜好。

这就是我的回答，

不知你是否愿同我一起去雷索？

多尔兰公爵使者　　这路太远，

我急着要回去。

再见！

〔多尔兰公爵的使者下场。

曼夫雷多　严酷的命运啊，

这是怎么回事？我算什么人，

究竟做了什么坏事？

你为何如此发怒而使我屡遭羞辱？

我的未婚妻和我都受辱蒙羞，

而且都是遭人暗算！这是怎么回事？

命运啊，为何将我如此折磨！

使　者　公子，既然你没有任何罪过，

就不必因此而难过：

未婚妻还不是你的妻，

而另一个指责纯系胡说。

曼夫雷多　你不必劝我，也不必安慰我，

我的下属马上全都回罗塞纳；

既然老天如此严厉地考验我，

我愿独自接受这考验。

使　者　尽管你愤然要报复，

然而你时运不好，

我劝你不去为妙。

曼夫雷多　也许你会说我在发疯，

可我还是请你听我的。

波希亚　卡米洛，我们该怎么办？

胡丽亚　这还不清楚？

跟着曼夫雷多公子走。

波希亚　有什么机会吗？

胡丽亚　这不必担心。

波希亚　难道你没听见婚礼已经撤消了？

胡丽亚　我算交了好运。

曼夫雷多　现在我不再解释了。

使　者　这么说，

　　　　你就这样走吗？

曼夫雷多　把我要的衣服

　　　　及时拿来。

使　者　我马上办。

曼夫雷多　手下的人谁也不要跟我去。

　　　　你不要再向我坚持你的意见，

　　　　命运的任性轮子变化多端，

　　　　往往不让人沾到任何便宜。

　　　　这两个牧童长得精神，

　　　　没有丝毫傲气，朴实坦诚，

　　　　如果他们愿意，可以跟我同行。

波希亚　你听明白他的话了吗？

胡丽亚　唉，老兄！

　　　　从刚才听他们说的情况判断，

　　　　你已不能去诺瓦拉，

　　　　如果你没有别的要求，

　　　　咱们就打道回府返故乡。

曼夫雷多　命运悭吝不将我垂顾，

　　　　打心眼里不肯满足我的愿望，

　　　　这次我认为，你是要我

　　　　把这两位牧童少年郎照顾。

　　　　你们跟我一起去诺瓦拉，

　　　　尽管在那里看不到婚礼，

　　　　也许有更怪的事可目睹，

　　　　顺便饱一下眼福和耳福。

波希亚　在此我们向您表示，

　　　　　愿尽一切可能

　　　　　争取为您效力。

曼夫雷多　你照我吩咐的办。

使　者　咳，简直难以置信！

　　　　〔众人下场，阿纳斯塔西奥和科奈利奥上场。

阿纳斯塔西奥　这田野和花朵不能令我兴奋。

科奈利奥　你的唠叨也不能叫我高兴；

　　　　　如此低品位的爱情

　　　　　当然令人感到备受欺凌，

　　　　　在无数地方，上千名作者

　　　　　对我们讲述，有上万种痛苦

　　　　　折磨着那个未曾得益、不甚闻名、

　　　　　不懂世事而又可怜的多情人。

阿纳斯塔西奥　科奈利奥，我已经说过，

　　　　　不要重弹这种多余的老调，

　　　　　当有情人一心追求爱情的时候

　　　　　你切莫向他们鼓唇相劝，

　　　　　否则你就像劝说异教徒

　　　　　放弃虚妄的信仰一般徒劳。

科奈利奥　你的比喻很好。请注意，

　　　　　罗莎米拉已不再是罗莎米拉：

　　　　　金黄色的辫子，宽阔的额头，

　　　　　弯弯的柳叶细眉，

　　　　　太阳一般光亮的双眸，

　　　　　东方珍珠般整齐的牙齿，

　　　　双颊上呈现的

　　　　东方黎明美丽的朝霞，

　　　　以及珊瑚般美丽的双唇，都已变得丑陋。

　　　　娶回声名狼藉的新娘，脸上失去光彩。

　　　　良好的声誉构成美的一部分，

　　　　优良品德能使容貌完美；

　　　　大自然所没有给予的，

　　　　机智谨慎会大力加以补充；

　　　　在出身高贵的人之中

　　　　光追求狭隘的爱就如发疯。

　　　　总之我是要说，漂亮的女子

　　　　没有品德就不是美丽的娇娘。

　　　　罗莎米拉被关押，原因是她丢了脸；

　　　　而你，乔装打扮，拼命要把她解救；

　　　　你不明真相，难道能说

　　　　这样赤膊上阵，师出有名？

阿纳斯塔西奥　科奈利奥，你说得口干舌焦，

　　　　企图用你悉心准备的理由

　　　　和随意编造的情况，

　　　　来改变我的思想。

　　　　你走开，住口，由我一人在此，

　　　　否则我就发誓……！

科奈利奥　我不吭声，你别发誓，

　　　　请注意，城墙附近有人来了，

　　　　我怕最后他们会叫你听话。

阿纳斯塔西奥　你完全可以放心，

　　　　　　六天来我就在城里这么来来去去，

　　　　　　我还将在此活动一百天，

　　　　　　直到我靠这副打扮得到满意的结果。

　　　〔两名懒学生——塔西托和安德洛尼奥上场。

安德洛尼奥　塔西托，把书放下，

　　　　　　请你不要再咿哩哇啦念书，

　　　　　　咱们到这里来

　　　　　　就是为了尽兴地

　　　　　　享受这清晨新鲜空气。

塔西托　天哪，碰得正巧！

　　　　　　乡巴佬可是好斗的牛。

　　　　　　你说咱要不要试试，

　　　　　　瞧他是不是真有两手？

安德洛尼奥　塔西托，每次你搞恶作剧，

　　　　　　咱俩总吃亏，

　　　　　　这两个小伙子个头可不小。

塔西托　咱们再试一次：

　　　　　　如果这胖小子经不住吓唬，

　　　　　　咱俩就有得乐一阵子了。

安德洛尼奥　你呀，动不动就想

　　　　　　捉弄人！

科奈利奥　他们朝咱们走过来了。

塔西托　你别笑①。

———————

① 这句话是对他的伙伴安德洛尼奥说的。

小官人①,不必羞羞答答,

请通报你的大名,

你挺胸突肚学问不小,

请告诉我,此路通向何方?

阿纳斯塔西奥　小伙子,我是外地人,

回答不了这个问题。

塔西托　老兄,请告诉我,

那座山顶上一蓬乱草,

是不是光线映射出的幻影?

科奈利奥　他妈的,你这混蛋!

你想玩儿邪的?

公爵公子可不吃这一套。

阿纳斯塔西奥　你这样对我说话,

我不会回答。

塔西托　那请注意,

请仔细听,小官人。

科奈利奥　多有风度,说话多好听!

塔西托　我是说,你能否回答,

我走的这条道

是通向这平川的大山沟吗?

阿纳斯塔西奥　我说了,我不懂你的话,朋友。

塔西托　这就清清楚楚,明明白白,

混水不清,清水不混。

---

① "小官人"是我国南方某些地方对青年男子的尊称,这里借用以增加戏谑的气
氛。

我是想说,这条阳关道

一直通向天边,那山虽近,

俗话说,望见山脚,

走折马脚。

阿纳斯塔西奥　行啦,行啦,知道了!

塔西托　那你要我说什么? 你这毛驴、骆驼。

阿纳斯塔西奥　我想说,这些毛头小伙子

都是世上的大混蛋。

塔西托　哟,不要放肆,

你会吃亏的。

科奈利奥　学士哥,

你莫惹得我动手教训你。

阿纳斯塔西奥　说实话,一开头

我真不明白这两个小伙子要干什么。

安德洛尼奥　哇,哇,哇,

这位小官人上当啦。

科奈利奥　你们也露出了马脚。

塔西托　好吧,我马上起锚,驶向更佳的港湾。

科奈利奥　你们别走,那边又来了

两个同你们一个模样的人,

走的也是同一条道。

依我看,这两个

也不是省油的灯,

他们是路过这里,不是本地人。

　　〔胡丽亚、波希亚装扮成过路的学生上场。

波希亚　卡米洛,罗塞纳公爵的公子吩咐咱们

　　　　　不要随便四处走,

　　　　　他要咱们在此等候。

胡丽亚　　你到底听明白没有?

波希亚　　我听得清清楚楚。

塔西托　　他们争论着一路走来。

　　　　　咱们过去,也许他们会停下,

　　　　　要咱们同他们在一起。

　　　　　让他们尝尝恶作剧的味道。

科奈利奥　我倒很喜欢看看热闹。

阿纳斯塔西奥　我不想看他们捉弄人:

　　　　　捉弄人者

　　　　　若不被捉弄,

　　　　　也实现不了自己的希望。

　〔阿纳斯塔西奥和科奈利奥下场。

胡丽亚　　咱们乔装打扮,

　　　　　想到这里帮助我哥哥,

　　　　　而你为爱我哥而伤透了心。

　　　　　如果他遇到我,把我识破……

波希亚　　不必担心:

　　　　　咱们这身打扮,

　　　　　完全能以假乱真。

　　　　　他只见过我一次,

　　　　　而且是在晚间。

胡丽亚　　曼夫雷多以前恐怕没有见过我,

　　　　　我可是胆小。

　　　　　这两个是学生。

塔西托　我的大胆又凑上了好运；

　　　　安德洛尼奥，

　　　　如果我不顺利，你就帮把手。

　　　　先生们，你们是学生吗？

波希亚　对，先生，我们是外乡人。

塔西托　你们是草包还是绅士？

胡丽亚　我们不是等闲之辈。

塔西托　听到什么消息吗？

波希亚　都是倒霉事。

胡丽亚　我们也是制造倒霉事件的能手。

安德洛尼奥　哟，好厉害的家伙，

　　　　倒会说俏皮话。

　　　　让我来同他们要要贫嘴，

　　　　愿上帝保佑你们：

　　　　"我可是个缺德鬼，

　　　　撒野、捣鬼样样会。"

波希亚　我们不为这种事而来。

安德洛尼奥　既然你们想向我们表明，

　　　　你们是来自宫廷的男士，

　　　　就不该如此谦让。

胡丽亚　我们算不上什么男士。

安德洛尼奥　既然你们这么谦让，

　　　　那就老实赶快讲，

　　　　你们是何方人士，姓甚名谁，

　　　　学习什么，青春几何，

　　　　令尊是富还是穷，

令堂身高几何，

从哪里来，到哪里去。

晕了吧！快讲，

不要磨蹭拖时光！

波希亚　你这小捣蛋鬼，

我是在耐着性子听你嚷嚷。

滚开，让我们过去，

才会不让你挨揍。

安德洛尼奥　天哪，好不礼貌！

竟说出这样的粗话？

胡丽亚　时间不早，我们要赶路，

我们有事要办，不能耽误。

塔西托　放明白点，

我们要收买路钱；

因为在穆罕默德

得道的时候，

我们这所著名学校

就授予我们这个权力。

你们瞧，我的解释

是不是太冗长！

波希亚　小伙子，我听不懂。

你该对着我耳朵大声喊叫。

塔西托　安德洛尼奥。

安德洛尼奥　我明白。

　　〔安德洛尼奥转到胡丽亚背后，要把她摔倒；但是没能摔

　　倒她。

塔西托　咱们从头开始，

　　　　圣洛伦索这个烧烤大厨师

　　　　他的品德我加以赞扬，

　　　　在他的大作中他说……①

胡丽亚　你这个无赖，

　　　　我发誓跟你拼……！

塔西托　也许有人会说那是我的杰作。

胡丽亚　我们的主人来了，

　　　　我要给你点儿颜色瞧瞧。

塔西托　先生，我自我介绍，

　　　　敝人喜欢皇冠，

　　　　再见，再见，

　　　　其余事情留待以后，

　　　　再见，再见，

　　　　你听着，我脚底抹油这就走②。

　　〔塔西托和安德洛尼奥下场，曼夫雷多打扮成学生模样
　　上场。

曼夫雷多　喂，鲁蒂略、卡米洛，

　　　　你们是不是来迟了？

波希亚　你瞧，我们已在此恭候

　　　　一个多小时；

　　　　还碰上两个好学生，

　　　　他们与我们纠缠胡闹，

---

①　这段话其实没有什么意思，塔西托为了捉弄对方，故意信口胡言。
②　这段话夹杂着意大利语，内容也是随意胡扯。

一言一行

全无斯文的影儿。

你干什么去了，

耽误这么长时间？

曼夫雷多　我是在细听

两个路人

谈论那件事。

我敢说，这两人

议论的是那件事。

你们好好听，看是否如此，

愿上帝保佑你们。

胡丽亚　光听顶什么用，

咱们怎么不问他们？

〔本剧开头的两个居民上场。

居民甲　我千思万想，

总认为她处境危险。

居民乙　总而言之，她不为自己辩白。

居民甲　这件事真蹊跷！

居民乙　要么是我想错了，

要么是她没有过错。

曼夫雷多　先生们，公爵千金

有什么消息？

居民甲　她仍被关押，

没有一丁点消息。

曼夫雷多　是谁指控她？

居民乙　达戈贝托。

曼夫雷多　他拿出证据了吗？

居民乙　根本没有。

曼夫雷多　这实在没有绅士风度。

居民甲　当然没有。

曼夫雷多　她父亲如何打算？

居民甲　他能做什么？

　　　　　他只宣称，

　　　　　如果有哪位骑士

　　　　　反驳指控者的谎言，

　　　　　还她千金清白之身，

　　　　　他将把她许配给这个人当夫人。

曼夫雷多　公爵小姐说什么？

居民乙　她一声不吭。

曼夫雷多　那个本该做她丈夫的公子

　　　　　又有何反应？

居民甲　他得悉丑闻，

　　　　　转身就回罗塞纳。

　　　　　还流传着别的新闻，

　　　　　我可不知是假还是真：

　　　　　那公子在多尔兰

　　　　　拐走了多尔兰公爵的千金，

　　　　　还把那位公爵的外甥女

　　　　　也同样拐走不见了人影；

　　　　　那公爵下狠心

　　　　　要报复这样的罪恶。

　　　　　据说人们都认为

那公子已逃离罗塞纳。

居民乙　到目前为止,消息就是这些,

我可不知是否准确。

曼夫雷多　这完全是谣言,

依我看,

这可能又是罗莎米拉事件再现:

因为我知道,曼夫雷多是个善良公子,

决非不仁不义之辈,

在他心中

只有理与义。

居民甲　你是不是米兰人?

因为你的口音很像。

曼夫雷多　口音虽像米兰人,

其实我是博伦亚人;

不过我在帕维亚读过书,

所以带点儿那里的口音。

居民乙　你学的是什么?

曼夫雷多　人文学。

居民甲　对,这很有可能,

因为像你这年龄的人

大多学人文学。

曼夫雷多　这门学问

不学就不懂。

居民甲　你来诺瓦拉干什么?

曼夫雷多　来看婚宴庆典。

居民乙　事不凑巧命不好,

> 不让我们乐陶陶；
>
> 你看不到喜庆宴席，
>
> 倒会碰上打斗喋血。

曼夫雷多　没人会出头来决斗。

居民甲　你不会在此逗留很久，

> 现在离指定的日期
>
> 才过六天多。

曼夫雷多　我准备留下观看。

居民甲　这决定正确。

> 再见！

曼夫雷多　再见！

居民乙　你要留在这里？

曼夫雷多　对,因为我必须等候

> 一个朋友。

居民乙　那就再见啦！

曼夫雷多　我犹豫不定,

> 不知相信什么。
>
> 如果不是出于好奇,
>
> 我这样做是不是发疯?
>
> 捉弄人的爱情呀,
>
> 我认为你是要使我丢人现眼,
>
> 因为声誉受到议论,
>
> 就算丢尽了脸面。

〔胡丽亚、波希亚和曼夫雷多下场,费德里科公爵和罗莎
米拉小姐的看守上场。

公　爵　小姐现在如何?

看　守　她脸上披着黑纱，

　　　　独自一人留在房里，

　　　　痛苦而又悲切地哭泣，

　　　　眼泪哗哗往下淌。

公　爵　咳，非常美丽却生不逢时的果实

　　　　在最快乐的时刻凋落，

　　　　在最佳的岁月你把我冷落，

　　　　毁掉了我的全部寄托。

　　　　怎么样，她不辩解？

看　守　根本不想辩解。

公　爵　她埋怨谁？

看　守　她埋怨她命不好。

公　爵　她将在短暂的时间内

　　　　不可避免地、可耻地把命丧。

看　守　爵爷，您知道我怎么想象和考虑？

公　爵　你考虑或想象什么？

看　守　我很相信

　　　　乌特里诺的公子说的是真话。

公　爵　连你这好心人都相信，

　　　　而罗莎米拉又不吭一声，

　　　　不为她自己辩白；

　　　　不敢为自己辩解的人

　　　　一定是有罪愆。

　　　　罪过严重，指控又很认真，

　　　　决斗的日期近在眼前，

　　　　却无人挺身而出保卫她，

　　　　　　　这表明,她的不幸已不能避免。

看　守　　也许她愿意

　　　　　　　对别人倾吐心曲,因为很可能在他面前

　　　　　　　被无耻的指控所气晕。

　　　　　　　可以允许别人来看望她吗?

公　爵　　允许。

看　守　　既然我负责好好看守,

　　　　　　　就不该严酷无情,

　　　　　　　因为我相信,如果有办法救她,

　　　　　　　您的命令大可不必死死遵守。

第 二 幕

〔科奈利奥和阿纳斯塔西奥上场。

科奈利奥　咱们从头说起，

　　　　公子，你想干什么？

阿纳斯塔西奥　我想设法了解

　　　　乌特里诺公爵的公子是否受骗，

　　　　或者是别的原因

　　　　促使他指控罗莎米拉：

　　　　到底是受嫉妒

　　　　还是受愤怒所驱使；

　　　　只要没有弄清

　　　　这纠纷的真情，

　　　　我就自愿

　　　　为保卫她而拼命。

科奈利奥　假如达戈贝托

　　　　在决斗中被打败，

　　　　她离开了风暴

　　　　而驶进安全的港湾，

　　　　你能否保证，

　　　　是理性

　　　　　　　而不是暴力

　　　　　　　给予你胜利？

　　　　　　　因为上帝的秘密

　　　　　　　实在无法明白，

　　　　　　　我们往往把好事

　　　　　　　看成坏事。

阿纳斯塔西奥　　我明白你的话，

　　　　　　　这使我心里难受。

　　　　　　　不管老天爷要干什么，

　　　　　　　我将实施我的打算。

　　　〔胡丽亚和波希亚上场。

科奈利奥　　这二位就是受到

　　　　　　　另外两人捉弄的学生。

阿纳斯塔西奥　　他们捉弄人到什么地步？

科奈利奥　　他们被整得很惨。

　　　　　　　从他们的衣着看，

　　　　　　　我觉得是外乡人；

　　　　　　　如果他们同我说话，

　　　　　　　我就能听出他们是哪里人。

波希亚　　卡米洛，尽管你已经很留心，

　　　　　　　还请你多多注意，

　　　　　　　言行要显示

　　　　　　　你是个男子。

　　　　　　　扔下娇嫩气，

　　　　　　　抛开柔水情，

　　　　　　　成功与失败，

全靠你自己。

爱情把你卷进

前所未见的是非，

你成为曼夫雷多的跟班，

而且是他的心腹：

这样好的开端

保证你的追求前景灿烂。

胡丽亚　鲁蒂略，你说得对，

然而我运气不好，

因为我愈想按照

你吩咐的去做，

就愈加感到苦恼，

有时就把别的事忘掉。

哎，我真倒霉，

前面来的那公爵公子，是我的哥！

波希亚　你转过脸去，

快回旅舍；

他不认识我，

让我来对付他。

胡丽亚　我得从哪里走？

波希亚　从这条街。

胡丽亚　你很快来吗？

波希亚　我马上来。

　　　〔胡丽亚下场。

波希亚　老兄，你是此地人？

阿纳斯塔西奥　我不是此地人，也不是什么老兄。

波希亚　请问尊姓大名？

阿纳斯塔西奥　我的名字包含在天地间。

科奈利奥(旁白)　他也许想说罗莎米拉，

　　　　　　　把她当作天和地，他就生活在其间。

　　　　　　　渴望爱情的人

　　　　　　　就这样胡思乱想。

阿纳斯塔西奥　学生哥，你呢，

　　　　　　　是此地人吗？

波希亚　不是。

阿纳斯塔西奥　那么是何方人？

波希亚　连我自己也不知道

　　　　究竟算何方人；

　　　　天和地在目前

　　　　把我当作外邦人，

　　　　无论是天还是地

　　　　都不能减轻我的痛苦。

阿纳斯塔西奥　你这么年轻，竟有痛苦缠身，

　　　　　　　我实在感到吃惊！

波希亚　也许是灾难

　　　　比年龄增长得快；

　　　　尤其当爱情的翅膀

　　　　带来痛苦的时候。

科奈利奥　他的道理讲得不错，

　　　　　尽管我对此不甚明白；

　　　　　然而我可以断言，

　　　　　这小伙子的心

就像我的主子少爷一样

一定被黄金利箭穿透①。

阿纳斯塔西奥　也许你产生了爱情？

波希亚　对；

然而我却不知是否交了好运②，

尽管有个姑娘向我保证

眼前就是我过去所见。

阿纳斯塔西奥　那么你见到什么？

波希亚　我该老老实实，

不能看到什么

就随随便便地说

那激起了我的情；

你的衣衫也不能打动我的心，

在未经其他事情证实前，

我需要静思再三。

阿纳斯塔西奥　你觉得我的衣服就这么糟糕？

波希亚　当然不是，因为我觉得

你的举止言谈，

同你的粗俗打扮不相当。

也许你想用这粗布衣裳

遮掩你的巧舌如簧。

阿纳斯塔西奥　你是哪里人？

波希亚　多尔兰人。

---

① 指被爱神的箭射中。

② "好运"亦含"也许"的意思。阿纳斯塔西奥明明白白地问对方是否爱上了谁，
而波希亚的回答则是含糊其辞。

阿纳斯塔西奥　我也是那里人。

　　　　　　　你出来多久了？

波希亚　十二天多。

阿纳斯塔西奥　有什么新闻？

波希亚　发生一些胡闹的事情，

　　　　然而却令人伤心。

阿纳斯塔西奥　什么事情？

波希亚　在多尔兰公爵家留宿的

　　　　那位罗塞纳的公子，

　　　　拐走了胡丽亚和波希亚，

　　　　犹如帕里斯拐跑了海伦①。

阿纳斯塔西奥　你觉得这是真事吗？

波希亚　我觉得是真事。

　　　　不过我想此事

　　　　来得蹊跷。

阿纳斯塔西奥　人们如何议论呢？

波希亚　我听说，

　　　　波希亚小姐

　　　　很爱阿纳斯塔西奥。

阿纳斯塔西奥　什么？她爱谁？

波希亚　她爱阿纳斯塔西奥。

阿纳斯塔西奥(旁白)　什么？她爱我？

　　　　　　　　　爱她的表兄？真有意思！

————————

①　希腊神话：美男子帕里斯来到希腊，爱上了斯巴达国王之妻海伦。在阿佛罗
　　狄忒的帮助下，帕里斯拐走了海伦，从而引发了特洛伊战争。

波希亚　也许为了嫁他，

　　　　才使她生出这念头。

阿纳斯塔西奥　我与此事根本无关。

　　　　不过我要问，这同拐走她

　　　　究竟有什么关系？

波希亚　我不知道；

　　　　据说是她自己心中的爱情

　　　　把她自己拐走。

　　　　不过这都是不明真相的小民

　　　　茶余饭后的闲言。

科奈利奥　妙极了。

阿纳斯塔西奥　你妙什么？

　　　　你说：女人找男人，

　　　　或者男人找女人

　　　　本是平常事，

　　　　有什么可大惊小怪的？

科奈利奥　说得对；

　　　　你说的完全可行，

　　　　在一切可行的事情中

　　　　我不知道还有什么比这更可行。

阿纳斯塔西奥　这犹如奔向一个目标，

　　　　也可能近，也可能远，

　　　　也可能轻松，也可能沉重，

　　　　然而你总是设法到达；

　　　　这犹如女人和男人

　　　　互相爱慕一般，

　　　　　有时候似乎

　　　　　女子更为主动。

　　　　　如果大自然

　　　　　对人取消了

　　　　　正派这个减弱

　　　　　轻浮气的马嚼子,

　　　　　人就会恣意放纵,

　　　　　任意到处乱跑,

　　　　　理智不足以

　　　　　使之回头;

　　　　　当公义不能使之停步的时候,

　　　　　当礼仪不能将其驯服的时候,

　　　　　就要狠狠勒紧马嚼子

　　　　　而不能松手。

波希亚　　妇女们可没有

　　　　　欠你什么爱情孽债!

科奈利奥　　如果是这样,

　　　　　我就不会穿这衣裳,

　　　　　他也不会穿那大氅①。

阿纳斯塔西奥　　欠的债并不少,

　　　　　如果我计算,

　　　　　就不知如何付清这债,

　　　　　而我正在偿还。

波希亚　　那么,你到底爱不爱女人?

---

① 阿纳斯塔西奥及其仆人为追求爱情而乔装打扮。

阿纳斯塔西奥　我是有心的人，
　　　　　　怎能没有爱情。

波希亚　有真爱,还有上乘之爱。

阿纳斯塔西奥　我有上乘之爱。

波希亚　她是个村姑吗?

阿纳斯塔西奥　我的一身粗布衣衫
　　　　　　已说明了一切。

波希亚　然而身材和英豪之气
　　　　　表明了相反的情况;
　　　　　粗布衣是个粗糙盒子,
　　　　　里面装的是精美钻石。

科奈利奥　这学生真精!
　　　　　他说得头头是道!
　　　　　我敢说,我的主子
　　　　　在无意中已向他透露了
　　　　　自己的身份和意图。
　　　　　所以我就讨厌这样的事:
　　　　　在重要事情上
　　　　　对谁都保守秘密,
　　　　　自以为得计,
　　　　　其实很愚蠢。

阿纳斯塔西奥　好吧,如果你的下榻处
　　　　　　地点不合适,
　　　　　　愿意同我
　　　　　　住在同一个旅馆,
　　　　　　我愿意与你分享,

友谊会加重平等的分量。

波希亚　我真正不敢当。

不过我首先必须

告别一个朋友。

科奈利奥　所以我说：

他会发现咱们的秘密。

阿纳斯塔西奥　门口挂着孔雀的标志，

那就是我住的地方。

波希亚　上帝保佑你，

明天我就同你在一起。

啊，多好的机会！

〔阿纳斯塔西奥和科奈利奥下场。

波希亚　大自然就是这样安排：

天赐的火焰如果

在世上不给添加燃料，

你就会自生烦恼。

多情人强把

无情当有情，

尽管痴情追求

也是徒劳枉然。

假如天空没有太阳，

空气没有空间，

大地将丧失甘露，

海洋将兴起风暴永不平静；

爱情不会有成功的希望，

犹如国君受到挟制，

要战要和,不能由他随便主张。

〔波希亚下场,塔西托和安德洛尼奥上场。

安德洛尼奥　现在要紧的是

直奔公爵小姐的牢房。

塔西托　安德洛尼奥,你要克制,

按捺住你的急性脾气:

你老是想打听

与你无干的事。

安德洛尼奥　我很好奇。

塔西托　我担心

那么蛮干叫你吃亏。

对那种缺乏能力

却爱管闲事的人,

我不称之为好奇,

而叫他为傻子。

世上有这么蠢笨的人,

在他的狗窝里

自吹自擂地统治

千邦万国;

肆无忌惮地划分疆界,

成立起这个国那个邦,

却不会管理

家中的两个奴仆。

我的安德洛尼奥就是这种人,

这我知道得清清楚楚,

他们遇事冲昏头脑,

> 不知地厚天高。
>
> 他们这号人盲目
>
> 而又无根据地
>
> 把慎重当作宽容,
>
> 把惩治当作残暴。
>
> 政府办事再公正、平等,
>
> 他们心里也不高兴,
>
> 总是随着受骗群盲
>
> 汇入浑浑噩噩的大流。
>
> 忠臣良民
>
> 一心为其主祈祷,
>
> 要贤君变得更贤明,
>
> 要昏君改过自新。
>
> 比咱们死得早的老人们
>
> 有个特殊的决定——
>
> 这世界咱们必定会抛下,
>
> 也罢,它必须如咱们在世时一个样。
>
> 此事公爵处理得好与不好,
>
> 究竟与你有何干系?

安德洛尼奥　你听过我解释没有?

塔西托　我听得耳朵里长茧子。
　　　　　即使他们把公爵小姐烧死,
　　　　　与你也没有什么关系。

安德洛尼奥　好吧,从今后我不再吭声,
　　　　　对已经说过的话我深表痛心。

塔西托　我尊重

　　　　　　同达戈贝托决斗的结果。

安德洛尼奥　如果他胜了呢……？

塔西托　那公爵小姐该受报应，

　　　　　谁干的好事，谁就承当。

　　　　　真金不怕火烧，

　　　　　正派诚实人不怕诽谤。

安德洛尼奥　可来者不善，

　　　　　善者不来呀。

　　〔塔西托和安德洛尼奥下场。波希亚和胡丽亚上场，前
　　　者扮作农夫，后者扮作学生。

胡利亚　鲁蒂略，你为什么

　　　　要这样蛮干？

波希亚　因为面临灾祸不应惧怕，

　　　　而该满怀希望，

　　　　粗心大意使治疗痛苦的药方

　　　　变质失灵无疗效，

　　　　我并不要求爱情

　　　　对我做出奇迹。

　　　　遭受风暴袭击的人

　　　　如果会驾驶航船，

　　　　就可以把船只

　　　　驶向没有风暴的地方。

　　　　我在我的航船上

　　　　以充满信心的双眼

　　　　看到了一个港湾，

　　　　我将随着我愿望之风

径直驶向那里。

你已经看到,咱们在此处见到的

那个农夫是你的兄长:

尽管他穿着乡巴佬衣裳,

咱俩认出了他;

好久以前你已知道,

我因有心病而十分清楚,

千头万绪,

爱情是关键,

是罗莎米拉这位小姐

把他吸引到这里。

胡丽亚　这我已经告诉过你。

波希亚　那你告诉我,

我对你说的计划

是否十分正确?

胡丽亚　总之,你作为多情女子

去追求你的目标,

为此你把我一人抛下?

波希亚　你留下来同那位公子

共兴爱情的波涛,

你说,你是孤零零一人吗?

你有智有勇,

又有机会

争取你的幸福,

如同我争取幸福一样。

胡丽亚　如果他认出你,又该如何?

波希亚　　这事儿你不明白，

　　　　　　他根本没有见过我。

胡丽亚　　一个不幸能引发如许大能量。

波希亚　　咱们长期深居闺房，

　　　　　　自由受到限制，

　　　　　　导致这次私逃，

　　　　　　超出了他的想象。

胡丽亚　　好吧，既然我这乖塞命运

　　　　　　使你认出了我的哥哥，

　　　　　　他当然也不会知道

　　　　　　你会与我一路同行。

　　　　　　你独自去追求你的幸福，

　　　　　　我也追求我的爱情，

　　　　　　柔情蜜意指引咱们，

　　　　　　使咱们干出这疯癫事情。

　　　　　　我会告诉曼夫雷多，

　　　　　　你已向家乡回转。

　　　　　　前面这些人是谁？啊，糟糕！

波希亚　　我不知道；你得装模作样。

　　　　〔阿纳斯塔西奥、曼夫雷多和两个居民上场。

居民甲　　这种事从未有过，

　　　　　　罗塞纳公爵的公子太无礼，

　　　　　　于情于理都不应该。

阿纳斯塔西奥　　当理性屈服于胃口的时候，

　　　　　　就无尊敬可言，

　　　　　　更不会履行应尽的责任。

居民乙　怎能不令人惊诧？

　　　　他竟不遵守留宿的规矩，

　　　　拐走主人的心肝宝贝。

　　　　尤其是那主人世代贵胄，

　　　　具有高贵身份，待人和蔼，

　　　　为大家谋利，从不与人作对。

阿纳斯塔西奥　那家伙要么生性顽劣，

　　　　要么是天生傲慢而令他干出

　　　　如此无耻的下流勾当。

　　　　忘恩负义的曼夫雷多啊，

　　　　我相信你是自找灭亡，多尔兰公爵

　　　　定能征服你的狂妄。

曼夫雷多　一个土里土气的农夫

　　　　为何因谣传胡丽亚、波希亚

　　　　被拐骗而深感痛苦？

　　　　也许是假贞洁的名声把人唬。

波希亚　我要不要同他说话？

胡丽亚　同他搭腔吧，然而不要暴露身份。

阿纳斯塔西奥　我总是这么不幸！

曼夫雷多　你不幸？你不是好好的吗！

阿纳斯塔西奥　生活在野蛮地区的西徐亚人，

　　　　生活在大漠中的加拉芒塔人①，

　　　　你们自称蛮勇正直，却允许

　　　　堂堂的罗塞纳公爵的公子，

---

① 西徐亚人是里海北岸古国西徐亚国人，加拉芒塔人生活在今利比亚境内。

　　　　　　作为多尔兰公爵的贵宾和朋友……

胡丽亚　这类话真使我难受。

阿纳斯塔西奥　……干起鼠窃狗偷的勾当，

　　　　　　拐走他的心肝宝贝，

　　　　　　你们为什么不敢像我这样大叫大嚷：

　　　　　　曼夫雷多是个忘恩负义、不值得尊敬的家伙？

胡丽亚　我敢打赌，这公子会认出你。

波希亚　咱们趁早转到另一边。

曼夫雷多　老兄，你不要大吵大嚷，

　　　　　　认识曼夫雷多的人

　　　　　　都不会像你这么对他不恭敬。

胡丽亚　我怕他们俩要吵架。

波希亚　哎呀，糟啦，他们吵起来了……

胡丽亚　住口，不然你就走开。

波希亚　既然你可以说，我也可以说。

阿纳斯塔西奥　我也不知道，为什么一个学生

　　　　　　多管闲事，竟为犯下如此大罪的人

　　　　　　千方百计地辩白、保证。

居民乙　先生们，不要再吵啦：

　　　　　　如果曼夫雷多公子真干出那样的事，

　　　　　　为他辩白的人并不知晓。

阿纳斯塔西奥　天哪，我怒火满腔！

曼夫雷多　天哪，这乡巴佬说话竟如此文绉绉！

胡丽亚　糟了，真吵起来了。

阿纳斯塔西奥　我是乡巴佬？你这臭念书的小子，

　　　　　　你这倒霉的混蛋痞子！

曼夫雷多　这才真是乡巴佬面貌,疯癫胡闹!

波希亚　我要是不帮我那心上人一把,就不像话。

居民甲　怎么回事?怎么可以对手无寸铁的人动刀子?

阿纳斯塔西奥　你让这个混蛋过来。

居民乙　你们两个都仔细些,

　　　　瞧瞧谁在你们中间。

曼夫雷多　一个乡巴佬竟敢

　　　　这么凶狠?

胡丽亚　你想用石头砍我的主人?

波希亚　你想用石头砍我的主人?

胡丽亚　啊!你也这么粗鲁?

波希亚　哟,你这臭跟班的!

胡丽亚　鲁蒂略,你说:这不是胡来吗?

　　　　你竟打我耳光?你真猖狂,

　　　　恐怕连敬畏之心

　　　　也不能制止你的狂妄!

居民甲　两个仆人怒气冲天,

　　　　也扭打在一起。

居民乙　住手,住手!

曼夫雷多　我非宰了这家伙不可!

阿纳斯塔西奥　你手拿刀子我也不怕!

居民乙　哎!我请你们都住手!

胡丽亚　冤家,你别抓我的头发!

　　　　你把我的头发弄散乱,好让别人

　　　　知道咱们是谁不成?

波希亚　冤家,你抓我的头发,

我就不能抓你的?

居民甲　这两个打得

比那两个还凶。

胡丽亚　哎呀,你把我咬伤啦!

波希亚　那你松开嘴!

胡丽亚　我已经放开了!

波希亚　放开!

居民甲　都放开,你们这两只野兽!

胡丽亚　哎哟,他咬了我!

波希亚　你还踢我不?

胡丽亚　你想干什么? 冤家?

波希亚　你呢,你想干什么?

居民乙　先生,你把刀收起来,

不要打了,因为事情与你根本无关。

曼夫雷多　天知道他为什么要找茬!

波希亚　你这不要脸的,扯下了我的外衣;

你的手劲倒不小,

可我的手劲不比你的差。

居民甲　诸位看见没有,这小伙子火气多大?

这一位是你的仆人吗?

阿纳斯塔西奥　当然不是。

曼夫雷多　鲁蒂略,怎么回事?

波希亚　我的计划不宜在此披露。

曼夫雷多　你为什么同你的兄弟打架?

波希亚　连我自己也不明白为什么迷糊;

我看到这样的乡下人衣裳

> 同我家乡的十分相像，
>
> 就觉得必须给他帮忙。
>
> 我觉得我没有看错，
>
> 这个人是我熟悉的亲戚，
>
> 总之，是我的感情在作怪。

曼夫雷多　看来你的头脑发昏，

　　　　可不要糊里糊涂地

　　　　暴露我的身份。

波希亚　少爷，尽管放心，

　　　　无论是福是祸，

　　　　鲁蒂略决不会露出你的马脚，

　　　　你完全可以信赖。

曼夫雷多　这么说，你要回家乡？

波希亚　趁天气还没变坏就走。

曼夫雷多　再见，我不留你！

波希亚　我的兄弟留下来。

曼夫雷多　好极了。

波希亚　愿上帝保佑他为你效劳事事妥帖。

　　　〔曼夫雷多和两个居民下场。

胡丽亚　鲁蒂略，咱们刚才吵架，

　　　　你记在心里吗？

波希亚　当时气就消啦。

胡丽亚　你依旧相信我？

波希亚　谁说不相信？

胡丽亚　再见，好朋友！

　　　〔胡丽亚下场。

波希亚　再见,不听劝的小伙子!

先生,我跟你在一起,

愿听你随意差遣,

但愿爱神帮助我追求幸福。

阿纳斯塔西奥　可我已对一切失望。

爱神啊,你竟败坏了我的名声,

丧失了名声,我不愿活,宁肯死!

你闪光的烈焰所到之处,

可以消除痛苦的感觉,

没有你的闪光就等于死。

胡丽亚被拐骗,

而曼夫雷多公子却逍遥法外;

此事竟落到我头上,

我因疏忽而感到内疚。

我受一个卑劣学生的窝囊气,

幸遇一个可怜牧童来相助,

尽管我知道在这件事上没有吃亏,

可心中忧愁向谁倾吐,

然而即使知道向谁倾诉,

我也不敢诉说,只能窝在心里难启齿。

波希亚　你就设想,这不是我初次

向你伸出友谊之手,

你完全可以相信我。

为了给你效劳,

我穿上乡巴佬衣裳,

这表明我生性直爽好打交道。

如果你心中尚有疑虑，

时间久了就会发现，

我的性格十分开朗。

我既无拐弯抹角的心怀，

又不畏惧困难和阻挠，

以高尚的心为你忠诚效劳。

阿纳斯塔西奥　你知道……算了，不说了。

波希亚　难道你害怕

向我倾吐心曲？

我可以指天发誓，

你尽管放胆

把一切向我诉说。

阿纳斯塔西奥　我也觉得可以放心。

为了实现我的企图，

我认为你是唯一

最合用的工具；

如果你愿意讨我欢喜，

你必须装扮成村姑……

你笑什么？

波希亚　你尽管说下去，

我确实不是在笑。

阿纳斯塔西奥　如果你实在不愿

为我效力，

请告诉我，我就不再说。

波希亚　别说扮女人，为了讨你喜欢，

装扮成魔鬼我也干，

　　　　　而且十分坚决,说干就干。

阿纳斯塔西奥　你使我非常高兴,

　　　　　你要什么奖赏,我样样都依。

波希亚　为你效劳就是奖赏。

　　　　　你说下去吧。

阿纳斯塔西奥　有位友人

　　　　　一心想为公爵的千金牺牲,

　　　　　那位小姐被指控干了可耻勾当。

　　　　　由于她被关在牢房,

　　　　　闹不清她究竟有无过失,

　　　　　他就下不了决心为她决斗。

　　　　　他委托我了解此事,

　　　　　几天前我穿上这衣裳,

　　　　　到处打探消息。

波希亚　你打听到消息没有?

阿纳斯塔西奥　没有。

波希亚　那你就吩咐吧。

阿纳斯塔西奥　你按我说的,

　　　　　换上女装,

　　　　　准备一张纸,

　　　　　交给罗莎米拉,

　　　　　请她把一切写在纸上。

波希亚　你一做好

　　　　　那样的衣裳,

　　　　　我就按吩咐穿上。

阿纳斯塔西奥　你只需讨得看守人的欢心,

　　　　　他定会放行。

　　　　　对他你一定要满脸堆笑。

波希亚　　村姑待人一定会恭敬，

　　　　　处事自会谨慎小心。

　　　　　待她写好信，我就往回奔，

　　　　　我相信我装得像乡下妇人。

阿纳斯塔西奥　　说话要温存，言语不要啰唆。

波希亚　　哟，盲目的爱神，没有一点儿慈悲心肠，

　　　　　你想让我去干什么勾当！

阿纳斯塔西奥　　你后悔了？

波希亚　　做好事我从不改变决心。

　　　　　尽管此事麻烦多，

　　　　　我自会努力克服，

　　　　　各种办法都能找到。

阿纳斯塔西奥　　慷慨豪爽的小伙子，

　　　　　我有一笔很好的报偿在等你。

　　　　　你想要什么尽管开口；

　　　　　别看我现在穿着一般，

　　　　　本人并非布衣寒士。

波希亚　　我将是

　　　　　众奴仆中

　　　　　对你最忠诚勤快的一个。

　　　〔二人下场。曼夫雷多和胡丽亚上场。

曼大雷多　　那乡巴佬好厉害！

胡丽亚　　看样子，他还胆大包天！

曼夫雷多　　你的兄弟却很蠢。

胡丽亚　年轻人就是这样，

　　　　分不清轻重缓急。

曼夫雷多　他走了？

胡丽亚　我看他会吃亏！

曼夫雷多　卡米洛呀，说下去吧，

　　　　请你照原来的语调

　　　　把刚才讲的全告诉我，

　　　　你讲话的风度我喜欢，

　　　　那事儿又令我吃惊。

胡丽亚　既然你喜欢，就请细心听。

　　　　一位漂亮的青年

　　　　来到我跟前，

　　　　他穿一身新衣裳，

　　　　我看那是专为他缝制。

　　　　如我所说，

　　　　他来到我跟前说：

　　　　"朋友，你听我说。"

　　　　我转身一看，只见他

　　　　美丽的眼里涌出颗颗珍珠；

　　　　我深受感动，

　　　　向他伸出手，

　　　　他跪下，胆怯地握住我的手，

　　　　亲吻着，泪水浸润了我的手。

　　　　我大吃一惊，

　　　　把他扶起，问他需要什么。

　　　　他几乎晕倒，

对我说，如果到僻静处

让我听他细说，

他定能获得我的同情和恩惠。

我把他带到我的住所，

他坐下略停神，

就呜呜咽咽、

断断续续地对我说了又说：

"我是……"他欲言又止，

满脸通红如火烧灼。

由此我看出，

他羞涩难耐，

不便启齿，

我想知道原委，

便走近他

好言相劝。

他终于被说服，

痛苦、焦灼地叹了口气，

脸色转黄灰溜溜，

两臂撑在膝上，抬头对我说：

"我就是那个

遭不祥之星逼迫的姑娘；

我就是那个不幸的姑娘，

乍看起来

我既无勇气也不机灵，

竟将自己的名誉和生命

置之度外，

因为这二者我已不再顾及；

我就是胡丽亚，

多尔兰公爵之女，

我的愿望谁也不能改变，

天上地下都没有

治疗我痛苦的妙方，

我受这痛苦煎熬倒也无妨。"

我细心倾听她讲，

一言不发如泥塑木雕，

只想听她把事情讲完，

如果发言，会打断她的话；

她后来说的话

令我迷惑又惊讶：

她说："我见过曼夫雷多，

他是你的好心主人，

（我已不怕叙述，尤其对你，

我要避免拙劣地编造

卑鄙而令人切齿难忘的故事。）

我的父亲把我关在

阳光几乎照不到的地方；

我的母亲早已亡故，

为防备万一而

构筑的城堡雉堞

是我的同伴。

贫乏加强了

我的欲望，

（我并非饥饿，

而是缺乏自由）；

不过并不是要获得

不符合我身份的自由。

直到我的不幸命运

招来了曼夫雷多，

他成为我父亲的贵宾，

使我父亲有机会

向一位高贵的公爵公子

显示慷慨豪放。

我出于好奇，

在门上挖了个小孔，

给羞涩的眼光

和颤抖的心灵开了个窗，

为的是看看曼夫雷多的模样。

我见到了他，当时心情无法描述。"

我现在也不能讲下去了，

因为那边有人走来。

曼夫雷多　　咱们到那边去，

那边凉快人又少。

讲吧，我很想听，

这故事很使我喜欢。

〔曼夫雷多和胡丽亚下场。波希亚上场，她打扮成村姑，

提着一篮子鲜花和水果。

波希亚　　爱神啊，既然我再三受折腾

你也不肯对我高抬贵手，

我倒不如

任你折腾。

首先你让我当了牧童，

接着让我扮成学生，

没过多久

又让我变成农夫，

用你的纠葛错乱

耕耘我的不幸；

而这就是你的英雄行为

所创造的最好命运。

我带着花儿，我将摘下

它们的果实，

给凡夫俗子们的心

充当悲哀的丧服。

你赋予花儿们的作用，

表明你是毒蛇，

咬一口就可以

置我的爱于死地。

你的意图已被我看透，

就休想与我同行，

我决不会把利剑

拱手交到我的敌人手里。

你是我心灵之敌，

而这几人是我躯体之敌。

〔塔西托和安德洛尼奥上。

波希亚　一眼就看见了他们，真倒霉！

"退下!"你要干什么?

塔西托 哟,这么端正的乡下姑娘

带来了幸福时光!

波希亚 哎,真扫兴!

安德洛尼奥 我觉得她漂亮极了。

她从地上捡起什么?

塔西托 她一定丢了什么,

你若不上我就上。

波希亚 恐怕事情不妙:

这两人是大流氓,

他们一定会欺侮我。

哎呀,谁能回避

与这两个混蛋相遇!

塔西托 村姑小姐,

你正当青春年少,

应该享乐逍遥。

安德洛尼奥 你来得正巧。

塔西托 宝贝,你手里拿的是什么?

我的妈哟!

安德洛尼奥 挨揍了?

塔西托 可不是。揍得好狠!

我的手不知所措。

你再碰我,

我就回敬!

波希亚 大庭广众有人抢劫我!

有没有人来帮我?

哎呀,有人抢劫我。

强盗,放下篮子!

〔看守上场。

波希亚　这里怎么无声无息?

难道谁也不打这里经过?

看　守　不要脸的东西,怎么回事?

塔西托　当心,先生,你有什么本事?

各类遭难者的事

一件件,

一桩桩,

肯定你无法都挂记心上,

尤其是在这样偏僻的地方,

打打闹闹又有何妨。

看　守　混帐东西,你胡说什么?

安德洛尼奥　你就慢慢去问

是怎么回事吧;

也许你眼睛昏花不好使,

因为那位村姑

同我们刚刚完事儿。

看　守　小姐,你说,是怎么回事?

波希亚　他们想抢走

我要送给公爵小姐的

那篮子水果。

看　守　送给被关起来的小姐?

波希亚　是的。

塔西托　糟了。

安德洛尼奥　我先尝尝。

　　〔二人伸手到篮子取出水果吃了起来。

塔西托　我已经尝过了。

看　守　婊子养的,不要脸!

　　　　混帐东西,滚开!

塔西托　我吃东西

　　　　从不觉得羞耻。

安德洛尼奥　好姑娘,你该感谢

　　　　这位好心保护人;

　　　　不过如果你再上路,

　　　　我还会同你寻开心。

塔西托　运气真不好!

安德洛尼奥　朋友,算啦,咱们走吧。

　　　　〔塔西托和安德洛尼奥下场。

看　守　这样下作的流氓

　　　　哪儿都会碰上。

　　　　姑娘,咱们走吧,

　　　　去看望公爵小姐,

　　　　她是由我看守。

波希亚　请带路,我不认识路。

　　　　〔二人下场。曼夫雷多和胡丽亚上场。

曼夫雷多　你说下去,这里没人

　　　　听咱们谈话。

胡丽亚　那不幸的姑娘

　　　　以痛苦的声音

　　　　继续放胆讲她的事情,

她说："我一见到曼夫雷多，

心情就无法形容，

当时就感到

爱神以强有力的手，

直截了当地把曼夫雷多豪放的形象

深深地刻在我心灵中，

我立刻把我的心交给了他。

我回到自己房中，

脑海和心中

充满了他俊美的眼神，

我兴奋又着急，

爱情的毒液烧灼着我，

荣誉感却在冷却。

我反反复复考虑，

浮想联翩，

不顾一切相左的意见，

称爱情为我的主宰，

我的怜悯之神，

最后不得不以身相许。

天哪，我抛下父亲，

抛弃了自由，抛弃了名誉，

迎来了忧虑，

自套枷锁，走上死亡和毁誉之路，

我是来寻找

那位刚认识的贵宾。

今天我看到

他与你同行,尽管他乔装打扮,

然而我心中

镌刻着他的面容,

因而立刻认出了他;

一见到他我就快乐,我一直跟踪到这里。

啊!小伙子,我想……"

(说罢,她又跪下,

泪流满脸,

容貌楚楚动人。)

她说:"我想请你

告诉你的主人,他就是我的主人,

就是我的思恋。

我无法以语言

诉说我的心事和痛苦,

我害怕丢脸,

不敢走到他跟前。

请你单独告诉他,

爱情将我折磨;

愿他不会像轻波抚摸的

岩石那样心硬;

也不会像蛇那样

在魔术师捉弄下

在深深的洞穴中蛰居不动;

也不会像风暴中航海者那么胆怯。

在炎热的利比亚的凶恶的母狮

不会给他喂过奶,

他也不会是

某个野蛮独眼巨人所生，

得知我的痛苦和深情，

不至于不动心。

我富有又不丑，

出身如他一样高贵，

但是这身打扮

使我难看又丢脸；

不过这都是爱情引起，

这类事情应该有个了结。

不要脸的罗莎米拉，

婚礼被阻止实在应当，

我爱着他，

犹如泥土恋着湿润；

如果这不是疯癫，

爱情就是我的，谁能将其阻挡?"

说完这些，她垂下

无力的双手，

脸色转白，

原来红润的双唇

变成紫色，

两个美丽的太阳被云遮挡。

胸部起伏，

满脸冷汗，

我将她安置在床上，

略过一会她全身震颤，

在叹息中苏醒，

又哗哗地淌下眼泪。

我安慰她，让她

在那旅店休息，

不必担心害怕，

我来把她的事情向你讲述；

我把她留在房中。

你瞧，我讲的故事妙不妙！

曼夫雷多　　太奇，太妙，

我难以相信它是否真实，

尽管爱情和轻率

二者从不分开。

怎么，她在你的房中？

胡丽亚　　我说的不假。

曼夫雷多　　没有比这更令我

兴奋的消息了。

胡丽亚　　那么，你想把她享用？

曼夫雷多　　卡米洛，你不了解我，

这类伤风败俗的事

我决不会干。

胡丽亚　　那么你想把她怎么办？

曼夫雷多　　把她送交她父亲，

这就恢复了我的名誉，

消弭了纠纷。

胡丽亚　　那你就太对不起她了！

曼夫雷多　　声誉要紧，

这样笨拙的爱情

只能获得这个甚或更糟的报应。

胡丽亚　　爱情这个高尚的主题

竟是错误？

曼夫雷多　　众所周知，

如此胆大妄为的爱情，

尽管是爱情，并不完美。

只有良好的爱情

才是完美愿望的实现；

如果不是这样，就不是爱情，

而是填不满的欲壑。

不过，咱们还是去看望她；

但是，在这种时候去看她

并不太好，因为

这会造成毁她的机会；

我并非坐怀不乱的

英雄人物，

不能用我的脆弱

轻率地做试验；

我觉得，而且

我的经验也证明，

女人的眼泪

能软化顽石。

胡丽亚　　既然她的爱不能使你心软，

她的美丽也不能办到。

曼夫雷多　　总之，这是祸害，

还是避开为妙。

如果我去见她，

她的出走我就有牵连；

如果把她送回，

可以表明我究竟是何等样人，

就免去决斗，

夺回失去的荣誉。

胡丽亚 咳！真是自作多情，

得不到好报应！

那小姐实是可怜，

没来由爱你一场！

曼夫雷多 这种情况可以看出，

人难以抵挡自己的意愿。

咱们回去吧，

不管怎么说，我想见她。

胡丽亚 也许你会喜欢她。

曼夫雷多 这种炭可不能把我烧出烈火。

〔曼夫雷多下场。

胡丽亚 你好狠心啊，就这样走了，

带走了我的灵魂！

爱情啊！在我的恼怒中

你给我出的是什么样的主意？

我现在被弄得十分糊涂。

谁能给我出主意？

总之，我必定会

断送在这欲望之手。

〔胡丽亚下场,罗莎米拉上场,她的脸从眼睛以下用披纱
遮住。

罗莎米拉　谁见到我这般模样,

肯定会认为

是命运把我

推入死亡的怀抱。

其实并非如此,因为爱情

常常要以

极度的痛苦

掩盖她给予的报偿。

荣誉啊,你遭受被遮蔽之苦,

因为在你与我的愿望之间

出现了争执,

为此你被蒙上阴影;

然而这种情况就会过去,

你的光辉犹如

地球运转到太阳和月亮之间

而被蒙上了阴影。

〔看守和波希亚上场。

看　守　你瞧,她就在那里;

你去同她说吧,快点儿出来。

波希亚　哎呀,多么暗哪!

可见瞎子看不见多难受!

你瞧,把她搞成什么样啦!

罗莎米拉　喂,朋友,你找什么?

波希亚　小姐,请你收下

我装在这篮子里的东西，
那不过是些美丽的花
和几个新鲜水果。

罗莎米拉　你来只是
试图抚平我的痛苦！
你坐到我这里，
把花儿拿来给我看，
请摘下你的面纱。

波希亚　小姐，给你花儿，
我可不敢坐下，
面纱现在摘下。

罗莎米拉　你同我一起坐一会儿，
这我可以说了算。

波希亚　小姐，我本已决定
不坐下；
不过俗话说，
恭敬不如从命，
我就坐下，并且求你
把披纱从你脸上
挪开一点，只是一点点，
如果我的请求真能感动你。

罗莎米拉　朋友，我已把脸全部露给你看，
因为你的礼貌，力量胜于强暴。

波希亚　天哪！对这么俊俏的美人
竟下这么狠的手！

罗莎米拉　朋友，不要说这些，

告诉我：是什么原因

促使你来看我？

波希亚 我知道，

事出有因，是爱得过分，

眼看着光阴似箭，

马上就到了指定的期限，

所有的人都将看到

你究竟是有过失还是清白可怜。

在期限到来之前，

我想了解

能否为你出力；

达戈贝托以蛮勇闻名，

即使最顽强的人也望而心惊。

罗莎米拉 你应该保卫

我这个无辜

受过的人。

我的执着

超出了正常的轨道，

因为我的性命

操在对手手中。

毁坏我名誉的人

必须亲自恢复我的名誉，

因而我缄默不语，

貌似有过而忧郁。

请你告诉我：你是否听说

罗塞纳公爵的公子干了些什么。

波希亚　　大家都在传说，

　　　　　　他回到自己的封地。

　　　　　　有人说，多尔兰爵爷

　　　　　　曾愉快地将他留宿，

　　　　　　而这位公子

　　　　　　竟然将主人的女儿拐走，

　　　　　　顺便还把她的表妹骗到手，

　　　　　　不过我清楚，这都是流言。

罗莎米拉　　这事已经不仅仅

　　　　　　伤害了一个罗莎米拉！

波希亚　　她的表妹

　　　　　　是黑心肠的达戈贝托的妹妹。

罗莎米拉　　你对爱情太不了解，

　　　　　　时运不济使爱情受损害！

波希亚　　听说多尔兰公爵的公子

　　　　　　要为你去决斗。

罗莎米拉　　谁这么说的？

波希亚　　知情者这么说。

罗莎米拉　　这样做是徒劳！

　　　　　　不过我感谢他的心意，

　　　　　　因为解铃还需系铃人。

波希亚　　即使他胜利了，

　　　　　　我可以担保，他不求报酬；

　　　　　　因为他为了打抱不平，

　　　　　　而不是为了争得爱情。

罗莎米拉　　这就更好地显示

　　　　　　他的勇气和高尚。

　　　　　　不过，即使他战胜，

　　　　　　他也不会同我结婚。

波希亚　为什么？

罗莎米拉　我知道为什么。

波希亚　倘若奖赏规定这样又如何？

罗莎米拉　既然我只要讨个公道，

　　　　　　就不会出现这种极端情况；

　　　　　　不过人心难测，

　　　　　　我害怕会发生意外。

　　　　　　亲爱的村姑，

　　　　　　跟我到另一间房去，

　　　　　　我要在背静处

　　　　　　同你略谈几句：

　　　　　　我的心告诉我，

　　　　　　是上帝把你派来这里，

　　　　　　把我遭受禁闭的痛苦

　　　　　　变为真正的快乐。

　　　　　　来吧，我的生与死，

　　　　　　好运与坏运，

　　　　　　被禁闭与获自由，

　　　　　　都取决于你的意志。

波希亚　小姐，你要去哪里，

　　　　　　咱们就去那里，

　　　　　　我向你承诺，你可以指望

　　　　　　得到所需要的一切：

　　　　　从今往后我向你

　　　　　献出我的意志和生命。

　　罗莎米拉　你的到来

　　　　　一定是神迹。

第 三 幕

〔曼夫雷多和胡丽亚上场。

曼夫雷多　怎么回事,她走了?

胡丽亚　一点没错。

曼夫雷多　那你为什么不拦住她?

胡丽亚　因为对一个决心已定的人

很难阻拦。

我一打开门,

她就说:"朋友,

我知道我是在发狂想,

什么事都拿不准。

你不必告诉公爵公子了,

因为我知道他不会当回事,

倒不如我今天

一死了之。"

说声"再见!"她就扬长而去,

我无法拦阻,

尽管我想跟踪,

可她一会儿就不见影踪。

曼夫雷多　你太不小心。

她去哪里了？

胡丽亚　我真不知道。

曼夫雷多　她真能走吗？

胡丽亚　就如我说的那样。

　　　　不过既然你看不见她，

　　　　那就是不在了。

曼夫雷多　你不知道她会出事吗？

胡丽亚　我真怕她出事。

　　　　（独白）

　　　　当愿望再次产生，

　　　　期待着幸福来临的时候，

　　　　哎呀，我却犹豫不决、

　　　　不知所措！

曼夫雷多　你说什么？

胡丽亚　没说什么。

　　　　我只是说，她这样离开，

　　　　她的心病

　　　　定会以绝望告终。

曼夫雷多　卡米洛，从这件事

　　　　你可以清楚看出，

　　　　女人心血来潮，

　　　　干出的事几乎没有一件正确。

　　　　该厌恶之处，她们喜欢，

　　　　该逗留之处，她们离去，

　　　　存有希望之处，她们害怕，

　　　　该害怕之处，她们却寄予希望。

胡丽亚　如果我再遇见她，

　　　　你是否要我告诉她，

　　　　她的烦恼令你痛苦？

曼夫雷多　我不会欺骗任何人，

　　　　你再见到她，

　　　　可以随意告诉她什么。

胡丽亚　如果你的行为符合身份，

　　　　我就这么办。

曼夫雷多　我该干什么？

胡丽亚　不要数落，更不要责骂她，

　　　　也不要把她送交她父亲。

曼夫雷多　我不知道这是怎么回事，

　　　　一定是胡丽亚的眼泪

　　　　软化了你的心肠。

胡丽亚　当然是这样，如果真像你这么理解，

　　　　早该满足她的要求。

　　　　难道哗哗掉下的眼泪

　　　　不该软化那顽石？

　　　　天就那么高，

　　　　难道就听不到她的哀叹？

　　　　哎，曼夫雷多少爷！

曼夫雷多　卡米洛，

　　　　你一定被她征服了。

胡丽亚　胡丽亚的事儿

　　　　使我伤心。

　　　　她的娴静，

　　　　　她的多愁善感，

　　　　　那美丽脸庞上

　　　　　滚动的颗颗珍珠，

　　　　　她一次次的晕倒和无数担忧，

　　　　　羞赧和惊恐，

　　　　　不安和心跳，

　　　　　总之，受爱情折磨

　　　　　以及其他种种事情，

　　　　　公子爷，你只要看到了，

　　　　　她的叹息定能软化你的心肠，

　　　　　就如软化了我一样。

曼夫雷多　　行啦，既然她已离去，

　　　　　就不要再提起她。

　　　　　不过，如果她回来，你就告诉她……

胡丽亚　　告诉她什么？

曼夫雷多　　哎呀，我不知说什么！

　　　　　据说，已经允许

　　　　　被禁闭的罗莎米拉同外界接触？

胡丽亚　　你只牵挂这事，

　　　　　这真使我发愁。

曼夫雷多　　如果我能够，我必须设法

　　　　　同她谈谈，因为此事与我有关。

胡丽亚（独白）　说到底，我的命运不佳，

　　　　　不能指望曼夫雷多！

　　　　　不过，在我担忧的

　　　　　不祥结局到来之前，

　　　　我要把我的命运

　　　　在决斗场上做最后拼搏。

〔胡丽亚和曼夫雷多下场。罗莎米拉和波希亚上场，前
者穿着波希亚的衣服和斗篷，而波希亚则用长披纱把全
身直至脸部遮盖。

罗莎米拉　拥抱我，再见，

　　　　请相信我的话。

波希亚　小姐，请注意，

　　　　命运之轮

　　　　转个不停，

　　　　你最好不要回来受禁闭；

　　　　因为尽管你无过失，

　　　　至今我未见有人

　　　　为你来决斗。

罗莎米拉　我一定先做

　　　　于咱俩最关紧要的事。

波希亚　你办你的事，

　　　　不必为我担忧：

　　　　因为我做这件好事

　　　　他们不能杀害我，

　　　　我知道我的灵魂

　　　　因此而蒙隆福，

　　　　而这福分就隐藏在

　　　　你自己意想不到的地方。

　　　　你走吧，我听到有人来了。

罗莎米拉　我会回来的。

波希亚　你别回来。

〔看守上场,手拿一件斗篷。斗篷上半截为黑纱,下半截
　为绿纱。

看　守　美丽的村姑,请走好!

　　　　如果你愿意再来,

　　　　任何时候我都对你把门敞开,

　　　　也对所有愿意与我的小姐沟通的人

　　　　把门敞开。

波希亚　好啊。

看　守　不过不给罪犯的代诉人开门,

　　　　也不给律师开门,

　　　　任何道路对他们都阻断,

　　　　也不准他们申辩,捂住他们的嘴巴,

　　　　有关她的一切都不让他们知道。

　　　　小姐哟,你已经在这里?

　　　　我以为你在另一间屋,

　　　　你一般都在那边昏暗中度过白天。

　　　　令尊命令你明天去决斗场时,

　　　　在那哀伤、可怕、痛苦的时刻

　　　　穿上这件斗篷,你瞧,是双色的。

　　　　他还命令你的卫士们中,一半人

　　　　穿这种痛苦、哀伤的颜色,

　　　　另一半人穿上节日盛装。

　　　　小姐,在你左边

　　　　跟随一个手持闪亮屠刀的刽子手,

　　　　万一达戈贝托指控你而得胜,

　　　　刽子手的屠刀

　　　　会毫不留情送你去阴曹。

　　　　在你的右边有一个男孩，

　　　　他手持美丽的绿色桂冠。

　　　　事件的结局可能愉快，也可能悲伤，

　　　　可能是屠刀抹你美丽的颈项，

　　　　可能是你的头戴上胜利的桂冠。

　　　　我来不为别事，只为告诉你这事。

　　　　你不回答我？可你一定知道，

　　　　我愿为你效劳，

　　　　我忠于我的老爷，

　　　　只要你不求我将你释放，

　　　　其他事我都愿意为你干，

　　　　我向你献上赤诚的心。

　　　　你回答我什么？

波西亚　我感谢你。

　　　〔波希亚下场。

看　守　这么默不作声好奇怪！

　　　　这迫使我仔细考虑！

　　　　不过，即使要冒性命危险，

　　　　我也要帮助她！

　　　〔阿纳斯塔西奥和科奈利奥上场。

科奈利奥　对一个不认识的小伙子

　　　　你如此信任，谁见过这样的事？

阿纳斯塔西奥　那我该怎么办？

科奈利奥　我怎么知道？

阿纳斯塔西奥　他必须穿这样的衣服才去？

科奈利奥　总之,我说,

　　　　　这明明白白是错误。

阿纳斯塔西奥　事已至此,无法补救。

　　　　　啊,不就是这个人吗？

科奈利奥　我哪知道？

　　　　　〔罗莎米拉蒙着面纱上场。

阿纳斯塔西奥　就是他。鲁蒂略,

　　　　　我的朋友,你来得正好。

科奈利奥　就是你,我敢说,

　　　　　就是你这个地地道道的村姑。

阿纳斯塔西奥　不要因为我们两个人在,

　　　　　你就想把事情真相掩盖。

罗莎米拉　弟兄们,我不明白你们说什么;

　　　　　让我过去,愿上帝把你们保佑,

　　　　　我不是你们想的那人儿。

阿纳斯塔西奥　听声音不像是鲁蒂略。

　　　　　我的事儿算糟啦!

　　　　　你是谁？你去哪里？

　　　　　这件衣服是谁给你的？

　　　　　因为我认得出。

罗莎米拉　我的钱把它给我。

阿纳斯塔西奥　卖货的又是谁？

　　　　　你不说出米,

　　　　　我就不让你过。

罗莎米拉　我真倒霉!

　　　　　你说话太不客气！

　　　　　你不要扯我的面纱，

　　　　　否则一定让你吃亏。

阿纳斯塔西奥　我可不怕威胁！

　　　　　把衣服给我，否则就叫那小子回来。

　　　　　我说什么？我讲错了：

　　　　　我是要这件衣服。

　　　〔达戈贝托及其一名仆人上场。

达戈贝托　我举目将她寻找，

　　　　　看是否能见到。

罗莎米拉　我赶快溜走，

　　　　　因为那一位正是

　　　　　我寻找的达戈贝托。

阿纳斯塔西奥　怎么，你想逃跑？

罗莎米拉　住手，否则我发誓一定……

达戈贝托　朋友们，你们在吵什么？

罗莎米拉　公子，如果可能

　　　　　我想单独同你谈话，

　　　　　至少不能有这么多人在场。

　　　　　为了方便，

　　　　　你瞧我是谁。

　　　〔罗莎米拉只对达戈贝托摘下面纱。

达戈贝托　那是什么？

　　　　　朋友们，你们快去。

阿纳斯塔西奥　我被闹得迷迷糊糊：

　　　　　这位不是鲁蒂略，

穿的却是他的衣服。

科奈利奥　他一定出什么事了。

阿纳斯塔西奥　一定是出事了？

科奈利奥　我不知道。

阿纳斯塔西奥　我一定得找罗莎米拉谈谈，

从她那里一定能打听到消息。

科奈利奥　你越陷越深。

达戈贝托　小姐，见到你我很惊讶，

你是怎么到这里来的？

谁给你穿上这套衣服？

罗莎米拉　时间紧迫，

我简要地告诉你一切，

我只是要你

马上把我带到乌特里诺。

达戈贝托　为什么要这样呢？

罗莎米拉　目前的安排就是这样，

你不要试图将它改变。

我不愿走上断头台，

在粗鲁下贱人手下

眼看着自己香消玉殒，

也不愿眼看着你被判为诬陷者。

达戈贝托　你还有话要对我说吗？

罗莎米拉　没有了。

达戈贝托　你来不是为别的事吧？

罗莎米拉　是的。

达戈贝托　我美丽的村姑，

　　　　　你不能说服我。

　　　　　嗨,我要解决

　　　　　对咱们更紧要的事。

罗莎米拉　我想不出更好的办法。

达戈贝托　办法有的是。

　　　　〔罗莎米拉、达戈贝托及其仆人下场。看守、曼夫雷多和

　　　　　胡丽亚上场。

看　守　先生,我放你进去见她,

　　　　　因为你是为了她的利益而来,

　　　　　这事对咱俩都好,

　　　　　对我而言,可以查看她一番,

　　　　　而你可以看望她。

　　　　　我之所以为你打开牢房,

　　　　　是因为我的心告诉我,

　　　　　达戈贝托公子

　　　　　是无理指责。

　　　　　请你稍等片刻,

　　　　　我进去叫她。

曼夫雷多　卡米洛,你走吧。

看　守　别走;

　　　　　这位跟班留在这里,

　　　　　为的是减少怀疑,

　　　　　这里有人为好。

　　　　〔看守下场。

胡丽亚　我多可怜啊,爱神

　　　　　无情地用许多箭把我射伤!

曼夫雷多　卡米洛,你说什么?

胡丽亚　我是说

　　　　胡丽亚很不幸。

曼夫雷多　她扬长而去就是不对。

胡丽亚　她是要躲开她的冤家。

曼夫雷多　别说话,公爵小姐来了。

胡丽亚　她的脸蒙得多严实!

看　守　小姐,我告诉你,

　　　　他是为你而来决斗;

　　　〔波希亚和看守上场。

看　守　他雍容高雅,

　　　　反应机敏。

　　　　我要去门口守候,

　　　　以防老爷巡视。

　　　〔看守下场。

曼夫雷多　尽管可以断定

　　　　你出身高贵,

　　　　决无邪恶缠身,

　　　　然而不喜欢你的人却要诬蔑你,

　　　　因此希望你开口说话,

　　　　把其中原委披露,

　　　　你的缄默不语

　　　　已经损害了你的名誉。

　　　　在这次挑战中

　　　　站在你这边的人

　　　　即使娇嫩也会成为战神,

即使瘦弱笨拙，也会抖擞起精神。
你没有过失，就不必因为
达戈贝托骁勇而伤心，
担心世上无人
与他匹敌；
罗莎米拉你该知道，
真理的利刃
能轻而易举地
砍断谎言的兵器。
即使你有过失，
那也不过是爱情，
我也要用我的利剑
同对手比试高低：
因为我相信，
揭人隐私实不在理，
我保证取胜，
向你祝贺报喜。
我就是这种人——
不仅夸下海口，还可以承诺得更多。
你为何沉默？
请讲，不要害怕。

波希亚　夜里我失眠，
因为睡眠和悲伤
互不相让，
不停地吵吵嚷嚷。
我是说，我醒着，

思量着我的痛苦，

这时在我眼前

出现了你的形象。

你刚才说的话，

你那形象也说过，

所讲的一切

都是希望我走运。

他说，他保证

不论我无辜或有过，

无论如何，

都愿意帮助我。

我保持着沉默，

因害怕而手足无措，

嘴巴说不出话，

便用眼神表达，

为的是让他明白，

那指责我的人是个黑心肠，

而我的沉默

是出自再三思量的计谋。

那幻影发生了变化，

我明明白白地看见

一个模模糊糊的影子，

我是说影子吗？突然

我看见一位少女，她一边脸颊暗，

另一边脸颊亮。

她跪在你的形象前面，

说了下面一番话：

"公子,我就是

那不幸的胡丽亚,

我如葵花向阳,

追随着你的身影。

我就是把灵魂交给了你的人,

我的心儿纯洁又娇嫩,

能使任何人

从心底迸发爱情。

你对既不爱你也不倾听你的人,

自告奋勇拔刀相助,

而对不顾你躲避也要追随你的人,

却不屑听她一句话。

你承诺挺身而出,

允诺效劳尽力,

然而爱情自有其规律,

到头来我一定是你的人。"

在说这些话的时候,

她泪下如注,

一滴滴如晶莹的珍珠,

显示着她的悲伤。

你的形象瞧不起她,

尽管对她说:"小姐,

请放心,无论命运如何,

我一定是你的人。"

如若果真如此,你给我什么?

上帝给你的福祉是胡丽亚，

你为何老要

追求别的福？

不过，伤心的人，我在同谁讲话？

眼前这个人

同夜里见到的那个形象

没有什么不一样。

这个就是那男子的形象，

那个是胡丽亚的形象。

谈情说爱的幻象啊，

任我自吞苦果吧，

请去寻找真实，

不要以戏弄我来医治自己；

请你弄明白爱神通过

那些幻象表述的道理！

你还不走？天哪，我要喊叫：

我的眼睛不习惯于

看见这些幻象，尽管

它们给我的不是痛苦而是愉快。

你还不走？我要喊叫啦。

来人哪，怎么没有人来？

曼夫雷多　我们走，你住口吧。

　　　　　她疯了，一定是疯了！

胡丽亚　她更像先知。

　　　　是谁把胡丽亚的事告诉她？

曼夫雷多　住口，看守回来了！

　　　　　我的心绪已乱！

　　　　〔曼夫雷多和胡丽亚下场。看守上场。

看　守　下面又来了一位勇士，

　　　　　如果刚才那位不能使你满意，

　　　　　这一位为清除对你的侮辱

　　　　　愿意做任何工作。

　　　　　他穿的是乡下人衣服，

　　　　　然而可以肯定他是绅士：

　　　　　他说话不粗鲁，

　　　　　风度翩翩似贵人。

　　　　　他说他要与你谈话，

　　　　　你就开口吧，要显得和蔼，

　　　　　因为缄默会把你自己伤害。

　　　　〔看守下场。

波希亚　　如果来的是阿纳斯塔西奥……天哪！

　　　　　如果是他，我怎么办？

　　　　　我对他沉默不语

　　　　　还是向他细诉衷肠？

　　　　　我的方寸乱如麻！

　　　　　天哪，智慧之神请帮忙：

　　　　　我有倾诉的愿望，

　　　　　不可能闭口一声不响。

　　　　〔阿纳斯塔西奥及其仆人科奈利奥同看守上场。

看　守　说话请干脆利索，

　　　　　切勿胆大妄为，

　　　　　现在这些事儿

      干得都不怎么漂亮。

      这位小姐的沉默

      叫最有耐心的人也着急，

      我不知道她想的是什么，

      似乎她并不考虑她的名声。

      我在这里放哨，

      从孔隙中瞭望，

      注意是否有人从宫中

      来到这门前。

〔看守下场。

波希亚　你是阿纳斯塔西奥？

阿纳斯塔西奥　对。

波希亚　是你把这纸条送来的？

阿纳斯塔西奥　小姐，我就是那个

      好久以前就倾心于你的人，

      我就是为了消除你的不幸

      而来冒险的人，

      我就是那个

      路见不平拔刀相助的人，

      我就是那个乐观的人，

      相信你的价值，

      把我的生命、荣誉和心灵

      为保护你而孤注一掷。

波希亚　你没有看到

      那村姑带给你的回音？

阿纳斯塔西奥　小姐，我再也没有见到她，

现在叫我如何找到她。

波希亚 也许因为她是外乡人，

可能找错了旅舍。

回音已经交给了她，

她是个很好的牵线人！

我确实对你的建议

作了极为谦恭的回答：

我从心底里表示感谢，

对我现在被玷污的名誉

你将做出检验，

我将向你表明真相。

我曾向你发誓，

达戈贝托在任何意义上

未能窥视我的心事，

他完全是胡言乱语。

我把我自己

交给你勇敢的双臂，

把我的命运交给了你，

尽管我明知这么做不适宜。

最后我表示

愿嫁给你为妻：

这就表明达戈贝托是昧心人，

而我是个清白人。

阿纳斯塔西奥 啊，我的磨难得到了甜蜜的结果，

现在开始了我的幸福时刻，

上帝啊，你在地上

创造了无双的美人!

小姐,我现在跪倒在你跟前,

请放胆随意

指挥调度

我的一切。

波希亚　你难道没有看出

我是你的人,而且该是你

随意支配我?

阿纳斯塔西奥　啊,现在就解释通了,

这种志趣导致你发疯!

科奈利奥　公子,不要说傻话了,

把该做的事情快快做,

不要像以往那样

白白浪费光阴。

你就认她作夫人,

干脆利索离开此地。

阿纳斯塔西奥　小姐,你愿意这么办吗?

波希亚　愿意,我感到幸福。

阿纳斯塔西奥　那请把手伸给我,

握住我的手,接受我的心愿。

〔互相握手。

波希亚　你瞧,心诚则灵,

高山会变成平原。

阿纳斯塔西奥　小姐,既然你把我

从地上抬到你的天国乐园,

那就请你

撩开乐园的黑面纱，

让我看到美丽的光明，

你的光明引发了又驱散了

我烦恼忧郁的乌云，

也让你的火焰

鼓舞我的心，

保证我在决斗中

取胜而争得光荣。

波希亚　在我被诋毁的名誉

由你从达戈贝托手中

夺回而到达安全港湾

并使之清白、明亮而感到愉快之前，

你所视若珍宝的

凡夫俗子的眼睛

将看不到黑面纱被撩起，

更见不到快乐的影子。

公子，请原谅，

我拒绝了你你向你妻子

要求的第一件事。

这都怨我过于自尊。

阿纳斯塔西奥　拥抱我一下总可以吧。

波希亚　这，我很乐意。

科奈利奥　行啦，到了明天，

冬天就成为春天。

〔阿纳斯塔西奥和科奈利奥下场。

波希亚　直到目前，我的爱情小舟

　　　　　　一帆风顺。

　　　　　　强有力的命运啊,

　　　　　　请把这小舟引向安全的地方!

　　　　〔波希亚下场。胡丽亚上场,她一手持漂亮的木盾,一手
　　　　持剑;曼夫雷多上场。

胡丽亚　　达戈贝托指定的武器

　　　　　　是否就这些?

曼夫雷多　　是的,朋友。

胡丽亚　　他很精明,

　　　　　　因为这些武器都很轻,

　　　　　　而他是有名的

　　　　　　机灵、敏捷的人。

　　　　〔曼夫雷多把木盾和剑接过去。

曼夫雷多　　卡米洛,你会看到,

　　　　　　我是使用这武器的能手。

胡丽亚　　那你总该跟谁试着较量一下呢?

曼夫雷多　　叫旅店老板来。

胡丽亚　　他来了。

　　　　〔店主上场。

店　主　　哟,卡米洛,真要命!

　　　　　　快来,我已找了你

　　　　　　一个多小时。

胡丽亚　　你说,

　　　　　　有什么新闻?

店　主　　有个女子

　　　　　　在外边等你。

胡丽亚　有女子找我？

店　主　从她衣着看，

　　　　还是个有身份的人呢。

胡丽亚　我想她就是

　　　　胡丽亚。

曼夫雷多　如果是胡丽亚，

　　　　就让她进来。

胡丽亚　你让她进来以后

　　　　干什么？

曼夫雷多　我决定同她谈话，

　　　　了解她的意图。

胡丽亚　你要把她送到你说的地方吗？

曼夫雷多　不，不行。

胡丽亚　不行，我感到

　　　　这悲伤的人已难以忍受。

　　　　你怎么挑这个时候来呀！

　　　　店主，我会报答你的，

　　　　我定的衣服呢？

店　主　放在你指定的地方。

　　　〔胡丽亚到幕后尽快换上女子服装。

曼夫雷多　你要是还有木盾，

　　　　你去取，马上回来。

店　主　你想在这游戏中

　　　　作实战试验？

曼夫雷多　对，朋友。

店　主　我马上去，

拿一个实用的盾来。

〔店主下场。

曼夫雷多　我的心在胸中猛烈地跳。

这是为什么？

如果罗莎米拉的预言

成为真事，

我岂不自寻烦恼。

难道我没有自己的意志？

难道我没有主见？

那我为何害怕？

我力不从心！

难道是胡丽亚在逼迫我

去败在他人手下？

那么在这里见她，就不预示爱情，

而是预示着羞辱。

难道是我请她来的？

我在何处见过这美人？

难道我曾亲眼见过她，

还是同她说过话？

没有。那么胡丽亚

指责我什么？

就因为她是女人而且爱我的缘故？

我当然可以驳倒她的指责。

〔店主取一个木盾回来。

店　主　拿来了。

曼夫雷多　拿起你的剑，

          拿起你的盾向我扑来。

          最好是不见她。

店　主　你说什么?

曼夫雷多　我没有说什么。

店　主　我一定得把剑拔出鞘吗?

曼夫雷多　这倒关系不大;拔出剑来吧。

店　主　还是放在鞘里安全。

曼夫雷多　胡丽亚,

          你老让我想个没完!

店　主　我就不把剑拔出鞘。

          我摆的架式好吗?

          公子,听到没有?为何停下来?

          如果你不比试,我把剑放进鞘里。

曼夫雷多　我一而再,再而三地说,

          最好不再想她。

          你过来。

店　主　天哪,

          请当心你的手!

曼夫雷多　是爱情的手

          使我分神!

店　主　你嘟囔些什么?

曼夫雷多　当有人要羞辱他人的时候,

          爱情啊,你的事儿就不妙!

          你摆好那姿势,

          用木盾护住胸,

          右腿向一边叉开。

　　　　　　这疯姑娘的行为

　　　　　　也实在猖狂得怪!

店　　主　公子,你说什么?

曼夫雷多　什么猖狂不猖狂,爱情啊!

　　　　　　你的疯狂激发我的疯狂!

　　　　　　著名水手没有一个

　　　　　　不在你的海洋中翻船落水;

　　　　　　爱情啊,你犹如水银一般伤人,

　　　　　　这水银钻心而又上下翻腾。

店　　主　现在是搏斗,

　　　　　　你却沉溺于爱情,

　　　　　　停止比武,另找机会,

　　　　　　这才称得上明智谨慎。

曼夫雷多　不过,也许不一定是她。

店　　主　顾虑重重分了他的神。

曼夫雷多　如果她敢施计谋,

　　　　　　我也会用计谋对付。

　　　　　　天哪,女人闹得我

　　　　　　晕晕乎乎,六神无主。

　　　　〔塔西托上场。

塔西托　喂,店老板,

　　　　　　请你行个好,

　　　　　　借我一匹小马,

　　　　　　明天我要去

　　　　　　观看决斗。

店　　主　孩子,我的小马

确实瘦得走不动了。

塔西托　没关系。我不重，

　　　　不会把你的小马压狠了。

店　主　那匹马实在瘦，

　　　　只见骨头不见肉。

塔西托　如果那马太瘦弱，

　　　　我让它走走停停。

店　主　你知道吗？这畜生懒得走动，

　　　　而且随时会发情。

塔西托　我拉住缰绳，

　　　　不让它靠近

　　　　其他畜生。

店　主　你一定得喂它

　　　　上好的饲料。

塔西托　我要饿它两天，

　　　　它的坏毛病就改了。

店　主　它只能吃喝，

　　　　却不能奔跑。

塔西托　我让它奔跑？根本没有这个必要！

店　主　我是说，它既瞎又瘸。

塔西托　这根本无所谓。

　　　　你不知道我的习惯吗？

　　　　如果我愿意，可以骑一根棍儿走，

　　　　管它有腿无腿还是哑巴。

曼夫雷多　这小子还真风趣！

店　主　这位骑士倒不错，

说到底他还没有弄懂，

我是不愿把马借给他。

塔西托　让我讲完！

曼夫雷多　你真不识时务。

塔西托　那就借给我六个铜板，

让我去租一匹瘦马。

店　主　我借钱给你？想得倒好！

塔西托　难道我就这么不值钱？

如果不是个讨厌人或普通后生，

而是鱼店老板

或机灵的学生乐师，

你又该如何！

曼夫雷多　给你钱。请走吧，

瞧你这架势，

非多给你几个钱不行。

塔西托　那是当然，

先生，还得再给两个铜板，

让我去买一串

马胸上的铃铛。

曼夫雷多　拿去吧。

塔西托　你真像

王公贵族一般豪放。

啊，除了铃铛，

还要一副马刺！

曼夫雷多　你就买吧。

店　主　我要向他讨一把绿宝石。

塔西托　一把绿宝石算多吗?

　　　　这位先生就在这里,

　　　　他手头有的是宝石。

店　主　老兄,趁早走吧。

塔西托　愿上帝保佑你名扬四海,

　　　　愿你的瘦马健康,

　　　　我自己呢,愿我有骑这瘦马的好运。

店　主　你千万别骑上去,

　　　　饶了卡法路德吧!

　　　〔塔西托下场。

店　主　卡法路德是敝人的大名。

曼夫雷多　请走吧,

　　　　我希望独自留下。

店　主　这位美少年掩盖着

　　　　一副天使般美的脸。

　　　〔店主下场。胡丽亚上场,此番她是十足的女人装束,披
　　　　纱一直遮掩到眼部。她在曼夫雷多面前跪下。

胡丽亚　如果我的大胆冒昧

　　　　能得到你的包涵,

　　　　那就是我得到的

　　　　最好的原谅;

　　　　如果你大发雷霆

　　　　仍不能消减我的痛苦,

　　　　那么今天我仍为有罪过

　　　　而感到绝望,

　　　　好像是我命该如此。

曼夫雷多　我的小姐,请起来,

　　　　你希望你心中自认为

　　　　犯有的莫大罪过

　　　　得到宽恕,

　　　　其实爱情这专制君王

　　　　会逼迫人干出更糟的勾当。

　　　　对此我深有体会,

　　　　爱情的冲击

　　　　令人无力抗拒。

　　　　既然爱情向我揭示了

　　　　你的踪迹、意图和追求,

　　　　就请你把被云层遮住的

　　　　这个天①向我揭示;

　　　　如果你愿这么做,

　　　　我就告诉你,经验证明,

　　　　秀色可餐,

　　　　能改变人的意志,

　　　　这是确确实实的真理。

胡丽亚　我当然会这么做。

　　　　不过,天哪,

　　　　我的死亡和你的赞美

　　　　一定会同时到来。

　　　　你不要为看到的形象而害怕,

　　　　也不要为前所未见的行为而惊吓;

---

① 实指胡丽亚的脸蛋。

爱情在我身上

精制出一个真正的胡丽亚，

卡米洛原来就是她。

曼夫雷多　这太放肆不像话，

卡米洛，我在思考，

在我痛心万分的时候，

你为何捉弄我；

在我一筹莫展的时候，

你这样捉弄我，

实在是过分；

那身着女装的人

应该具有女子的怜悯心。

胡丽亚　我是那不幸的胡丽亚，

在我不断增长的痛苦中，

使我最感痛苦的

是多情得不到好报应。

世人所称的爱神

根本不顾一切，

他要胡丽亚歌颂他的神迹，

先把她变作牧童，

又把她变作学生。

我就是罗莎米拉在幻视中

所见拜倒在你脚下的女子；

公子，我就是在你

怒气冲天时未被你识破的人；

我就是那个面对爱神

　　　　　多次乔装打扮

　　　　　而自我赞叹的人，

　　　　　然而爱神一次也没有

　　　　　按他的期望安排团圆。

曼夫雷多　　我已经相信你啦，

　　　　　因为你的双眼不可能以痛哭

　　　　　来如此巧妙地伪装

　　　　　你对我始终不渝的爱恋。

　　　　　你不要再为此烦恼，

　　　　　美丽的胡丽亚，你跟我一起走吧，

　　　　　也许在此次决斗中

　　　　　你的心会发现

　　　　　爱情并不是磨难。

　　　　　你可以在我等候的决斗中

　　　　　给我当见证人；

　　　　　我出于义愤

　　　　　一定要赶到决斗场；

　　　　　如果上帝和命运

　　　　　安排我做你的人，

　　　　　那决不会因为我去决斗

　　　　　而改变我和你的团圆，

　　　　　尤其是我不会逃避这美事。

　　　　　你不要跪着啦，请起来，

　　　　　你与我完全一样，你甚至比我更好。

　　　〔曼夫雷多下场。

胡丽亚　　从今往后我将称道爱神，

你的严酷实在是神圣的缠绵感情；

欢乐之前先有痛苦，

我现在发现自己

已从痛苦的海洋中解脱，

爱情啊！我把锁链

挂在你殿堂的墙上。

〔胡丽亚下场。小号吹出凄凉的声音；诺瓦拉公爵及其随员、两名法官上场。诺瓦拉公爵在他的宝座坐下，他的宝座披着表示哀伤的布。公爵说话。

公　　爵　把罗莎米拉按我吩咐的方式带上来。

百姓甲　这凄凉的号角声表明，

　　　　她就要来到面前。

〔波希亚上场，她披着看守给她的披纱。正如看守所说，陪同她的，有一半人穿丧服，另一半人穿节日盛装。刽子手走在她右侧，刀出鞘，杀气腾腾；一个男孩手持桂冠。鼓手们在前开路，鼓声凄凉而又喑哑，鼓身一半涂绿色，一半涂黑色，那样子也许很奇特。波希亚蒙着披纱坐下，她的座位高，而且应离其父远，设在舞台一边。同时，达戈贝托和罗莎米拉扮作蒙面看客，和塔西托一起上场。

公　　爵　达戈贝托为什么没有来？

　　　　时间已经到了，他是否想拖过今天？

法　　官　走来的这位一定是他：

　　　　习惯上主角要在罪犯

　　　　到决斗场之前先到。

公　　爵　那当然。

〔阿纳斯塔西奥和科奈利奥上场，后者作为前者的证人，

前者以纱巾蒙面。他带着鼓手们上场,鼓手们可以是伴
随波希亚的原班人马。

公　　爵　　你不是达戈贝托吗?

阿纳斯塔西奥　　无论如何,

我决不会是他。

公　　爵　　那你是谁?

阿纳斯塔西奥　　我自愿为罗莎米拉决斗,

只因为他是她的敌人,

我就是他的对头。

公　　爵　　我感谢你。

法　　官　　达戈贝托还没有来。

公　　爵　　我听到了鼓声,一定是他。

〔曼夫雷多蒙着脸上场,他带着胡丽亚当证人,她也蒙着
脸。

法　　官　　这位也不是达戈贝托。

公　　爵　　那身材

不像是他。

法　　官　　我想

公爵小姐的保卫者

数量定然绰绰有余。

公　　爵　　让我们问问这位是谁。

法　　官　　那位骑士,你是谁?来干什么?

曼夫雷多　　了解我是谁,不甚要紧,

了解我来干什么,这才重要。

我来是为保卫公爵小姐。

达戈贝托　　这两个人又是谁?

罗莎米拉　我不认识他们，

　　　　　也不知他们是谁。

阿纳斯塔西奥　从权利和道理上说，

　　　　　应该由我来保卫她，

　　　　　因为我是第一个到达。

塔西托　第一个到的人有理，

　　　　否则就是我对挑战和决斗不是内行。

法　官　由公爵小姐宣布

　　　　两人之中由谁保卫她。

公　爵　这有道理。

阿纳斯塔西奥　当然是我来保卫她。

曼夫雷多　当然是我来保卫她，

　　　　　我可不管什么决斗规则。

公　爵　那就问她吧，看我的女儿说什么。

　　　　啊，上帝要让她的名字在我耳边响起，

　　　　她的名字多甜蜜！

法　官　请你去问问她。

百姓甲　小姐，我的公爵老爷说，

　　　　这两位骑士都要来充当

　　　　你的保卫者，

　　　　请你从中选一个。

波希亚　我把我的耻辱、清白和希望

　　　　寄托给上帝和第一个到达的人。

达戈贝托　这就是那位村姑吗？

　　　　　上帝为我创造了她。

　　　　　我的仆人还不来。

罗莎米拉　朋友，我方寸已乱。

　　　　　我不知这么乱糟糟的事怎么得了。

法　官　大家都听到了，那位先生，

　　　　　由你来保卫她。

曼夫雷多　在这种情况下，最关紧要的

　　　　　是要有耐心；

　　　　　只要表白了我的意愿，

　　　　　我就甘心。

公　爵　老天会给你报偿，

　　　　　犹如我感谢你一样。

法　官　达戈贝托拖延不到，

　　　　　无论如何

　　　　　不能将他轻饶。

公　爵　他不会来啦！

塔西托　瞎了他的眼，烧毁他的胳膊，

　　　　　折断他的小腿，叫他再也来不了这里。

　　　　　咱们的公爵小姐胜利啦，

　　　　　她是个天使，一只温柔的鸽子，

　　　　　一头温顺无比的小绵羊。

　　　　〔一名信差带着一封信上场。

信　差　这封信至关重要，

　　　　　老爷啊，我送来了，

　　　　　他们命令我，必须面交，

　　　　　因为此信是达戈贝托的，

　　　　　对老爷您十分重要。

公　爵　是达戈贝托的？拿来我看。

怎么把剑换成笔？

这是通信的时候吗？

信　差　我一无所知。

信里会说明。

法　官　爵爷请看

信里说什么。

公　爵　我就拆开看。

达戈贝托　似乎公爵不知所措了。

罗莎米拉　多么难熬啊！

如果离开这里，

在远处静观

这么乱糟糟的倒霉事该多好！

我浑身发抖！

塔西托　这种时候送来信件？

我打赌，这事儿

不会轻易了结。

公　爵　天下有这等事吗？请你高声宣读，

让所有的人都听到。

〔公爵看过信后，把信交法官大声宣读。

法　官　"您匆匆忙忙决定把您的千金罗莎米拉嫁给曼夫雷

多为妻，迫使我采用指控她的伎俩，目的是消除失去

她的危险。最好的办法是让我来挑选她作我的妻

子。爵爷，在您责备我之前，请考虑，我同曼夫雷多

一样，是品质优良的人。您违背您千金的意愿将她

嫁出去，而她挑选的却是另一个人。如果您作为慈

父待她，我就是您驯服的东床，无论您如何待我，我

　　　　　　至死不渝。

　　　　　　　　　　　　　小婿　达戈贝托"

阿纳斯塔西奥　天下有这等无礼的恶作剧吗？

　　　　　如果达戈贝托没有把握，

　　　　　他的坏主意能这么

　　　　　轻易地得逞吗？

公　　爵　既然老天爷允许、认可，

　　　　　我能怎么样？木已成舟，

　　　　　由他平平安安地消受。

阿纳斯塔西奥　这不公平，

　　　　　违反了江湖规矩。

　　　　　按照您出的告示，罗莎米拉属于我：

　　　　　您承诺，谁仰慕她、

　　　　　挺身而出保卫她、解救她，

　　　　　您就把她嫁给这个人作合法娇妻。

　　　　　乌特里诺公爵的公子的信是一派谎言，

　　　　　凭经验就可以加以证明；

　　　　　而我在此时是胜利者，

　　　　　因为对手没有到位，

　　　　　而他的借口并不重要，

　　　　　因为他所说的与事实正好相反。

曼夫雷多　你是胜利了，然而如果考虑正常办事法则，

　　　　　你的战利品应该属于我。

　　　　　如果罗莎米拉属于别人，

　　　　　你想占有她就是无知。

阿纳斯塔西奥　老天爷不会允许

　　　　　　我的妻子属于别人。

曼夫雷多　我要在此讲出道理。

阿纳斯塔西奥　你有何根据？

曼夫雷多　根据就是：我是曼夫雷多，

　　　　　　是罗莎米拉的已定丈夫。

　　　　　　我承认，你把她解救，

　　　　　　那只是由于我的懒惰。

　　　　　　我可以说，你只领先我四步，

　　　　　　就侥幸获取

　　　　　　这幸福的果实；

　　　　　　然而公爵小姐并不因此属于你，

　　　　　　从道理上说你有此权利，

　　　　　　因为你是首先到位的保卫者，

　　　　　　据我看，老百姓都清楚，

　　　　　　在此之前她已与我结成连理。

波希亚　我的心嘣嘣乱跳！

胡丽亚　上帝保佑我！这事儿怎么了？

罗莎米拉　你要去哪里？

达戈贝托　放心。

罗莎米拉　我担心……

公　爵　哪里见过这种事呀？

阿纳斯塔西奥　我的爱，你到我身边来吧，

　　　　　　你快过来，同我共享荣耀。

　　　　　　曼夫雷多，你这忘恩负义的客人，

　　　　　　伪装成朋友，搅乱我们的生活，

　　　　　　你拐走的两个漂亮姑娘在何方？

你为何恩将仇报，

毫无道理地

拐走我父亲的财宝？

曼夫雷多　你是谁？

阿纳斯塔西奥　阿纳斯塔西奥，是多尔兰公爵的继承人，

胡丽亚的唯一兄弟，

波希亚的表兄，

我要以此证明你是笨拙的强盗。

曼夫雷多　如果你是勇敢的骑士，

如果你比较谨慎、明白而谦和，

你就会看到，这类侮辱人的流言

完全是子虚乌有。

我没有拐走你的妹妹和表妹；

你将知道，其中一个

问题刚提出就已解决，

你我两人各自都会满意。

达戈贝托　我妹妹的名誉令我难堪。

罗莎米拉　达戈贝托，你去哪里？

命运开始给我们的不幸以好结局，

你切莫毁坏这好开端。

达戈贝托　曼夫雷多，你听着，

我就是达戈贝托，

就是受你无耻勾当

伤害的那个人。

还我妹妹，你这个

虚情假意的黑心人！

阿纳斯塔西奥　表弟，——唉，咱先把

　　　　　　亲戚关系放一边，

　　　　　　看在这场公正的角逐中

　　　　　　老天是否给你恩惠，

　　　　　　你说，罗莎米拉

　　　　　　是你的妻子吗？

达戈贝托　这已是事实

阿纳斯塔西奥　你这么说，是否有

　　　　　　确凿的事实

　　　　　　可以证明？

达戈贝托　只要我说了就算？

阿纳斯塔西奥　当然是这样。

达戈贝托　那咱们俩，

　　　　　　甚至咱们仨

　　　　　　就停止争吵，

　　　　　　由她当场宣告。

公　　爵　在意想不到的时候，

　　　　　　好事一齐到来。

　　　　　　我的孩子，

　　　　　　请随意挑选，

　　　　　　这三个一样好。

法　　官　是这样。

曼夫雷多　既然她自愿

　　　　　　当我的娇妻，

　　　　　　我肯定会得到报偿。

阿纳斯塔西奥　事实确凿，

我胜券在握。

达戈贝托　　这两个多情郎

完全上了当！

胡丽亚　　事情算是了结，

就等着给你们什么样的判决。

哎哟，我多么可怜，

多么害怕，就怕

希望越来越渺茫！

别说啦，

越说越害怕。

波希亚（独白）　揭盖子的时候

是否已到了？

曼夫雷多　　爵爷，请吩咐罗莎米拉

挑选她接纳的那位。

公　爵　　你就说吧。

波希亚　　我说，

阿纳斯塔西奥是我的郎君。

胡丽亚　　有希望，我真高兴！

罗莎米拉　　我同你挑的正好相反，

达戈贝托是我的心。

阿纳斯塔西奥　　小姐，你是我的荣耀。

曼夫雷多　　我白闹一场自寻烦恼。

胡丽亚　　依然给你留着荣耀。

难道我不是你的，我是你的冤家？

〔罗莎米拉拉住达戈贝托的手，阿纳斯塔西奥拉住波希
亚的手，此时有两个人同时说话。

塔西托　阿纳斯塔西奥你得意什么？

胡丽亚　那位并不是罗莎米拉。

阿纳斯塔西奥　哎呀,真是倒霉透顶!

　　　　　你是谁?

波希亚　我就是仁慈的上帝

　　　　要拯救的那个姑娘,

　　　　他要把我从凄惨的阴曹

　　　　送进你的天堂;

　　　　我就是那个乔装打扮、

　　　　心中怀着爱情、

　　　　一心一意企图获得、

　　　　现在终于获得你垂怜的姑娘。

　　　　我就是那个你向她表达过

　　　　娶她的诚心而且刚才你同她订了婚的姑娘;

　　　　我就是那个孤傲

　　　　而不愿被人拒绝爱情的姑娘;

　　　　我是达戈贝托的妹妹,

　　　　是你的表妹,就是那个

　　　　得不到你的爱怜

　　　　就到处游荡的姑娘。

阿纳斯塔西奥　胡丽亚在哪里?

波希亚　表哥,你马上会见到她。

胡丽亚　我能从你的严厉中

　　　　得到温柔吗?

　　　　你瞧,阿纳斯塔西奥

　　　　多么温顺地看着波希亚;

你瞧,达戈贝托已成为

罗莎米拉的心上人;

如果你再不心软,

如果你不答应我和你共结连理,

我就独自一个

走向死神怀里。

曼夫雷多　请起来,

由于你的美丽,

也由于我始终诚实的热情,

上帝保证你的意愿。

阿纳斯塔西奥,你现在可以看到,

我从来不是什么盗贼,

也不是什么黑心人。

那个是你的妹妹胡丽亚,

这个是你的表妹,正如她所说,

我对她们没有干过

不仁不义的勾当。

以后她们会告诉你

如何来到这里,

达到了她们的目的

而又满足了她们的心意。

她们的努力和天意

让咱俩与她们结为连理;

这是前世定下的姻缘,

只能对她们笑脸相迎。

能责怪罗莎米拉的,

只有敌人一个，

然而这是天意……

阿纳斯塔西奥　全靠耐心和运气……

达戈贝托　妹妹！

波希亚　哥哥！

达戈贝托　你们干得好！

波希亚　要是不那么放开干，

谁能像我这样大获全胜。

阿纳斯塔西奥　现在该轻松愉快，

忘掉那些争吵误会。

公　爵　这些事情实在妙，

值得赞美称道。

阿纳斯塔西奥　我的妹妹到底成了你的妻子。

曼夫雷多　就是。

阿纳斯塔西奥　波希亚就是我的妻子，

如果作为表妹不影响这美事

而她又不当我的表妹。

公　爵　在这样重要的事情中

只要能原谅，

就万事顺当。

塔西托　今天乱纷纷的战场，

眨眼之间

变成拥抱言欢的厅堂，

祥和气氛荡漾。

世上没有荆棘道路

不被爱情踏平变康庄！

公　爵　咱们回城里去吧，
　　　　到那里再慢慢
　　　　细细品味
　　　　这一切前所未见的奇事。
　　　　热热闹闹地庆祝
　　　　这六个幸运人
　　　　结成百年之好，
　　　　我把他们都当成我的孩子。

塔西托　爱神呀，说到底
　　　　这都是你的胡闹和杰作，
　　　　你的混乱纠葛到此为止，
　　　　然而却绵绵无休期。

（剧　终）

相思错

序　言

　　这部喜剧属于剑袍类作品,其写作年代不会早于一六○一年,也许在一六○五与一六○八年间。内容与莫利纳写的《巴耶卡村的乡巴佬》、莫雷托写的《宫廷中的相似者》有关。塞氏在情节安排方面,较这两个后来人逊色,然而却创作了一部令人爱不释手的高品位喜剧,充分刻画了仆役这类人物的形象,而且对他们做了细腻的心理描写。安东尼奥所钟情的女子不但名字与其妹玛尔塞拉相同,而且长相也相似,在这种情况下,他与他妹妹的对话产生了乱伦之嫌。其实,另一个玛尔塞拉在戏中没有出场,这个人物仅仅在对话中提及而已。奥托·兰克在其《诗歌与传奇中的乱伦主题》中就注意到女友与妹妹这种含糊的关系。阿美利科·卡斯特罗评论《相思错》时说,这个戏"扑朔迷离,吊人胃口"。

　　这个戏的最后结局是"亲事未成一场空",似乎是讥讽维加戏剧大团圆的俗套。滑稽角色之间的对话富有现实主义色彩,极有摩登气息。在有的场合,仆役奥卡尼阿和清洁女工克里斯蒂娜之间的争吵,使我们听了以后觉得在洛佩斯·德·阿亚拉的《孔苏埃洛》这部戏中,仆役之间也有类似场面。

　　整部戏中最令人难忘的是:一句话,一首四行诗和一首小曲。一句话是:"女子必须是淑女,至少表面有这模样。"一首四行诗是:"美丽的姑娘啊,为了你,可怜的农夫不顾老天爷的严厉威胁,踌躇满志地在翻耕的土地上播下饱满的种子。"由于这首诗的含义是谈及希望,有时被不确切地理解为歌颂圣母似的词句。那首小曲由克里斯蒂娜(在第二幕)口中说出,铿锵跳跃,具有贡戈拉①诗派风韵:

> 丫鬟们真可怜,
> 老天爷把我们
> 送到别人家里,
> 让我们伺候主人!

戏中提及的一些情节与《堂吉诃德》的某些情节巧合,或与《警世典范小说集》中某个故事巧合。令人奇怪的是,戏中插进了六首十四行诗。

安赫尔·巴尔布埃纳·普拉特

---

① 贡戈拉(1561—1627),西班牙著名诗人,其作品独具一格,自成一派。

剧 中 人 物

奥卡尼阿——仆役

克里斯蒂娜——女仆（清洁工）

堂安东尼奥

玛尔塞拉

堂弗朗西斯科

卡尔德尼奥

托伦特——卡尔德尼奥的仆人

穆尼奥斯——玛尔塞拉的侍从

多罗特亚

堂安布罗西奥

基尼奥内斯——跟班

乐师们

理发师

法警

捕快

克拉维霍

车夫①

堂佩德罗·德·欧索里奥——另一位玛尔塞拉之父

堂西尔维斯特雷·德·阿尔门达雷斯

---

① 根据剧情，应为信差，而不是车夫。

第　一　幕

〔清洁女工克里斯蒂娜和仆役奥卡尼阿上场。后者手持筛子和擦马身用的抹布。

奥卡尼阿　我的克里斯蒂娜小姐,别这样。

克里斯蒂娜　怎么样呀?我的奥卡尼阿先生。

奥卡尼阿　要笑容可掬,不要愁容满面,

　　　　　　更不要哭丧着脸。

克里斯蒂娜　你是要我

　　　　　　不断地装笑脸?

奥卡尼阿　没有人会无缘无故

　　　　　　装笑脸。

克里斯蒂娜　忧郁总是

　　　　　　伴着死亡,

　　　　　　生活愉快

　　　　　　才谈笑风生。

　　　　　　谈今论古,说说笑笑,

　　　　　　悠然遐思,

　　　　　　想得好开心,

　　　　　　说得心喜欢。

奥卡尼阿　克里斯蒂娜,我知道你在嘲笑谁,

　　　　　　　但不是嘲笑我。

克里斯蒂娜　奥卡尼阿,你猜,我要对你说什么?

奥卡尼阿　你会说些什么让我开心的话呢?

克里斯蒂娜　我告诉你,

　　　　　　　不要藏奸使坏。

奥卡尼阿　我与这类事

　　　　　　　根本无缘;

　　　　　　　如果我瞎掺和了,

　　　　　　　那就任你评说!

克里斯蒂娜　要说的可多啦,不过都是奸诈刁滑的事。

奥卡尼阿　我心里也可以向嘴边

　　　　　　　冒出千桩万桩。

克里斯蒂娜　我不想再听你唠叨了。

奥卡尼阿　克里斯蒂娜,回来,你去哪里?

克里斯蒂娜　听你说话就惹晦气,

　　　　　　　你的流里流气

　　　　　　　和说话的模样都叫我生气。

奥卡尼阿　人之将死,

　　　　　　　其言也真。

　　　　　　　我是将死之人,坦白地说,

　　　　　　　你爱上了基尼奥内斯。

克里斯蒂娜　现在足以看清

　　　　　　　你肚里的坏水;

　　　　　　　现在可以认出

　　　　　　　你是个疯癫……

奥卡尼阿　也罢,

你就直截了当地说，

既然对我这个人谁也无所求；

不必绕弯弯，也不必躲躲闪闪，

我不是不知道自己是个仆役。

不过你是个清洁工，

是我所见最美丽的清洁工，

若想舍弃你的身份该具有的礼貌

来作为对我的报复，那就错了。

你对基尼奥内斯温柔甜蜜，

而对我如狼似虎像仇敌。

克里斯蒂娜　难道我是个必须拜倒在

奴仆脚下的女人？

或者我出身微贱

活该低声下气？

难道在如花盛开时期，

为了不辱没年轻美貌，

不能显出慓悍英武，

而要装成文静淑女？

难道我不是名门淑女？

还需要更多的说明吗？

奥卡尼阿　总之，你要留下，

克里斯蒂娜……

克里斯蒂娜　留下干什么？

奥卡尼阿　过个欢乐之夜。

你很受欢迎，

又很机灵，谁也没有宣布

　　　　不准触摸花儿，

　　　　有花就有人摸。

　　　　田野里的花朵，

　　　　谁都可以摸：

　　　　无论是下流痞子

　　　　还是豪门少年，

　　　　无论是犁耙

　　　　还是扶犁农夫

　　　　那坚硬的脚板；

　　　　但是，用正经垒起的高墙，

　　　　可以保护花儿，

　　　　呼啸的北风

　　　　不能将她欺侮，

　　　　灼热也休想

　　　　将她烧伤。

　　　　女子必须是淑女，

　　　　至少表面有这模样。

克里斯蒂娜　你倒成了口齿伶俐的说教者，

　　　　　　然而你拈花惹草的企图

　　　　　　正好违背了你的说教。

奥卡尼阿　你完全可以放心：

　　　　　我确确实实是想

　　　　　同你结婚成亲。

克里斯蒂娜　你的胆子真不小。

　　　　　　放好筛子，我去给你拿大麦来。

　　　　〔帮他放好筛子。克里斯蒂娜下场。

奥卡尼阿　你气我,我也气你,

姑娘,请接住筛子。

跟班们,你们专爱

打这些温顺的清洁女工们的主意,

花销她们的工资,

窃据她们的卧室!

这本该是公共享有,

你们却从中掠走一半;

你们恣意妄为,

却没有一个受到女工的捉弄;

你们抚弄她们玲珑的小靴

和洁净的拖鞋,

笑弄那烛台和金色的

软木厚底鞋;

你们随意嘲笑、

喜滋滋地奚落

那些正经妇女

生活中的艰辛。

克里斯蒂娜回来得真快,

带来了大麦和基尼奥内斯!

我的心啊,是多么悲伤!

看到这两人如此亲近,

卿卿我我、甜甜蜜蜜,

我热血沸腾干生气!

〔克里斯蒂娜和跟班基尼奥内斯上,前者拿着大麦。

克里斯蒂娜　你不要看他,也不要同他搭话。

你若同他说话，

切莫显得你爱吃醋，

这样你的运气就会好。

基尼奥内斯　我虽然是伺候人的跟班，

可从不胆小怕事，是个男子汉。

克里斯蒂娜　注意，他就在前边。

小伙子，过来，给你大麦。

奥卡尼阿　斤两足不足？

克里斯蒂娜　只多不少。

奥卡尼阿　是我的这位小白脸称的吧？

克里斯蒂娜　他没有称，就连你这烂舌头

勾引来的魔鬼也没有称。

奥卡尼阿　我打道回马房，

不愿观看这两人的模样，

他们俩搅在一起，

形影相随从不分离。

基尼奥内斯　你胡言乱语，

正经话没有一句，

我知道你是自己糊弄自己。

奥卡尼阿　我也一清二楚，

闭口不语对你们

最为合适。

克里斯蒂娜　我清楚决非如此，

因为谁闭口不语，

就是默认流言飞语。

奥卡尼阿　我可没有说过你任何话。

基尼奥内斯　流言蜚语伤不了她一根毫毛。

奥卡尼阿　我的老天爷,可别摆架子,

　　　　　在我眼里

　　　　　仆役和跟班

　　　　　没有多大区别。

　　　　　俗话说,

　　　　　路遥知马力,

　　　　　我在前面走,马在后面跟;

　　　　　走吧,我的宝贝,走吧。

　　　〔奥卡尼阿下场。

克里斯蒂娜　嘻,你这人没有勇气

　　　　　给他点儿颜色看!

　　　　　看来我得重操旧业,

　　　　　依然干我那份美差。

基尼奥内斯　我给他什么颜色看?

　　　　　我腰上挂着剑吗? 没有。

　　　　　而且如果我同他吵架

　　　　　岂不降低我的身份……

克里斯蒂娜　基尼奥内斯,你好好听着:

　　　　　奥卡尼阿才是好人,

　　　　　而且武艺高强。

　　　〔堂安东尼奥及其妹玛尔塞拉上场。

堂安东尼奥　妹妹,你问个不停!

　　　　　然而我不愿说出她是谁。

　　　　　由于我不知她现在何方,

　　　　　我就失去了欢乐,

　　　　由于她不在我身旁，

　　　　我心中感到忧伤。

　　　　一定是有人将她隐藏，

　　　　我不知她在地下还是天上；

　　　　我满腔的热情，

　　　　一心的思念，

　　　　然而热情不能消减思念：

　　　　因为无名的热情

　　　　给天下的有情人

　　　　以无尽的原料；

　　　　那就是在心中

　　　　燃起爱情烈火的

　　　　丰富燃料，

　　　　那就是吹散宁静的

　　　　风暴。

基尼奥内斯　　你们到底看见没有，

　　　　我们已经来了。

堂安东尼奥　　你们不要打搅我们。

克里斯蒂娜　　这时还是乖乖听话为妙。

　　　〔基尼奥内斯和克里斯蒂娜下场。

玛尔塞拉　　你能不能

　　　　把你心上人的名字告诉我？

堂安东尼奥　　同你的名字一样。

玛尔塞拉　　同我的名字一样？

堂安东尼奥　　而更凑巧的是，

　　　　模样同你也一样。

玛尔塞拉(旁白)　天哪！这是怎么回事？

　　　　　　这不是乱伦吗？

　　　　　　我心中疑团难解开。

　　　〔站住略停。

玛尔塞拉　她美丽吗？

堂安东尼奥　同你一样，

　　　　　　而且很受人尊敬。

玛尔塞拉(旁白)　我这位哥哥脑子乱了套。

　　　　　　请上帝保佑我！

　　　〔堂安东尼奥之友堂弗朗西斯科上场。

堂弗朗西斯科　你心中相思的波涛

　　　　　　还在翻腾？

堂安东尼奥　妹妹，你回房去吧，

　　　　　　我们俩要单独谈谈，

　　　　　　妹妹，请走吧。

玛尔塞拉　愿上帝治好你的心病！

　　　〔玛尔塞拉下场。

堂安东尼奥　你到底是带来使我哭的坏消息

　　　　　　还是令我破涕为笑的喜讯？

堂弗朗西斯科　送钱又送物，

　　　　　　请客又许愿；

　　　　　　最奸诈的计谋

　　　　　　都用过，

　　　　　　一切可做的事

　　　　　　我都已试过；

　　　　　　派出了暗探，

布下了密报；

然而到处寻觅，

四下打听消息，

也不知道玛尔塞拉的下落，

这真是怪事一桩。

只可以这么推测：

她的父亲在一天夜里

将她带出家门，

可是谁也不知将她带往何方。

堂安东尼奥 占星术能否

查明她的去向？

堂弗朗西斯科 我不想向它求教，

因为我认为它根本无用，

这倒并非因为它是一种道术，

而是说，不学无术

又无处世经验、头脑简单者

使用它就是徒劳。

如若玛尔塞拉

果真是珍宝，

我就另求出路

将她寻找。

乐意助人的神仙不少，

十个，二十个，真不少，

然而神仙们

不愿医治咱们的相思病。

上帝只答应

正当的请求。

堂安东尼奥　我的情思难道不正当?

难道没有一点儿道理可讲?

我寻找玛尔塞拉,

难道不是想把她娶回家

而是为了玩别的名堂?

堂弗朗西斯科　你不瞧瞧你是在对谁说话,

要么咱们继续干,要么你自己慢慢说话。

堂安东尼奥　朋友,咱们继续干,

你机警无比,

我的生死全靠你。

〔堂安东尼奥和堂弗朗西斯科下场。卡尔德尼奥身穿教士服上场。跟随他上场的,是他的仆人托伦特,他在吃榲桲果或干别的符合其身份的事。

卡尔德尼奥　瘦弱无力的翅膀

载着微少的希望,

向美丽的天空飞翔,

却总到不了我要去的地方。

我同那个少年一样,

他抛下老家克里特①,

违背老父的期望,

一心想飞上天堂。

我专心谈情说爱,

这种狂乱的思想

----

① 克里特是希腊的一个岛。

将坠入寒冷、混浊的恐怖海洋；

不过,只要预防风云变幻和死亡,

就可逢凶化吉遇难呈祥,

我的姓名不会被抛入被人遗忘的地方。

你在吃东西？真有口福,

老是那么饿得发慌。

托伦特　光是咀嚼而不咽下,

就不能说是吃东西。

这个托莱多楹梓果

到了我的手中,

就是我的美餐,

我当然不会把它放过。

我有个顺口溜,

而且说过千百次：

英雄、美女、楹梓果,

就是地道的托莱多。

自然规律难违反,

谁也不能不吃饭,

头等大事是吃饭；

吃楹梓果就是适应这规律,

关于这事有句话说得明白：

富人有钱吃喝笑哈哈,

穷人无钱有啥就吃啥。

卡尔德尼奥　不管怎么说,

请不要在街上边走边吃。

托伦特　如果认为这类小事

> 有伤体面让你不喜欢，
>
> 我就用石灰沙子
>
> 把嘴巴堵个严实。

卡尔德尼奥　我知道你还顾点面子。

托伦特　不过嘴巴也挺馋！

卡尔德尼奥　连魔鬼不干的事你也干。

托伦特　我比魔鬼更坏。

卡尔德尼奥　坏蛋，你又吃了？

托伦特　我不是在吃，而是在吐出来。

　　　〔玛尔塞拉的侍从穆尼奥斯上场。

托伦特　　嗜，你瞧，

> 你的灾星来了。

卡尔德尼奥　果真如此，

> 我的灾难不见少，
>
> 总是增多，真是糟糕。
>
> 不过，我已有办法，
>
> 可以从容应付。

穆尼奥斯　　你们将看到，

> 我要尽力给你们忠告。
>
> 孩子，白发苍苍是资格，
>
> 它以机智和谨慎
>
> 作为基础。
>
> 老者可以证明，
>
> 忠告助人成功，
>
> 因为它把经验
>
> 当作顾问和教师；

　　　　　　而在你的脑袋上

　　　　　　还没有白发一根。

卡尔德尼奥　穆尼奥斯先生,请慢慢讲,

　　　　　　我早就认识你,

　　　　　　知道你武艺非凡,

　　　　　　身怀绝技本领高强。

穆尼奥斯　这是上帝对我的佑助,

　　　　　　令我这最蠢笨粗鲁的人变得机灵,

　　　　　　这是上帝对我的奖励,

　　　　　　我也要帮助你。

卡尔德尼奥　说到奖励,阁下,

　　　　　　请收下这不起眼的金币,

　　　　　　这是我真心诚意

　　　　　　献给你的薄礼。

穆尼奥斯　先生啊,我不配

　　　　　　你如此慷慨的赠予!

托伦特　他将金币接下,用嘴将它亲吻,

　　　　　　也许从此就将它永远收藏;

　　　　　　光闪闪的纯金颜色

　　　　　　一定使他爱不释手,

　　　　　　因为黄金

　　　　　　能使人心中快活,

　　　　　　人越老

　　　　　　就越贪婪。

　　　　　　可是,难道有什么心

　　　　　　黄金不能征服?

穆尼奥斯　　孩子,听着,

　　　　　我请你千万注意,

　　　　　这个忠告你一定要听取。

　　　　　你切莫以为

　　　　　玛尔塞拉娇嫩无主张,

　　　　　凭一张嘴就可以软化她的心肠,

　　　　　无论是求告还是争辩,

　　　　　不管是眼泪还是叹息,

　　　　　更不论你是否真心实意,

　　　　　对她求爱,等于是

　　　　　瞎子点灯白费蜡。

　　　　　犹如对海中的岩礁,

　　　　　为了爱它

　　　　　而敢于向它冲击的海浪,

　　　　　将它拍击却不能使它动摇。

　　　　　玛尔塞拉就是这样的姑娘。

卡尔德尼奥　　你不要吓唬我。

托伦特　　嘻,我见过多少这类钻石

　　　　　变成软泥一团!

　　　　　我见过多少姑娘

　　　　　一夜之间被一纸情书征服!

　　　　　我见过多少姑娘

　　　　　未经恳求就乖乖就范!

　　　　　我见过多少姑娘开头时正经,

　　　　　后来就听凭调遣!

　　　　　多少姑娘经不起甜言蜜语,

　　　　　失足摔倒,上当受骗!

穆尼奥斯　玛尔塞拉既未失足,

　　　　　也没有摔倒。

托伦特　这是天大的奇迹!

卡尔德尼奥　别多嘴,

　　　　　今天在大自然中

　　　　　有她这样的姑娘真是了不起,

　　　　　穆尼奥斯先生当然

　　　　　不会信口开河。

穆尼奥斯　我当然不会信口雌黄,

　　　　　我还可以向你们通报

　　　　　我这位小姐具备的所有好品德。

　　　　　不过咱们还是

　　　　　言归正传。

卡尔德尼奥　我一定洗耳恭听你讲完,

　　　　　托伦特,你别吭声。

穆尼奥斯　玛尔塞拉的父亲

　　　　　有个亲兄弟住在利马,

　　　　　他是位有脸面的绅士,

　　　　　出身高贵不用怀疑。

　　　　　说起他的家产

　　　　　那真是了不起,

　　　　　连富翁们也跷起大拇指,

　　　　　啧啧称赞说他是大款。

　　　　　他有个儿子,大名叫

　　　　　西尔维斯特雷·德·阿尔门达雷斯,

玛尔塞拉是他的堂妹，

他们俩将结为夫妻。

每当有船队来，我们都等待他的到来；

大家都知道，又有个船队

已经平安到达，

如果他不来，就提供了大好机会。

你装作堂西尔维斯特雷，

我给你提供

足够的情报，

使你装扮得与他本人一样，

无论别人如何盘问，

你都能对答如流，

骗得了他们的信任，

就可以弄假成真。

他们会请你住下，

给你庆贺洗尘，

等你住下以后，

就可以步步为营。

卡尔德尼奥　好极了，不过万一

那船队带来

堂西尔维斯特雷的信件，

他们将得悉他没有到来，

而我却在他们家中，怎么办？

他们怎么会

相信我的弥天大谎？

我又如何能得手？

穆尼奥斯　你可以说，信写好以后，

　　　　　你的母亲又要你

　　　　　背着你父亲

　　　　　赶来西班牙；

　　　　　你可以说，你的母亲

　　　　　急待有几个小孙孙

　　　　　延续家族的姓氏，

　　　　　不愿你再拖延白费光阴。

　　　　　而你这样偷偷地来，

　　　　　又可以说明为什么

　　　　　没有如人们想象的那样

　　　　　随身带来大量金钱。

　　　　　然而你必须带上

　　　　　几颗宝石，

　　　　　几串珍珠，

　　　　　几只会说话的鹦鹉。

卡尔德尼奥　我会设法

　　　　　让他们自己叫我摆脱尴尬，

　　　　　并且让他们感到开心满意。

托伦特　这都是胡闹。

卡尔德尼奥　你的主意一定能实现，

　　　　　然而构成这新大厦的

　　　　　全部重要情况，

　　　　　必须具体明白，

　　　　　必须做到使他们

　　　　　把我认作堂西尔维斯特雷。

穆尼奥斯　今天下午你来听我说。

卡尔德尼奥　我的跟班也去。

托伦特　只要上帝高兴,我就去;

　　　　没有上帝的佑助,

　　　　我都不敢喘气。

穆尼奥斯　先生,也许,或者碰巧

　　　　你身边另有一个金币,

　　　　你完全可以慷慨一点,

　　　　把那金币送给敝人:

　　　　已经是冬季啦,还没有冬衣,

　　　　总不能让那个

　　　　急你所急之人

　　　　挨冻受熬煎。

卡尔德尼奥　老实说我没有金币了;

　　　　不过我会安排

　　　　给你做件冬衣,

　　　　一切费用由我开支。

穆尼奥斯　好极了,妙极了!

　　　　这些奖品得来不易,

　　　　贵如鲜血滴滴,

　　　　我决不允许

　　　　玛尔塞拉再摆架子。

　　　　她要我穿着像样侍候她,

　　　　那她就该给我置办新衣,

　　　　我哪能磨损自己的衣服

　　　　却为他人效力,哼,哪能如此!

　　　　我走了,请你记住,

　　　　要把骗局

　　　　安排周密。

　　　　愿上帝保佑你。

卡尔德尼奥　愿上帝保佑你。

穆尼奥斯　喂,请不要忘记

　　　　冬衣的事,

　　　　这可是关系

　　　　你的悲与喜。

　　　〔穆尼奥斯下场。

卡尔德尼奥　我的梦想有了个好开头!

托伦特　少爷,倒不如称之为胡闹,

　　　　这是海市蜃楼,

　　　　空中楼阁。

　　　　你说,你哪里有珍珠?

　　　　你哪里有宝石?

　　　　哪里去找小鹦鹉

　　　　或者什么大鹦鹉?

　　　　你知道这个船队

　　　　从美洲到西班牙

　　　　在哪些港口停靠?

　　　　你哪里有冬衣呢料和裁缝工钱?

　　　　你如果企图

　　　　使你的美事顺利进行,

　　　　请考虑我的意见:

　　　　凡事要讲求实际。

我是你的仆人,

我现在肚子饿得咕咕叫,

脑子已经不管用,

无法再替你出主意了。

卡尔德尼奥　我全都按穆尼奥斯提供的情报办,

你不必担心害怕,

在情场上起作用的

也许是靠计谋和运气,

而不是靠大笔财富。

托伦特　愿上帝引导我们

走出这座迷宫。

〔二人下场。玛尔塞拉及其女仆多罗特亚上场。

多罗特亚　小姐,你说,

有什么迹象证明

你哥哥对你

不怀好意?

我不明白,

即使他偶尔有所表示,

也不该对你有非分的恋情。

玛尔塞拉　怎么个不该!

难道没听说阿蒙

爱他的妹妹塔玛?

难道不是有

米尔拉与他父亲

发生的乱伦关系?

多罗特亚　小姐,到底是

　　　　　　你考虑得

　　　　　　比较周详，

　　　　　　我相信会有此事。

　　玛尔塞拉　亲爱的多罗特亚，

　　　　　　言为心声。

　　　　　　他张口闭口提起我的名字，

　　　　　　偷偷地瞧我，

　　　　　　并且独自唏嘘叹息，

　　　　　　吻我的手，抚摩我的手，

　　　　　　他的借口就是

　　　　　　我长得像他的意中人，

　　　　　　而且他的心上人与我同名。

　　多罗特亚　他有没有放肆到

　　　　　　超出你所说的事？

　　玛尔塞拉　那倒没有，他不会的。

　　多罗特亚　嗨，我的小姐，

　　　　　　那你就不必大惊小怪。

　　　　　　因为有可能他的意中人

　　　　　　就是叫这个名字，

　　　　　　而且长得与你一样，

　　　　　　如果她确实漂亮。

　　〔玛尔塞拉的哥哥堂安东尼奥上场。

　　玛尔塞拉　你瞧，他走路还在想，

　　　　　　连我们在这里

　　　　　　也没发现。

　　　　　　我想他已经神经错乱。

　　　　　让咱们听他独白，

　　　　　看他怎样念叨玛尔塞拉。

　堂安东尼奥　　没有你，我就受痛苦煎熬，

　　　　　我不怕你蔑视，尽管你如此瞧我不起。

　　　　　你多么冷酷啊，多么讨厌，

　　　　　嘻，见不到你，我多伤心！

　　　　　有人把无往不胜的死神的狂怒

　　　　　与你的权力和暴虐相比，

　　　　　这样的人对你根本不了解！

　　　　　当死神做出最严厉的判决时，

　　　　　生死由命的人除了企图挣脱

　　　　　扼制肉体和灵魂的绳索和牢固的结以外，

　　　　　又能干什么？

　　　　　你无情的大刀更为残酷，

　　　　　因为你将一个灵魂劈作两半。

　　　　　爱情的奇迹啊，谁能了解你！

　　　　　无论我的心灵走向何方，

　　　　　有一半总是被点燃了相思之火的你留下，

　　　　　而我自己只留下最脆弱的一半。

　　　　　来去不定的玛尔塞拉啊，

　　　　　你不愿倾听我的叹息！

　　　　　你的脾气竟如此执拗，

　　　　　难道至死也不肯露面？

　　　　　你在何处躲藏？

　　　　　究竟是什么恶劣气候把你留住？

　　　　　痛苦在伤害我，

　　　　　你何以无动于衷？

　　　　　我又觉得你总在我前面，

　　　　　然而却不能把你追上！

玛尔塞拉　这些话难道不足以

　　　　　令人担心害怕？

多罗特亚　当然叫人担心害怕。只要可能，

　　　　　你决不要独自一人；

　　　　　千万不可给他以

　　　　　干那丑恶勾当的机会；

　　　　　让他那因闲得发慌

　　　　　而产生的疯狂，

　　　　　在你的正经态度、庄重严肃

　　　　　和真诚告诫下烟消云散。

　　　　　咱们走吧，别让他看见咱们，

　　　　　由他独自发狂吧。

玛尔塞拉　多罗特亚，你的意见很好，

　　　　　咱们想到一处了。

　　　〔玛尔塞拉和多罗特亚下场。奥卡尼阿穿一身仆役服
　　　　装，一手执小榀梓木棍，另一手拿着骑马用的望远镜，站
　　　　在那里恭听主人说话。

堂安东尼奥　爱神啊，既然你能以巨大威力

　　　　　轻而易举地踏平高山，

　　　　　玉成难办的美事，

　　　　　为何不拨开遮蔽我的太阳的云雾？

　　　　　为何不在东方某处显示

　　　　　那两团美丽的火光，

给太阳以光芒，

给你的眼睛以光明？

要知道，世界是为了她而向你献出财宝。

奥卡尼阿，你要什么？

奥卡尼阿　少爷，我要给黄马

钉马掌，

如果没有钱，

钉掌匠就不肯干。

四个马掌铁外加马料豆，

这些钱都还欠着；

而你的手却把得这么紧，

所以我来讨要

欠我的六个月月钱，你瞧：

对克里斯蒂娜给那么多钱，

对基尼奥内斯钱给了又给，

唯独不给我，

而我，无论如何

活儿干得比谁都好，

这怎么能不气得人嗷嗷叫。

堂安东尼奥　奥卡尼阿，我的朋友，

我承认这个事实，

不过你知道，钱会付给你的。

好吧，请你走开。

奥卡尼阿　说到底，

少爷对我

最吝啬。

堂安东尼奥　怎么吝啬？

奥卡尼阿　我好比厚嘴唇的

几内亚黑奴，

只要我跨进门，

任何人在任何时候

都可以差遣我

干任何琐事，

这难道我看不出？

我这个仆役

具有真正的智慧，

然而谁也不会发现，

尽管我尽力而为。

不细心的命运

总是为我做相反的安排：

如果你是诗人，

也许我就是侯爵，

或者至少我已是

你的私人顾问；

不过我没有这等福分，

不能期望这种好事。

有的诗人真绝妙，

他的权力不一般，

竟能授予官衔和爵号，

公爵、侯爵、伯爵真不少；

如果他觉得这样提拔还太慢，

在合适的时机，

让所有的仆役

统统都在王宫中，

同王后身边

品貌出众的宫娥们成双配对；

由于阿波罗神的赐予，

这类仆役都有阿波罗的风采。

然而我生来就是

当马倌的料，

命中注定

从来不会交好运。

谨慎即和谐，

它能产生本领；

愚蠢即错乱，

它不能创造和谐。

灵魂通过身体的感官而运作，

不同的灵魂有不同的反映，

或显得高大，

或显得低下。

由此我推断，

我具备如此灵巧的身体，

它能迅速预见

我该说什么、该做什么。

感谢上帝的安排，我干上了仆役这行当，

不过我是谨慎的仆役，

即使命运不阻挠

有人不肯给我美差，

　　　　　我也不会像那种

　　　　　胡吃海喝的

　　　　　饕餮馋猫，

　　　　　轻易夸口

　　　　　足以当什么侯爵爷。

堂安东尼奥　住口！你这么说话

　　　　　是企图迫使我同意

　　　　　你由低层上升到

　　　　　显赫的高层，

　　　　　而且你上的第一个台阶

　　　　　就是当我的顾问；

　　　　　奥卡尼阿朋友，

　　　　　我要向你敞开心扉，

　　　　　让你明明白白看清

　　　　　蛰居其中的欲望。

　　　　　要求你的智谋

　　　　　给予充分的治疗药方：

　　　　　使用一种土方，

　　　　　也许能够消除

　　　　　几十年来

　　　　　未能治愈的痛楚。

奥卡尼阿　我的少爷，请告诉我，你有什么病，

　　　　　我会在几分钟之内

　　　　　开出许许多多药方，

　　　　　你使用其中任何一个都能恢复健康。

　　　　　如果碰巧是

那个瞎子①令你烦恼，

少爷,你就会看到,

我已经消除了你的烦恼,

因为瞎眼神

从不同我胡闹。

堂安东尼奥　我看你都不知道自己姓什么了。

奥卡尼阿　我怎么不知道自己姓什么?

如果不是由于习惯或成见

总把我当成不值钱的料,

那么在整个王宫里

也找不到一个

像我这样足智多谋的人了。

堂安东尼奥　又在胡说八道。

奥卡尼阿,回你的马棚去吧。

〔堂安东尼奥下场。

奥卡尼阿　我低头细思量,

事情看来不太妙,

格言、谚语我说得再多,

想象力再丰富,

也是枉费工夫白忙一场。

这个道理很明白:

谁想与自己的命运抗争,

必定碰壁,

大吃苦头。

---

① 指爱神,因为他可以随意盲目地射出箭,使人产生爱情。

　　　　克里斯蒂娜

　　　　现在也许在广场上，

　　　　我心中蕴藏的那股力量

　　　　把我推向那方。

　　　　我一心把她寻找，

　　　　如果把她找到，

　　　　那就像赌徒

　　　　抓到了一张好牌。

　　　　爱神啊，我不会放弃这美事，

　　　　爱神啊，我拼命呼喊你，

　　　　我向你招手示意，

　　　　请顺其自然，不要插手干预。

　　〔奥卡尼阿下场。绅士堂安布罗西奥和克里斯蒂娜上

　　场，后者手拿着情书。

克里斯蒂娜　　把这便条放在她容易见到的地方，

　　　　　　这事我能办到；

　　　　　　然而别的事

　　　　　　恐怕不能使你满足了。

堂安布罗西奥　　朋友，请让她看到这便条，

　　　　　　只有这样，才会使

　　　　　　我这悲伤的人快乐。

克里斯蒂娜　　我说了，我会让她看到这便条。

　　　　　　也许玛尔塞拉出于好奇

　　　　　　会读这张便条：

　　　　　　她非常正派，

　　　　　　咱们必须慎之又慎。

我不会张口

把便条之事告诉她:

因为在她心里

没有丝毫爱情的迹象。

堂安布罗西奥　堂安东尼奥有时

送她礼物吗?

克里斯蒂娜　因为是妹妹,当然送。

堂安布罗西奥　不知谁能保证

他的用意就是这么健康。

真是闹不清啊!

克里斯蒂娜　谁也不清楚。

堂安布罗西奥　此事还是清楚,

不过我不便

捅破这层薄纸。

对那些可疑的事

和那些严重的事,

我都守口如瓶,

决不会从心中露出一个字来。

克里斯蒂娜　先生,走吧,

这家的跟班来了。

堂安布罗西奥　朋友,

谢谢你费神帮忙,

请收下这微薄的礼品。

只要你肯尽力,你可以指望

我给你黄金一堆堆。

克里斯蒂娜　你只要拿出一点来赏赐,

对我就如金山银山。

〔他给她一个油漆木匣。堂安布罗西奥下场，基尼奥内斯
上场。

基尼奥内斯　克里斯蒂娜，那个漂亮小伙子

那么恭恭敬敬地向你倾诉衷肠，

他是谁呀？

"我是你的，我为你而倾倒。"

感谢老天爷，

创造这么个漂亮女工！

你说什么，请吩咐，一切照办；

啊哈，他心里也拿不稳。

克里斯蒂娜　跟班先生，

你又在嚼舌根，

随口胡言乱语，

听你的口气，你暗暗把我憎恨。

是不是又出了个奥卡尼阿先生？

吃醋、嫉妒百事生！

基尼奥内斯　住嘴！

注意，这是在屋外。

克里斯蒂娜　哼！我看出

这无情的小伙在耍威风。

基尼奥内斯　克里斯蒂娜，不要这么傲，

这傲态要……

克里斯蒂娜　留给我那得意的情郎？

基尼奥内斯　要挨个大嘴巴。

克里斯蒂娜　打在我脸上？

基尼奥内斯　顺手一巴掌

　　　　　　打在那教士脸上。

克里斯蒂娜　啥？你竟下得了手

　　　　　　打在老天爷

　　　　　　妆扮得这么美丽的

　　　　　　我的粉红的脸蛋上？

基尼奥内斯　醋劲发作的人

　　　　　　下手打人欠思量。

　　　　　　那边奥卡尼阿来了，

　　　　　　快走，躲进人堆里。

　　　　〔基尼奥内斯和克里斯蒂娜下场，奥卡尼阿上场。

奥卡尼阿　我的太阳从东方出发，

　　　　　　向西方运行，

　　　　　　在身后拖着的影子

　　　　　　变成一片彩霞。

　　　　　　不是这个太阳而是云雾

　　　　　　使我非常惊讶。

　　　　　　穷跟班的，干扰我的希望，

　　　　　　我恳求上帝使你的出身门第

　　　　　　和得到的宠爱都无济于事；

　　　　　　让你伺候一个吝啬鬼，

　　　　　　他明知你食量如牛，

　　　　　　却只给你吃个半饱，

　　　　　　饿死了也不给你出殡。

　　　　　　上帝把你训练成

　　　　　　伺候贵族的材料，

你却死活也干不好

这伺候人的勾当。

你举着蜡烛看不清路，

看到满桌剩饭不高兴，

你呀，嘴上没毛，事情办不好；

大家骂你贱骨头，

你耍滑吧，最后连这份口粮

也保不牢，

这便是人们对你

最大的咒诅和犒劳。

〔奥卡尼阿下场，穆尼奥斯上场。

穆尼奥斯　我似睡似醒，

醒里梦里都在想，

何时呀何时

才能改变我的穷样；

何时呀何时

我的灾星了结，

那大裁缝和呢料服

才能救我把寒风挡。

你要记住，

千万小心莫上当，

说话仔细，

不要有疏漏；

可是尽管如此，

我对这般执着追求

依然感到担心，

　　　　因为这事很危险。

　　〔堂安东尼奥和托伦特上场,后者扮作香客。

堂安东尼奥　警告吓唬

　　　　不如嘴甜,

　　　　人家已不大相信我的话。

　　　　嘿,我已变得世故。

穆尼奥斯　真要命！这算什么打扮？

　　　　我在单子上可没有这么写呀。

托伦特　请你听我说分明,

　　　　堂西尔维斯特雷·德·阿尔门达雷斯

　　　　实在无法,不得不如此。

　　　　海上风暴太大,

　　　　我们只得减轻轮船的负担,

　　　　将那十分宽大的舱中的货物,

　　　　包括一万四千块金砖,统统抛进大海,

　　　　大海将货物像鸡蛋一样吞下。

　　　　那时候乌云密布把太阳遮蔽,

　　　　我们的祈祷和许愿,数量之多胜乌云,

　　　　纷纷飞向天上去;

　　　　其中堂西尔维斯特雷许一个愿,

　　　　感情激动又真诚,

　　　　此愿飞向了天庭。

　　　　他允诺,如果上帝救他出危险,

　　　　他将诚心去朝圣,

　　　　赤脚走遍

罗马七教堂①。

在祷告中他把我捎带上,

然而这样捎带没有用,

因为我是他的使唤佣人和助手。

总之,我们携带的一切全丢光,

也不知到了什么地方,

不知大海如何吞噬了一切,

连随身带的小鹦鹉也无影踪。

这鹦鹉本事真不小,

除了不会把话讲,

其他本领都高强。

堂安东尼奥　的确不错,

你高度赞扬了小鹦鹉,

尽管我认为哑巴鹦鹉不值一文钱。

托伦特　可是它能以各种姿势

把要说的话告诉我们。

穆尼奥斯　这是奇迹!

托伦特　我们抛弃的一匣匣珍珠

大如核桃,

白如初雪!

抛弃的祖母绿

一块块大如木桶,

还有其他各种宝石,以及两大袋

---

① 据《圣经·新约》记载,使徒保罗三次传道,从耶路撒冷出发,一路上建立了七个教堂,最后到达罗马。所谓"罗马七教堂"即指此。这里泛指在罗马的所有教堂。

香料和胭脂红。

穆尼奥斯　抛进海中的这些劳什子里面，

是否也有呢料？

托伦特　岂但呢料，连裁缝也有！

穆尼奥斯　这么多东西都一风吹，

这次风暴对我真不妙，

刮到这里来招摇撞骗了。

堂安东尼奥　这次海难发生在何处？

托伦特　那时我正在呼呼睡大觉，

未能见到那跟班①的面。

堂安东尼奥　我是说在何处；可是我并不奇怪，

现在提起风暴仍使你们心惊，

你们在风暴中更不敢睡觉，

不过胆战心惊也许往往使人睡得深沉。

托伦特　我的主人不愿意接受

现金赔偿，

几千几万他也不要，

只收了旅途上所需的开销，

免得沿街要饭乞讨。

可是他不会算账，

随身带的钱已几乎花光。

穆尼奥斯　见鬼，这事情可难办了！

托伦特　停靠的第一站是在瓜达卢佩，

第二站是在伊列斯卡斯，

---

① 西班牙语的"何处"同"跟班"仅一个音节之差。

第三站是在阿托恰；

他想悄悄来看望你，

今天下午就出发去罗马；

现在他在圣希内斯，

跪在地上直叹气，

眼泪哗哗往下流，

祈求上帝指引他

一路平安去朝圣。

先生，我如幼苗很脆弱，

经不起长途远航

痛苦煎熬，

希望能设法

让我们休息十五天，

放松一下喘口气，

然后登程去罗马。

我的主人也娇嫩，

旅途劳顿难忍耐，

万一发生什么事，

一命呜呼把命丧，

如果发生这种凄惨事，

我主人的高堂老母

堂娜安娜定会心痛死。

堂安东尼奥　行啦，一切都由我来处理。

托伦特　先生，千万别说我已见到了你，

如果他知道，定然要我的命。

哎呀，真不巧，他来了！

当场把我抓住！糟啦，

先生，真糟啦，我活不成啦！

堂安东尼奥　不必害怕。

〔卡尔德尼奥扮成香客上场。

堂安东尼奥　堂西尔维斯特雷先生，

对如此愿意为你效劳的人，

为何要隐瞒你的身份呢？

卡尔德尼奥　坏东西，坏家伙！

先生，你别理这个骗子：

我不是那个堂西尔维斯特雷，

也不姓什么阿尔门达雷斯，

我是个可怜的香客，一个穷光蛋。

托伦特　你瞧着我干什么？

我没有对他说什么，即使说了，

也纯粹是谎言。

〔走到一边对堂安东尼奥说话。

托伦特　天哪！他就是我说的那位，

赶快抓住他，把事情讲清。

堂安东尼奥　天哪，我的堂弟，

你不要硬着头皮不认账！这是我的家，

不管你有钱还是穷光蛋，

到家里来有什么关系？

托伦特　真要命，我也是这么说！

堂安东尼奥　难道你能向风发号施令？

难道你能平息海上风暴狂涛？

命运捉摸不定，

　　　　　天意坚不可摧，

　　　　　同命中注定的事件抗争，

　　　　　岂不是发疯？

托伦特　　哎呀，先生，

　　　　　再顽固坚持，就过分了！

　　　　　先生，他就是堂西尔维斯特雷·

　　　　　德·阿尔门达雷斯，

　　　　　是你的堂弟，又是你的妹婿①，

　　　　　同时是香客，又是我的主人！

卡尔德尼奥　　既然你说了，

　　　　　我就不再否认，咱们不必介意。

　　　　　先生，伸出手来吧。

堂安东尼奥　　我要拥抱你，

　　　　　亲爱的堂弟，我诚心欢迎你。

卡尔德尼奥　　我向你张开双臂，

　　　　　同时向你敞开我的心扉。

　　　　〔对托伦特说话。

卡尔德尼奥　　为了报答你，

　　　　　只要可能，我不放过你一笔账。

托伦特　　你怎么威胁我都不怕，

　　　　　因为这事对咱俩关系大。

穆尼奥斯　　怎么回事？

堂安东尼奥　　你不必害怕

　　　　　这事与你沾边。

————————

① 　堂兄妹不能结婚，故后文提到要得到罗马教皇的特许。

托伦特　我的主人很谨慎,他明白

　　　　在这类事情中

　　　　缄默并不太重要。

堂安东尼奥　我的好堂弟,

　　　　咱们到家里去吧,让你的妻子

　　　　知道久已盼望的你已平安抵达。

卡尔德尼奥　一切遵命。

堂安东尼奥　好一桩美事!

　　　　她会心满意足,

　　　　我可指望得到一座金银山。

托伦特　穆尼奥斯,你觉得如何?

穆尼奥斯　我觉得所有他说的话

　　　　真实无疑,我看不会错。

托伦特　当然真实无疑!

　　　　一丁点儿也不会错。

　　　〔堂安东尼奥、卡尔德尼奥和托伦特下场。

穆尼奥斯　这些坏家伙

　　　　想使我明白,

　　　　风暴和衣物之类的事是真的。

　　　　好吧,咱就等着瞧,

　　　　他们二人现在已到家啦。

第 二 幕

〔玛尔塞拉、多罗特亚和克里斯蒂娜上场,多罗特亚手拿
一个靠垫。

玛尔塞拉　克里斯蒂娜,你很不老实,

　　　　　一点儿脸皮也不要啦。

　　　　　在有关脸面的事情上,

　　　　　你不顾一切瞎胡闹。

　　　　　小姐,你该知道一件事:

　　　　　在声誉方面,

　　　　　最重要的

　　　　　是清白正派。

克里斯蒂娜(旁白)　她称我小姐?那就糟了!

　　　　　我凭经验知道,

　　　　　这么客气地待我,

　　　　　接着就会整我。

玛尔塞拉　嘟囔什么,你这大胆、

　　　　　放肆、坏心眼的丫头?

克里斯蒂娜　我生来从不嘟囔。

玛尔塞拉　你说什么?

克里斯蒂娜　我什么也没有说。

　　　　　　愿上帝在天堂

　　　　　　看顾我的老主人！

玛尔塞拉　　这类祝愿话你可以说。

克里斯蒂娜　　我是真诚祝愿。

　　　　　　如果我的老主人活着，

　　　　　　我的境遇就不一样，

　　　　　　哪个女人也不敢训斥我，

　　　　　　绝对不敢训斥我。

　　　　　　丫鬟们真可怜，

　　　　　　老天爷把我们

　　　　　　送到别人家里，

　　　　　　让我们伺候主人！

　　　　　　上千主人中

　　　　　　好的没有几个，

　　　　　　大多蠢笨又贪心，

　　　　　　笨手笨脚心又狠！

　　　　　　如果丫头长得俊，

　　　　　　女主人吃醋心中恨，

　　　　　　把她看作眼中钉，

　　　　　　可怜这丫头日子不好混。

　　　　　　无缘无故受欺凌，

　　　　　　可怜那如丝秀发

　　　　　　一把一把被揪落，

　　　　　　恶骂声声不间断，

　　　　　　整个主人家，

　　　　　　像个活地狱：

女人争风吃醋，
总爱耍耍威风。
娇嫩的清洁女工
忧心忡忡，
默默忍受，
错过了情郎们的追求，
载负着
这窝囊活儿的航船，
永远也到不了
幸福的港湾。
撇开这
打骂事儿不说，
心灵时时
受尽折磨：
"脏丫头，过来，
那手帕忘在哪里？
那把扫帚和一个小碟
被你弄丢。
亏你挣着高工资，
我要狠狠扣你钱，
叫你从今往后
再也不敢大意。
你滚吧，再也不要回来，
到街上去
同桑乔、明戈
和佩德罗鬼混吧。

说到底,你是个贱货,

这词儿我低声地说,

因为你知道,

我是高贵女人。"

我喘着气儿,

流着泪儿,

呜呜咽咽

再说一遍:

可怜的丫头呀,

生来就是到

别人家受罪!

多罗特亚　女士们,这是怎么回事?

克里斯蒂娜,我的朋友,

你说,到底是什么原因

惹你这么

大吵大嚷?

玛尔塞拉　大胆,

放肆,

竟然不顾

羞耻。

如果她再不改过,

我就要

试试我的手段,

看能不能叫她闭嘴。

〔跟班基尼奥内斯上场。

基尼奥内斯　我的少爷堂安东尼奥

带着两个香客把门进。

〔堂安东尼奥、卡尔德尼奥、托伦特和穆尼奥斯上场。

堂安东尼奥　你不愿意见我们，

　　　　　　是否出于你那

　　　　　　神圣的意图？

卡尔德尼奥　是的。

　　　　　　不过，堂兄，这笔债

　　　　　　我会慢慢还，

　　　　　　那当然是在

　　　　　　我去朝圣以后，

　　　　　　因为这朝圣耽误不得。

堂安东尼奥　你一定能得到

　　　　　　我真诚的谅解。

卡尔德尼奥　我的堂妹就是我的妻子吗？

堂安东尼奥　二者是同一个人。

卡尔德尼奥　我的太太啊，

　　　　　　在你身上

　　　　　　常驻我堂妹的娇颜！

　　　　　　我迈步趋前，

　　　　　　可我不配握她的玉手。

多罗特亚　　这两位就是

　　　　　　彬彬有礼的香客。

堂安东尼奥　我的堂弟，

　　　　　　不必这么多礼，

　　　　　　我的妹妹就怕这一套。

穆尼奥斯（旁白）　他把他当成

温文尔雅的人。

玛尔塞拉　先生,为了表示

你对我应有的尊敬,

请你先通报姓名。

卡尔德尼奥　敝人是你的堂兄

堂西尔维斯特雷·德·阿尔门达雷斯;

是你的丈夫,或者必将成为你的丈夫。

玛尔塞拉　对如此大名鼎鼎的贵宾

我必须改变态度;

堂兄,我必须向你张开双臂,

而不该伸出双脚①。

穆尼奥斯(旁白)　我相信这做法

一定甜蜜无比。

卡尔德尼奥　风暴不能

摧毁我们的船队;

狂傲粗暴的海洋

改变不了我们的航向;

我那可怜的航船

并没有沉没,

因为我到达了这样的海港,

我的脚踏上了这般的岸上。

吞没我财富的汪洋

并没有将我的财富吞噬,

---

① 古时男子见贵妇人,为表示尊敬,要吻贵妇人的脚。亲戚之间,表示亲切,不必吻脚。

因为它将我送到你手中，

使我变得更加富有。

今天我的财富滚滚而来，

我因漂泊到此，

获得新的生命，

因而能亲眼目睹

你如花似玉的风采。

〔奥卡尼阿上场。

奥卡尼阿　人家都在嘻嘻哈哈，

眉开眼笑好不热闹，

独有我心中郁闷，

悲切切好不忧伤。

我要从这里瞧着你，

你使我产生无名痛苦，

你又是我的全部幸福。

我这苦命的仆役，

从那个角落里

也许能看到

我生命的复活。

玛尔塞拉　最大的不幸，

最可怕、可畏的不幸，

就是失去性命。

堂安东尼奥　还是面子重要。

玛尔塞拉　那倒也是。堂兄，

面子和性命你都保有，

在你看来是坏事，

在我看来是好事。

你到的这地方

完全可以放心，

这是个令人眼馋的海港，

你被大海吞没的财富

将在这里

得到补偿。

卡尔德尼奥　你未来的夫君

算是交了好运。

托伦特　你是不是这家的女佣？

克里斯蒂娜　不是，我是街上闲逛的人。

托伦特　这不可能，你的身材姣美，

胜过宫女。

你在这家做工？

克里斯蒂娜　相反，是有人伺候我。

托伦特　你的回答真机灵。

奥卡尼阿　漂亮的姑娘啊，闭上嘴巴；

臭丫头，不要乱说话。

托伦特　请问芳名。

克里斯蒂娜　克里斯蒂娜。

托伦特　好极了，街上闲逛的女人

名字总是十分甜蜜。

你经常与人同床共枕①？

克里斯蒂娜　去你的，没有这样的事。

---

① “街上闲逛的女人”，也指娼妓，故引出“你经常与人同床共枕”。

够了,这个暴发户

真还打破砂锅问到底。

托伦特　小姐,你瞧,

我是在秘鲁长大,

尽管长相像布尔戈尼人①。

堂安东尼奥　老弟,你先休息,

之后我再向你了解

我婶母、叔父的

健康状况。

奥卡尼阿　啊,混帐香客,

你在色迷迷地望着她!

啊,虚伪的娘们,

你在讨他的欢心!

托伦特　我祈求过上帝,不要让我到这儿来,

我既然来了,就不要产生恋情,

可是,我既然产生了恋情,

就让那个娇娘对我表露温情。

卡尔德尼奥　他们的信件和礼物

全被大海一口吞没。

奥卡尼阿(旁白)　我心急如焚!

我倒不如死了好!

托伦特　也许这泼辣女佣漂亮脸蛋上的两个太阳

向我射出的箭不那么锐利,

---

① 布尔戈尼,法国地名。“暴发户”是指当时到美洲发了财的西班牙人,托伦特
声称自己是土生土长的秘鲁人,尽管外貌像欧洲人。

　　　　　　　　也许是她不那么漂亮

　　　　　　　　而只会忸忸怩怩耍脾气。

　　玛尔塞拉　阿哥呀,请你马上

　　　　　　　　换上像样的衣裳。

　　卡尔德尼奥　我已许愿去朝圣,

　　　　　　　　不能换上新衣裳。

　　托伦特(旁白)　这样的感情风暴非佯装,

　　　　　　　　我不希望他老老实实无风浪,

　　　　　　　　希望他翻船落水更狼狈。

　　卡尔德尼奥　在一段时间里

　　　　　　　　我不可能更换衣装,

　　　　　　　　因为途中的风暴

　　　　　　　　夺去了我所有的钱财和衣装。

　　托伦特　可惜轻歌一曲不能负载希望,

　　　　　　　　爱情啊,只有你能改变我们的生活,

　　　　　　　　满足心灵中诸多渴望!

　　堂安东尼奥　堂弟,如果可以通融,

　　　　　　　　你的朝圣愿望

　　　　　　　　我可以请别人为你承当。

　　　　〔玛尔塞拉、堂安东尼奥、多罗特亚、克里斯蒂娜和卡尔

　　　　　德尼奥下场。舞台上留下穆尼奥斯、托伦特和奥卡尼阿。

　　穆尼奥斯　托伦特老兄,你别同我说了,

　　　　　　　　有人在偷听我们谈话,

　　　　　　　　我认为在咱们这个绝妙的图谋中,

　　　　　　　　缄默最最重要。

　　　　〔穆尼奥斯下场。

奥卡尼阿　如果我没有看错，

　　　　　我十分清楚，

　　　　　阁下您的心灵

　　　　　一定感到痛楚。

　　　　　克里斯蒂娜是把大鱼叉，

　　　　　是枝巨箭，是枝投枪，

　　　　　那位盲目的弓弩手①将她射出，

　　　　　穿透了你的心窝。

　　　　　那效果如同一把火、一次闪电，

　　　　　哪里是一次闪电？而是两次、三次。

托伦特　阁下您是谁？

奥卡尼阿　我是这家的仆役，

　　　　　尽管我在马厩工作，

　　　　　盲目的爱情

　　　　　忽冷忽热，

　　　　　无情地将我折磨。

　　　　　当我手拿筛子站在马槽旁边，

　　　　　当我铡草喂料的时候，

　　　　　不论是深夜还是黎明，

　　　　　爱的狂热总是在撞击我的心灵。

托伦特　是不是克里斯蒂娜

　　　　　点燃了这种狂热？

奥卡尼阿　我不知是谁，只觉得

　　　　　我的心如炭火一般炽热。

———————

① 指爱神，因爱神可以任意把箭射向谁，故称他"盲目"。

托伦特　如果是克里斯蒂娜，

　　　　我就马上打消

　　　　最近她的倩影

　　　　使我产生的某些妄想。

　　　　我绝对不想

　　　　做你的情敌：

　　　　我讨厌做这种人，

　　　　否则我就是流氓。

　　　　这姑娘燃起我爱情的火焰，

　　　　尽管我喜欢她，

　　　　然而这家里仍将保持

　　　　极为光彩的面子。

　　　　既然我有幸结织你，

　　　　为了给你帮忙，

　　　　我要把我的最初想法

　　　　深深地埋葬。

　　　　因为并非所有船舰

　　　　都会在海洋中沉没，

　　　　有的吉星高照，

　　　　会赐给我们幸福。

奥卡尼阿　我吻你的脚,香客,

　　　　你真了不起,

　　　　足以在眨眼之间

　　　　软化铁石心肠。

　　　　我刚同你见面,

　　　　心中就产生无限妒意,

现在这炉意

在你面前已彻底消弭。

托伦特 先生，请起，

不要太谦卑，

如果你不抬起头来，

我就向你低头行礼。

上帝安排我们

成为永远的挚友，

我的心意上帝可以做证，

请你拥抱我吧。

奥卡尼阿 既然你给我以

诚挚的友谊，

我把克里斯蒂娜作为一头羔羊送给你，

把基尼奥内斯作为一头山羊送给你①。

托伦特 见你如此满意，我就高兴地离去，

这是上帝对我的拯救。

奥卡尼阿(旁白) 不把你哄得团团转，

我就不是奥卡尼阿。

〔托伦特和奥卡尼阿下场。堂安布罗西奥上场。

堂安布罗西奥 美丽的姑娘啊，为了你，

可怜的农夫不顾老天爷的严厉威胁，

踌躇满志地在翻耕的土地上

播下饱满的种子。

---

① 基尼奥内斯是奥卡尼阿的情敌，既然奥卡尼阿把克里斯蒂娜送给托伦特，当
然把情敌也送给了他。基尼奥内斯尽管不会罢休，但在奥卡尼阿看来，在托
伦特手里不过如山羊一般不堪一击。

为了你,商人乘一叶轻舟

在茫茫大海上飞驰;

士兵不顾炎热和寒冷,

愉快地翻山越岭。

为了寻求你,

无数次从力竭中苏醒,

又见到了胜利和希望。

为了你——生命的坚实慰藉,

敢于企求不可实现的梦想,

使愿望到达荣耀的门墙。

啊,你是杰出的希望,

昏晕倒下的人即使已被苦难埋葬,

也会受到鼓励而获得希望!

〔克里斯蒂娜上场。

克里斯蒂娜　今天是喜庆的热闹日子,

所有亲朋好友

都会来祝贺新婚。

堂安布罗西奥　我发现并看到了我的北极星,

啊,甜蜜的克里斯蒂娜!

克里斯蒂娜　我大概是蜜饯了。

堂安布罗西奥　你就是法庭,

在你这里可以判定

爱情对我是有情或无情。

克里斯蒂娜　这也算见面问候!

堂安布罗西奥　语言出于胸中,

自会讲出一番道理。

　　　　　　　咱们开门见山。

　　　　　　　我的希望如何?

　　　　　　　必定死亡? 还是有生的希望?

　　　　　　　我是否已算呜乎哀哉?

　　　　　　　这件大事是否困难非凡?

　　　　　　　快说呀,我都要疯啦!

克里斯蒂娜　　先生,请慢慢地讲,

　　　　　　　你提问的速度太快。

堂安布罗西奥　　爱情的熊熊烈火

　　　　　　　将我吞噬得更快!

克里斯蒂娜　　眨眼之间

　　　　　　　你的痛苦就会完结。

　　　　　　　因为你可以认为

　　　　　　　玛尔塞拉已经婚配。

　　　　　　　她不是你的啦,已经许配给

　　　　　　　那位会珍爱她的情郎。

堂安布罗西奥　　这可是糟糕,

　　　　　　　那情郎必定是堂安东尼奥。

克里斯蒂娜　　你这么信口开河,

　　　　　　　完全是胡说八道。

　　　　　　　他能同自己的妹妹成婚?

堂安布罗西奥　　克里斯蒂娜啊!

　　　　　　　这是怎么回事?

　　　　　　　这样的大事

　　　　　　　怎么可以胡乱扯在一起?

克里斯蒂娜　　是同她的堂兄结婚。

堂安布罗西奥　老天爷啊,

　　　　　这是怎么回事?

　　　　　昨天是她的哥哥,今天就成了堂兄?

　　　　　一个人就改变得这么快?

克里斯蒂娜　我是说,他是个香客,

　　　　　是她的堂兄,秘鲁人,

　　　　　从美洲大陆

　　　　　发了财回来了。

　　　　　大海把他的十万块金砖

　　　　　一口吞下了肚。

　　　　　这个新来的香客

　　　　　近在眼前,

　　　　　在这里你就可以看到他。

堂安布罗西奥　世上竟有这种事!

克里斯蒂娜　据说他坚持,

　　　　　在成婚之前先要去罗马。

　　　〔卡尔德尼奥、托伦特和穆尼奥斯上场。

堂安布罗西奥　发洋财的骗子,

　　　　　胆大妄为,

　　　　　你为何成为我朝思暮想的

　　　　　美人儿的亲戚?

托伦特　那花儿已经凋谢,

　　　　咱们完蛋啦。

穆尼奥斯　这就糟啦,

　　　　　这计划第一步

　　　　　就露了馅。

卡尔德尼奥　先生，

　　　　我不明白，也不清楚，

　　　　为何这坏丫头

　　　　急急忙忙地

　　　　反对一个高贵的香客。

穆尼奥斯　谁要是说

　　　　我是让别人撞运气，

　　　　那他一定是瞎说一气，

　　　　决不可能，相信我吧，

　　　　我决不会

　　　　制造空中楼阁。

托伦特（旁白）　为了使别人相信，

　　　　这个人什么话都能说。

　　　　啊，你制造空中楼阁，

　　　　一点不错，正如我所说！

堂安布罗西奥　我对管辖我们的老天爷发誓，

　　　　如果你坚持

　　　　搞这个骗局，

　　　　你能得到的

　　　　肯定不是别的，

　　　　而是死路一条丢小命。

　　　　你回波多西①去享福吧，

　　　　让我在这里获得爱情。

_____

① 波多西，地名，在今玻利维亚境内。曾经是产银重镇，因此后文"享福"一说指发财之意。

卡尔德尼奥　这么说话太过分。

托伦特　我也觉得过分。

克里斯蒂娜　堂弗朗西斯科和我的主人来了。

　　　　　让我脚底抹油,快开溜!

　　　〔克里斯蒂娜下场。堂弗朗西斯科和堂安东尼奥上场。

堂弗朗西斯科　这一切都是可能发生的,

　　　　　像玛尔塞拉父亲这样诚实的人

　　　　　一心一意为他女儿考虑,

　　　　　当然就会这样做。

堂安布罗西奥　就是他搞的鬼名堂,

　　　　　把我害得好苦恼。

　　　　　堂安东尼奥先生,

　　　　　到底是什么灾星

　　　　　使你由对我慈爱

　　　　　变成如此地凶狠?

　　　　　他究竟是什么香客

　　　　　竟能如此合你心意?

　　　　　你心里倒是挺满意,

　　　　　却不想想这会夺去我的性命。

　　　　　只要上帝和你愿意,

　　　　　玛尔塞拉就是我的,

　　　　　只要你如此安排,

　　　　　我的心病就得以医治。

　　　　　我的出身门第

　　　　　与她家不差一分一厘,

　　　　　我思来想去觉得,

她父亲不会接受

这有辱门庭的求亲。

如果他为了不让我见到她

而将她藏在你家中，

万一你是她的情郎，

就会干出那昧心的勾当。

堂弗朗西斯科　啊,这家伙说的是玛尔塞拉·欧索里奥,

而不是你的妹妹。

堂安东尼奥　原来是这种怀疑,

我正担心出了祸事。

既然有这无端的怀疑

并且产生了怪念头,

你必须亲眼看看,

才能放心满意。

跟我来吧,你一看就知道

是你自己受骗。

堂安布罗西奥　如果你带我去见玛尔塞拉,

那就是把我带上了天堂。

〔堂安东尼奥、堂弗朗西斯科和堂安布罗西奥下场。舞

台上留下穆尼奥斯、托伦特和卡尔德尼奥。

卡尔德尼奥　嘿,穆尼奥斯,一点儿风吹草动,

你就吓得浑身发抖!

穆尼奥斯　我是害怕,

害怕倒大霉。

我害怕我的计谋、

骗局和梦想

　　　　　　害我去服苦役，

　　　　　　这我可受不了。

　　托伦特　还没有逼你招供，

　　　　　　你就吓得屁滚尿流！

　　穆尼奥斯　想起那惩罚，

　　　　　　心中自然害怕。

　　　　　　从今往后，

　　　　　　我准备受苦，

　　　　　　不过我想，即使坚定的人

　　　　　　也怕终身服苦役。

　　　　　　那单子①是我亲手写的，

　　　　　　责任重大吃不消，

　　　　　　心中恐惧，

　　　　　　浑身无力。

　　托伦特　这灾祸既已开了头，

　　　　　　咱们就试着往前走。

　　穆尼奥斯　那块呢料和大裁缝，

　　　　　　老天爷再也不会赏给我。

　　　　〔众人下场。玛尔塞拉和多罗特亚上场。

　　玛尔塞拉　我不喜欢这个堂兄，

　　　　　　多罗特亚，我的好朋友，

　　　　　　但愿上帝保佑，

　　　　　　他的突然到来不会带来灾祸！

　　多罗特亚　只因他衣着不整，

---

① 指向卡尔德尼奥提供有关玛尔塞拉堂兄的材料。

　　　　　　你就觉得他不潇洒。

玛尔塞拉　　衣着华丽

　　　　　　不见得就有风度。

　　　　　　我觉得他猥琐鬼祟,

　　　　　　尽管他言语狂傲。

多罗特亚　　他的事业前途要由你判断。

玛尔塞拉　　得啦,我没有丝毫兴趣。

多罗特亚　　似乎你的哥哥

　　　　　　思想发生转变。

玛尔塞拉　　我觉得他依然

　　　　　　那么热情澎湃;

　　　　　　张口闭口

　　　　　　总是提到我的名字,

　　　　　　而且出现了那种

　　　　　　好色的狂想。

　　　　　　不过我不会让他

　　　　　　与我单独在一起。

多罗特亚　　我也是这么告诉你的,

　　　　　　你一定要这么办。

　　〔这时堂安东尼奥、堂弗朗西斯科、卡尔德尼奥、托伦特、

　　　穆尼奥斯等人必须走上舞台。

堂安东尼奥　　先生,请看,这两位之中,

　　　　　　究竟哪一位是

　　　　　　闹得你神魂颠倒的

　　　　　　美丽的玛尔塞拉。

堂安布罗西奥　　这一位有点儿像,

虽然并非她本人，

却使我晕晕糊糊，

迷了我的心窍。

一切我都顾不得，

我的爱，你过来吧。

玛尔塞拉　你们是要买我还是把我卖了？

阿哥，你说，这是怎么回事。

堂安布罗西奥　这事要从头说起，

只因为你的名字

同另一位的一样，

而她非凡的美貌

她的风度和仪表，

她的羞涩神态，

她的智慧、门第，

将我的思绪紧紧拴在她身上。

我真诚地爱她，

为她倾倒，

默默地求她，

双眼总是对她含情脉脉。

她的父亲十分谨慎，

出于某种打算

或是由于我的不幸，

将她藏到我所不知的地方。

堂安东尼奥　这同我的经历一样。

堂安布罗西奥　收获女神

为寻找心爱的女儿

苦苦地找寻，

直至黄泉地府。

凡是我怀疑的地方，

我都要寻找，

默默地、孜孜地寻求，

比那女神寻找得更苦。

正在此时我听说到

玛尔塞拉的名字

和你的美丽芳容，

不过我未听说阿尔门达雷斯。

我以为你的兄长

堂安东尼奥

按照玛尔塞拉·欧索里奥

父亲的命令，

将我寻找的美人藏在家里，

由于考虑不周

和嫉妒吃醋，

我干出了你们所见的荒唐事。

堂弗朗西斯科　是不是这位女士

　　　　令你梦牵魂绕？

堂安东尼奥　是爱的闪电冲击我的心灵，

　　　　将它击伤，砸得粉碎。

多罗特亚　小姐，我敢打赌，

　　　　你哥哥念念不忘的

　　　　是这个玛尔塞拉，

　　　　是为她而叹息。

托伦特　一块巨石，

　　　　一座大山，

　　　　一个铁蛋蛋，

　　　　甚至是一座铁山

　　　　总算从我心上搬走。

穆尼奥斯　我算是

　　　　去了一块心病。

　　　　这个头脑简单的情郎真害人！

　　　　这混蛋家伙

　　　　闹得我们好糊涂！

　　　　这痴情郎迷迷瞪瞪，

　　　　把两个玛尔塞拉弄混！

　　　　我以为我写的那单子

　　　　已在这家上下

　　　　人人传阅。

　　　　哎呀，这意想不到的惊吓！

堂弗朗西斯科　你见到这个玛尔塞拉，

　　　　就完全失望，

　　　　先生，下次遇到此事，该更加小心。

　　　　走吧，回去更勤快地寻找

　　　　那伤害你的

　　　　最初原因。

堂安布罗西奥　任何恋人都容易犯错误，

　　　　也容易得到同情原谅。

　　　　我是错了，然而我的错误

　　　　并非不该得到原谅。

卡尔德尼奥　我想象

　　　　　是我这可怜香客的到来

　　　　　促成了这种错觉。

堂安东尼奥　醋劲发作就了不得,

　　　　　多大错事都干得出,

　　　　　就看看我吧,醋劲发作的时候,

　　　　　胆大妄为,而且歪主意忒多。

堂安布罗西奥　愿你好运长久,

　　　　　啊,香客,你的重孙

　　　　　将会给你体面送终;

　　　　　时间不会损害你的

　　　　　玛尔塞拉的美貌,

　　　　　不谨慎的醋意不会

　　　　　搅乱你平和的生活,

　　　　　上帝将赐予你生活乐趣。

　　　　　我还要不辞劳苦地

　　　　　去寻找那被上帝隐藏的她,

　　　　　只要一天不找到她,

　　　　　我就一天不会罢休。

　　　　　我将如巨眼神一般

　　　　　睁大眼睛观察,

　　　　　犹如在黑夜的阴影里

　　　　　双眼紧盯着我长期寻找的她。

　　　〔堂安布罗西奥下场。

玛尔塞拉　他失望地走了。

堂安东尼奥　甜蜜的玛尔塞拉,

　　　　　　我也没有希望找到你了。

托伦特　我的恐惧担心一扫而光。

穆尼奥斯　我也不再担心,

　　　　　　然而我还是要

　　　　　　把那单子撕掉,

　　　　　　因为那是我亲手所写,

　　　　　　任何惊吓,尽管是虚惊,

　　　　　　都会叫我心神不宁。

堂弗朗西斯科　朋友,你盯住这古怪的情郎,

　　　　　　就等于你派出了侦探,

　　　　　　为你去寻找你的女郎。

堂安东尼奥　无论如何,我担心,

　　　　　　因为他是初恋,

　　　　　　情浓意厚,这事实在太糟。

堂弗朗西斯科　我认为这是好事一件:

　　　　　　这个鱼钩一定能从

　　　　　　大海深处,

　　　　　　钓出爱神隐藏的珍珠。

　　　〔堂弗朗西斯科和堂安东尼奥下场。

卡尔德尼奥　堂妹,这件事

　　　　　　是否太荒唐?

玛尔塞拉　的确荒唐。

　　　　　　我觉得他走了以后,

　　　　　　我哥哥心中不满意,

　　　　　　默不作声垂头丧气。

　　　　　　那汉子寻找、钟爱的

女子就是根由，
由于爱神的任意安排，
我哥哥钟爱、寻找、呼喊的
也是那同一个女子。
我脑子简单，还以为
自己就是那美丽的玛尔塞拉，
以为我哥哥是在呼喊我，
于是我怀着戒心，
细心谨慎地
观察他的双手、
眼睛和嘴巴，
思量他说的话，
琢磨他的行为和动作。

多罗特亚　都是胡思乱想，
　　　　　快向他请求原谅。

玛尔塞拉　我不想请他原谅，
　　　　　因为我的那些想法
　　　　　从不认真。

卡尔德尼奥　再说，这事已完全清楚，
　　　　　足以使你满意。

穆尼奥斯　小姐，你该去拜访
　　　　　堂娜安娜了吧？

玛尔塞拉　时间还太早，
　　　　　天气又太冷，
　　　　　真叫人不愿出门。
　　　　　多罗特亚，咱们走，

去晒晒太阳。

多罗特亚　小姐,我太愿意晒太阳啦!

得得得,嘶嘶嘶!

冻死我啦!

〔玛尔塞拉和多罗特亚下场。

托伦特　你的事儿真使我难受。

我走了,不来受罪,

你傻呆呆站着,

一声不吭,如木头人,

卡尔德尼奥,究竟为什么要到这里来?

你以为只要进了门,

就算交了好运,

就能上床饱享艳福?

卡尔德尼奥　我忽冷忽热,

又无法将二者协调。

当玛尔塞拉不在的时候,

哪怕只短短的几分钟,

我就勇气十足好精神,

自以为是天下的大勇士;

可是一旦老天爷赐机会,

让我与她单独相见,

当我站在她面前,

就吓得手足冰冷直发抖。

托伦特　像你这样胆小,

一点儿好处也捞不到。

穆尼奥斯　自从亲眼目睹

那件事，

我算领教了

你的本事。啊，你这饭桶！

你这木脑瓜，

一点儿小事

就吓得你心儿蹦蹦跳，

这就活该你倒霉了！

卡尔德尼奥　穆尼奥斯，只要我的财宝

从秘鲁运到，

我决不食言，

一定让你发财。

穆尼奥斯　我不是傻瓜，

也没有耐心

再来听你许愿！

先生们，骗子们，

黄金在哪里？

托伦特　穆尼奥斯，成堆的黄金一定会来的。

穆尼奥斯　从什么秘鲁、比卢来？

从什么墨西哥、黑西哥来？

托伦特　四个小箱、六个大箱，

你都可以打开看看，

里面至少有四千块金砖，

我看只多不少。

穆尼奥斯　算了吧，上帝保佑你。

托伦特，不要满口胡言。

给我呢料和裁缝，

我就满意啦。

托伦特 　裁缝有的是。

穆尼奥斯 　首先呢料

必须到手。

托伦特 　你们二位别缠我了，

那边来了克里斯蒂娜，

我必须同她搭腔说话。

〔穆尼奥斯和卡尔德尼奥下场。克里斯蒂娜上场。

托伦特 　美丽的爱情之树，难道我的心灵

必须在你的苛求下

带着哀伤的阴影燃烧，

你才能开花结果？

难道一个美洲来的百万富翁

不能使你满足，

托伦特的温柔

也不能消融你的冷酷？

〔奥卡尼阿身穿短裤、衬衣、围裙，手拿筛子、枕头上场，他一个手指头放在嘴上，蹑手蹑脚地走路，藏到一块壁毯后面，别人只能看到他一双脚。

托伦特 　难道你不珍惜

一堆堆黄金，

为了一个该死的仆役

竟瞧不起我这个秘鲁人？

难道你不愿意像部落酋长那样

由别人抬着游逛？

难道你不愿当王后

而宁愿沉沦？

难道由于西班牙的错误

（当然它的错误太多）

你就不愿去那里

玩乐享受？

难道一个仆役

就使你倾倒，

你就放弃一切

去消受那一无所有？

难道你就依恋一个醉汉？

他只知不停地喝酒，

一口又一口地往肚里灌，

竟毫无阻挡地横插一杠。

女人哪，你们像屎壳螂，

只会往地里钻！

克里斯蒂娜　托伦特，如果可能，

我请你说话声放低一点；

俗话说得好，

隔墙有耳。

托伦特　你的耳朵却捂着，

听不进我的赠予。

别理那个坏蛋，

他要打你的主意，

你多加小心，

才能得到你的幸福。

克里斯蒂娜　难道我低声下气地追求过他？

難道我答理過

他这个醉鬼？

托伦特　慢点儿讲，

克里斯蒂娜，低点儿声，

你该知道是谁在听你说话，

你千万要谨慎，

你的贫贱命运

必须依靠我的好运，

才能一步登天，

进入月宫享受富贵荣华。

克里斯蒂娜　这种富贵荣华

不会给我留下，

我是个无用的平凡女子，

是个衣着不整、

伺候人的使女丫鬟，

不配当小姐享清福；

而且又遭奥卡尼阿

中伤和欺侮。

托伦特　你的眼泪使我怒火中烧，

我就去要了奥卡尼阿的小命。

克里斯蒂娜　你只须狠狠

揍他几棒，

我就跪倒在你面前。

托伦特　你指控他那么多罪，

却这么轻易饶他；

最好是把他那

　　　　说你坏话的舌头

　　　　一刀割下。

克里斯蒂娜　揍他几棒子也就够了；你去吧。

托伦特　愿上帝保佑你。

克里斯蒂娜　你得按我说的去做，

　　　　悄悄地、机灵又敏捷地干。

　　〔托伦特下场。

克里斯蒂娜　天哪！那里是谁？

　　　　这双脚是谁的呀？

　　〔奥卡尼阿走出来。

奥卡尼阿　部落女酋长，由别人抬着

　　　　从利马游逛到波托西。

　　　　是我，你瞧，我在这里，

　　　　你这么恶狠狠地恨我，

　　　　托伦特也狠狠地揍我，

　　　　哎呀，我倒是个大傻瓜。

　　　　揍几棒子，太少，

　　　　你倒大发慈悲，

　　　　凭我的罪过，至少得

　　　　把我打得头破血流。

　　　　不过，我爱你并不是罪过，

　　　　现在我正告你，

　　　　你必须道歉认错。

克里斯蒂娜　哎呀，真要命，

　　　　你这个全西班牙最聪明的奴仆，

　　　　那是开玩笑、寻开心；

> 我原本想一见到你
>
> 就告诉你。

奥卡尼阿　　咱们一件一件说,

　　　　　你要升天上月球,

　　　　　上太阳,甚至登上了火星;

　　　　　而我是挨揍的倒霉蛋,

　　　　　被打得趴在地上多难堪。

克里斯蒂娜　　上帝哪会允许这么干哪。

奥卡尼阿　　那是你自己罚我受这种罪。

克里斯蒂娜　　我已经把实情告诉了你:

　　　　　完全是开玩笑,这就行了。

奥卡尼阿　　那你说,为何要

　　　　　悄悄又敏捷地干?

克里斯蒂娜　　那是因为把此事告诉了你,

　　　　　你有所警惕做了准备,

　　　　　这玩笑就一定能

　　　　　成功而且有趣。

奥卡尼阿　　如果真是这样,

　　　　　你又何必声泪俱下,

　　　　　哭诉你的愿望。

克里斯蒂娜　　这么说你是不相信我?

奥卡尼阿　　我相信你,

　　　　　不过我在考虑。

克里斯蒂娜　　考虑什么?

奥卡尼阿　　考虑那眼泪,

　　　　　而且那寻开心

> 是宰人、伤人，
>
> 是要别人的性命。
>
> 不过你是在
>
> 编造你的谎言，
>
> 我希望别人都能看到
>
> 寻开心者下场危险。
>
> 进去拿大麦来，
>
> 或者过会儿交给我。
>
> "我就跪倒在你面前！"

克里斯蒂娜　这些话你不喜欢听？

　　　　　不过他一辈子也不会

　　　　　实现他的诺言。

奥卡尼阿　你这么假心假意，

　　　　　哪句话我可以相信？

克里斯蒂娜　你不要这么傻，

　　　　　等着，我马上回来。

　　〔他把筛子给她。

克里斯蒂娜　这样一来倒好，

　　　　　我去掉了两个讨厌鬼。

　　〔克里斯蒂娜下场。

奥卡尼阿　一个打工的傻瓜

　　　　　被一个女仆缠牢，

　　　　　她自鸣得意哈哈笑，

　　　　　这真是天大的笑料。

　　　　　爱神把弓交给了她，

　　　　　她从箭壶中取出箭，

对着我迎面射一箭，
将我的心和灵魂射穿。
我就这样拜倒在她的石榴裙下，
对她的任何谎言都相信，
她花言巧语，叫我高兴，使我伤心。
爱神啊，你的神力不减当年，
一个女仆的脸蛋儿竟能令人神魂颠倒，
这么甜蜜的残忍怎么叫人吃得消！

第 三 幕

〔堂安东尼奥上场。

堂安东尼奥　在冷风刺骨的寒冬，

　　　　　　树木失去了花果，

　　　　　　脱去了翠绿衣裳，

　　　　　　灰蒙蒙一片，多么哀伤。

　　　　　　几近永恒的时间虽然飞逝，

　　　　　　还能回来恩泽五洲四方，

　　　　　　让干枯消瘦的树木

　　　　　　从心里焕发出新绿。

　　　　　　过去的时间在消逝的瞬间

　　　　　　就已回来：它不会摧毁一切，

　　　　　　老天爷会缓解它的严酷。

　　　　　　然而多情男子就不是这样，

　　　　　　一旦让嫉妒和醋意占据心灵，

　　　　　　就必定一命呜呼入地府。

〔堂弗朗西斯科上场。

堂弗朗西斯科　朋友，无论何时，

　　　　　　你热恋的叹息

　　　　　　和呻吟的回响，

　　　　　　总是随风飘荡。

堂安东尼奥　我倒想哼几句

　　　　　　快乐的歌声，

　　　　　　然而我觉得

　　　　　　舌头动弹不得。

　　　　　　上帝不会缓解

　　　　　　我心中的痛苦：

　　　　　　因为嫉妒不可能消减，

　　　　　　心中的痛苦也就难免。

堂弗朗西斯科　凡事有根由，

　　　　　　人情不长久；

　　　　　　人生中唯有死亡

　　　　　　无法挽救。

　　　　　　生活已向我们证明，

　　　　　　大自然在编排着

　　　　　　凡夫俗子的命运，

　　　　　　或福或祸，听天由命。

　　　　　　这个真理我十分清楚，

　　　　　　切莫与命运较量：

　　　　　　昨天哭泣的，今天在欢笑，

　　　　　　今天在哭泣的，昨天曾欢笑。

堂安东尼奥　哟，堂弗朗西斯科，

　　　　　　你倒成了哲学家了！

堂弗朗西斯科　我坦率地承认，

　　　　　　从你的喜怒哀乐中

　　　　　　我学成了哲学家，

　　　　　拥抱我吧,还得给我赏钱。

堂安东尼奥　拥抱你十分方便,

　　　　　至于那赏钱,

　　　　　如果你要,也可以拿去。

　　　　　可是我不知道。

　　　　　要赏钱有何原因。

堂弗朗西斯科　我要赏钱,

　　　　　那是因为爱神理解了

　　　　　你心诚之可贵,

　　　　　他要把玛尔塞拉交给你,

　　　　　作为对你的奖赏。

堂安东尼奥　我知道这是取笑我,

　　　　　你逗乐解闷,我却伤心;

　　　　　我不知是何原因

　　　　　促使你对我这样的朋友

　　　　　也要寻寻开心。

堂弗朗西斯科　我说的是真话,

　　　　　你听着,我简略地说说,

　　　　　玛尔塞拉的父亲……

堂安东尼奥　玛尔塞拉及其父亲,

　　　　　多么亲切的名字啊!

堂弗朗西斯科　你听着,不要闹傻样。

堂安东尼奥　我听着,全神贯注。

堂弗朗西斯科　今早我在教堂

　　　　　参加弥撒,

　　　　　跨出教堂门时,

他抓住了我的手。

堂安东尼奥　多么甜蜜的接触啊！

堂弗朗西斯科　一个老头儿握一下手，

怎么就甜蜜？

朋友，你要听清楚，

不要想得太甜美。

堂安东尼奥　抓你手的人

原来不是玛尔塞拉？

堂弗朗西斯科　当然不是，而是她的父亲。

堂安东尼奥　我没有听明白。说下去，我等着呢。

堂弗朗西斯科　我下面要说的这番话，

那些静悄悄的

绿色橄榄树

就是见证人。

堂安东尼奥　老天爷啊！

你真是世上少有，

聪明透顶

又绝顶聪明！

你该设法

使你的话于我有益，

干干脆脆，利利索索，

高高兴兴地告诉我算啦。

堂弗朗西斯科　真要命！

我的舌头不灵！

我发誓，我真想……！

所有装模作样的恋人都该见鬼去！

　　　　　有个大胡子壮汉

　　　　　身边挎着一把剑，

　　　　　力大无比，足以举起

　　　　　几百斤沙丁鱼，

　　　　　却在那里哭泣，哼哼唧唧，

　　　　　那么驯顺可怜样儿，

　　　　　简直胜过空门圣徒，

　　　　　就因为她对他不屑一顾！

堂安东尼奥　够了够了，

　　　　　你每一句话

　　　　　都挑逗得我

　　　　　心急如火烧。

堂弗朗西斯科　还有一个人呢。

　　　　　他是个殷勤透顶的情郎，

　　　　　向一个清洁女工

　　　　　讨一根她女主人

　　　　　用过的牙签，

　　　　　为此他给她四个金币；

　　　　　这个傻丫头

　　　　　给了他一根她男主人的牙签，

　　　　　而她的男主人是个没牙的老头儿。

　　　　　他给了她钱，

　　　　　把那牙签镶了金，

　　　　　像某个圣徒遗物似的

　　　　　挂在脖子上。

　　　　　他跪在地上，

向那干巴巴的牙签儿

哀声乞求

帮他把那疑难事儿办好。

还有一个自鸣得意的人，

他去找管马料的那几个女骗子，

而且坚信她们的胡言乱语，

那又算什么人物？

世界就是这样！

男人总能发现这样的价值和勇气，

以证明自己

在任何情况下都是男子汉。

切莫在世上

装腔作势，

到处吹嘘；

要留心，等待，细听，注意和警惕，

你的朋友们

既会帮助你，

也会伤害你。

堂安东尼奥　我一定留心，等待，细听，注意和警惕。

堂弗朗西斯科　我说了，

玛尔塞拉的父亲堂佩德罗

对我说过这些话……

堂安东尼奥　我催了你多少遍，

请快把开了头的话说完，

那结果如何与我性命攸关，

难道还要我再催几遍？

堂弗朗西斯科　总之,他对我说过……

堂安东尼奥　先说我的事吧!

堂弗朗西斯科　他怒气冲冲,

　　　　　　大发雷霆!

堂安东尼奥　真要命!

　　　　　　堂弗朗西斯科,

　　　　　　快说,我的性命就悬在你嘴巴上。

堂弗朗西斯科　他说,由于他什么也不懂,

　　　　　　要我带个信,

　　　　　　请你自己向他女儿

　　　　　　玛尔塞拉求婚。

堂安东尼奥　你说什么?

　　　　　　朋友,你是取笑我,

　　　　　　还是谎报军情,

　　　　　　让我空欢喜一场?

堂弗朗西斯科　不是取笑你,我对天发誓,我说的是真话。

堂安东尼奥　让我吻你的脚。

堂弗朗西斯科　站起来。

　　　　　　别说报喜,即使你要我的心,

　　　　　　只要我没有把它交给玛尔塞拉,

　　　　　　我也会给你。

堂安东尼奥　好朋友,请告诉我,

　　　　　　你可曾用手摸过

　　　　　　堂佩德罗的身子?

　　　　　　你看他是不是鬼魂?

堂弗朗西斯科　你的脑子

　　　　　　糊涂了。

堂安东尼奥　是不是玛尔塞拉的父亲

　　　　　　堂佩德罗·德·欧索里奥?

堂弗朗西斯科　就是他。

堂安东尼奥　是他!

堂弗朗西斯科　就是他。到底是怎么回事?

堂安东尼奥　我的心

　　　　　　经受了这么多不幸,

　　　　　　已经不能相信

　　　　　　你对它诉说的喜讯;

　　　　　　不过,既然是出自你的口,

　　　　　　就应该相信:

　　　　　　因为朋友与朋友

　　　　　　互相关照心连心。

堂弗朗西斯科　去找堂佩德罗·德·欧索里奥吧,

　　　　　　求他把他的千金

　　　　　　许配你做娇妻。

堂安东尼奥　他把她藏在何方?

堂弗朗西斯科　根据老头子的命令,

　　　　　　把她关在圣克鲁斯,

　　　　　　一个离托雷洪和古瓦斯很近的

　　　　　　修道院里。

堂安东尼奥　是什么原因促使他

　　　　　　把她深藏在修道院里?

堂弗朗西斯科　你问得也太仔细,

　　　　　　我什么也没有问他,

只是倾听他的要求，

尽快地

来把这喜讯向你报告，

这你已愉快地听到。

〔玛尔塞拉和克里斯蒂娜上场。

玛尔塞拉　去吧，克里斯蒂娜，

你要什么就对他说。

克里斯蒂娜　我呀，

真是害羞，

舌头不灵便。

玛尔塞拉　真是装蒜！

你敢同一头公牛

和手持武器的男子搏斗，

倒怕起我哥哥来了？

堂安东尼奥　喂，妹妹，

你要什么？

需要什么饮料？

你随意取吧，

我正在兴头上。

玛尔塞拉　我替克里斯蒂娜

求你答应，

今晚为你们举行一个家庭联欢会；

穆尼奥斯、多罗特亚、

托伦特和奥卡尼阿都参加。

克里斯蒂娜　我们的好邻居

那位理发师和他的太太也要邀请，

> 他们歌声嘹亮，
>
> 舞也跳得漂亮，
>
> 他们还有一个学徒，
>
> 准能给我们帮助；该说的都说了。

玛尔塞拉　我都说了，阿哥，

> 我说我希望
>
> 举办这次联欢会。

堂安东尼奥　我心里高兴，完全答应，

> 让大家高歌入云，
>
> 舞个痛快，舞个通宵，
>
> 打打闹闹，嘻嘻哈哈，
>
> 玩个痛快，
>
> 我心里喜欢。

堂弗朗西斯科　只要需要，

> 我也可以凑凑热闹。

堂安东尼奥　我呢，是个勇敢的朗诵员。

克里斯蒂娜　主人，祝您万寿无疆，

> 祝您心中
>
> 充满喜乐。
>
> 今晚我乐开了花。

堂安东尼奥　克里斯蒂娜，

> 这联欢会
>
> 必须搞得像样大方。

克里斯蒂娜　行啊，

> 我们要跳宫廷舞。

堂安东尼奥　朋友，咱们走吧。

堂弗朗西斯科　咱们走吧，

　　　　　尽管堂佩德罗

　　　　　现在不在马德里。

堂安东尼奥　那他在哪里？

堂弗朗西斯科　他去圣克鲁斯了，

　　　　　明天回来。

堂安东尼奥　让咱们感谢上帝，

　　　　　因为他照顾到了我的满腔热情。

　　　〔堂弗朗西斯科和堂安东尼奥下场。

玛尔塞拉　喂，克里斯蒂娜，

　　　　　舞会和演戏

　　　　　应该热闹又像样，

　　　　　可别出洋相。

克里斯蒂娜　托伦特和穆尼奥斯不会胡闹，

　　　　　奥卡尼阿头脑会发昏，

　　　　　因为他是个

　　　　　勇敢的诗人。

　　　　　至于舞会，我向你保证

　　　　　一定会既甜蜜

　　　　　又十分祥和，

　　　　　只要听一听，看一看，

　　　　　就可以发现，那舞会

　　　　　一定是现代派风格，

　　　　　既正经又温柔，

　　　　　既甜美又悦耳。

　　　　　至于那戏，内容都是

关于仆役和跟班们的趣事，

我倒是愿意看到

演清洁女工的事。

玛尔塞拉　这次联欢一定要搞得非常好。

克里斯蒂娜　只要玩得高兴就好。

玛尔塞拉　多罗特亚知道这事吗？

克里斯蒂娜　现在没有一个人不知道

自己该干什么。

小姐，请允许我离开，

因为我们必须排练了。

玛尔塞拉　咱们去吧。

克里斯蒂娜　我高兴死了。

〔二人下场。托伦特和奥卡尼阿上场，他们手中都拿着

一根短棍。

托伦特　奥卡尼阿先生，请过来，

这边的路更平坦。

奥卡尼阿　混蛋香客，

这次我不想以给你让路的做法

给你面子了，

我就是要占你的地方。

我不需要这类

无病呻吟的无用客套；

不管到哪里去，

我愿走哪边就走哪边，

不需要别人摆布，

不需要别人指定位置。

　　　　　托伦特先生,我知道,

　　　　　你这人不识时务,

　　　　　就爱发号施令。

托伦特　奥卡尼阿先生,

　　　　手中拿的是短剑吗?

奥卡尼阿　是根短棍,

　　　　　由于刁滑女人的挑拨,

　　　　　我用它来砸烂一个人的脑袋。

　　　　　你手里拿的是短剑吗?

托伦特　是根追魂棒,

　　　　专门用来抽打

　　　　那最不老实的坏蛋。

奥卡尼阿　那你是要惩罚

　　　　　一个坏蛋?

托伦特　对。

奥卡尼阿　那咱们就别走开,

　　　　　我也要狠狠地

　　　　　揍一个坏蛋。

　　　　　混球,臭东西,你还在胡诌。

托伦特　如果你指的是托伦特,

　　　　老子就脱下这外衣,

　　　　只穿裤衩和背心,

　　　　拿不拿这棍儿都可以和你斗,

　　　　既然你招认

　　　　你就是那坏家伙。

奥卡尼阿　托伦特,慢,你疯了?

　　　　　　　你先息怒，

　　　　　　　如果你愿意，

　　　　　　　就听我慢慢讲。

　　　　　　　两位英雄好汉

　　　　　　　难道就像野小子一般

　　　　　　　双双斗死在这里？

托伦特　　死了拉倒，那有什么关系？

奥卡尼阿　　天哪！是克里斯蒂娜

　　　　　　　派我来揍你的，

　　　　　　　至少要用刀子

　　　　　　　在你两边脸颊上

　　　　　　　各划上一刀。

　　　　　　　看来，如果你愿意

　　　　　　　在残忍的女人中挑选，

　　　　　　　她就是最傲慢残忍的一个。

　　　　　　　她同样也派你

　　　　　　　来对付我。

托伦特　　确实如此。

奥卡尼阿　　她的计谋会得逞吗？

托伦特　　奥卡尼阿，朋友，这当然不会得逞。

　　　　　　　咱们活着是为吃喝，

　　　　　　　为了吃喝咱们得活着，

　　　　　　　这样的吓人话和亲昵劲儿

　　　　　　　最好是去对付

　　　　　　　阅历不深、没有见识、

　　　　　　　更为年轻力壮的人；

　　　　　　咱俩是坏蛋中的坏蛋，

　　　　　　对咱俩玩这一手可不行。

　　　　　　瞧，她从那边过来了，

　　　　　　你装作不知道。

奥卡尼阿　　这是我一生中碰到的

　　　　　　最坏的女人。

托伦特　　咱们就顺着她。

　　　　　　也许她会改变那厉害劲儿：

　　　　　　只要她改变，

　　　　　　就会变得好些。

　　　　　〔克里斯蒂娜上场。

克里斯蒂娜　　我敢打赌，我那两个多情郎

　　　　　　傲劲十足，

　　　　　　怒气冲天，

　　　　　　一定打得你死我活。

　　　　　　哟，这两个家伙在那里安安静静，

　　　　　　这是怎么回事？

　　　　　　大概他们还没有开打，

　　　　　　原来是两个很小心的流氓。

托伦特　　我的克里斯蒂娜小姐……

克里斯蒂娜　　你的？说得倒好！

托伦特　　怎么，难道不是我的？

克里斯蒂娜　　谁把克里斯蒂娜送给你了？

托伦特　　是金钱和强烈的愿望。

克里斯蒂娜　　什么钱？

托伦特　　我专等

那支船队把钱带来，

假如那些船

没有葬送在海洋中。

克里斯蒂娜 奥卡尼阿,你给我些什么?

奥卡尼阿 克里斯蒂娜,我作为感情奔放的诗人,

难道没有给你

剧情热闹的幕间剧?

有些日子我不是还给你写

四行诗,甚至两句半诗?

克里斯蒂娜 如果你的幕间剧

得到我主人的赞许,

我就满意,并且算你

给我付了钱。

托伦特 克里斯蒂娜,如果这事儿

不惹你生气,

你是否可以告诉我们,两人之中你爱谁?

克里斯蒂娜 这个要求不合理,

像我这样的女子

不该做这类爱的宣示,

然而如果你们愿意

我用记号来表示,

我将做出你们对我表示的爱

所驱使我做的一切。

奥卡尼阿,你如果身上有手帕,

请拿出来。

奥卡尼阿 我带着手帕,是破的,

　　　　　我诚心诚意地

　　　　　把它献给你。

克里斯蒂娜　托伦特,你把我这块手帕拿去,

　　　　　这样我就诚实、谨慎地

　　　　　宣示了

　　　　　你们问我的问题。

　　　　　再见,你们快来,

　　　　　该排练幕间短剧了。

　　　　〔克里斯蒂娜下场。

托伦特　我现在比问她以前

　　　　　更加闹不清楚,

　　　　　你以后也说不清楚。

奥卡尼阿　我倒是心中有数,

　　　　　我的心告诉我,

　　　　　这意思对我有利:

　　　　　她给了你,却啥也没有给你,

　　　　　她向我索取,却未给我什么;

　　　　　给予你,就是报答了你,

　　　　　她就可以把她收到的钱

　　　　　心安理得地留下。

托伦特　取其所有,

　　　　　即示厌恶;

　　　　　给予,当然是表示

　　　　　包含着爱情,

　　　　　因为爱情随着给予而增长。

奥卡尼阿　这个问题的真相

留给台下观众剖析，

他们之中自有

柏拉图式的才子。

这些乡下佬几乎都是

了不起的诗人，

也许你会听到

他们之中有人在

悄悄讲些像是

恶魔唆使说的怪事。

〔托伦特、奥卡尼阿下场。堂安东尼奥、堂弗朗西斯科、

卡尔德尼奥、玛尔塞拉、穆尼奥斯上场。

堂安东尼奥　愿上帝保佑，让这次联欢会

符合演出者们的心愿。

穆尼奥斯　咱们的邻居，那个年轻理发师要来跳舞，

那就美极啦，瞧着吧！

〔克里斯蒂娜身子探到舞台口说话。

克里斯蒂娜　大家准备好，马上出场。

玛尔塞拉　乐师们来了吗？

克里斯蒂娜　他们在调音了。

〔克里斯蒂娜下场。奥卡尼阿和托伦特化装成蒙面仆役

上场。

托伦特　奥卡尼阿，我觉得你有点儿不对劲。

奥卡尼阿　我现在这样

头脑最清醒。

你不是不知道，酒的热量

能唤起死者和熟睡者的精神。

　　　　　　我这就去,以一当百,

　　　　　　战斗到底,决不后退。

卡尔德尼奥　一出场就不错。

穆尼奥斯　什么不错?

　　　　　　我说是世上最好的。

　　　　　　我是这个剧本的半个作者。

托伦特　奥卡尼阿,

　　　　　　这是不是联欢会的大门口?

奥卡尼阿　我看不见,

　　　　　　因为眼睛有点儿模糊。

　　　　　　你听到哪里有音乐声,那里就是。

托伦特　听,克里斯蒂娜

　　　　　　和多罗特亚出来了。

奥卡尼阿　我要睡觉了。

　　　〔多罗特亚和克里斯蒂娜扮作清洁女工上场。

多罗特亚　克里斯蒂娜,我的朋友,

　　　　　　今天晚上跳舞我要跳个够。

克里斯蒂娜　我要跳得骨头散架。

　　　　　　那裁缝的老婆阿盖迪亚怎么还不来!

多罗特亚　她告诉你她要来吗?

克里斯蒂娜　雕刻匠的老婆胡丽亚娜

　　　　　　和在坎塔拉纳斯修道院干活的

　　　　　　沙维尼卡,她们也都没有到。

多罗特亚　她们都是跳舞好手。

　　　　　　洗涮完了就会来的。

克里斯蒂娜　她们同咱们一样,

咱们把餐具都洗得漂漂亮亮。

晚饭我不操心,我的主人

只吃两个生鸡蛋,别的什么也不想。

多罗特亚　我的主人从不吃晚饭,因为他有气喘病,

吃两个夹肉面包,画画十字,

就上床睡觉。

克里斯蒂娜　你的女主人干什么? 她不睡觉?

多罗特亚　你别以为她不睡觉,

她跪在祈祷室里,做完晨祷

又迷迷糊糊地趴在那里两小时。

克里斯蒂娜　我的女主人也是这么个老实人,

咱们算倒霉,她们都是圣徒。

多罗特亚　朋友,她们当圣徒有啥不好?

克里斯蒂娜　嘻,当然好啦。

如果她们有毛病,

到哪儿都会出漏子;

咱们知道她们的弱点,

就可以充分利用,

正如一个聪明人所说:

耍点儿手腕,就可以反仆为主,

咱们倒可以发号施令。

多罗特亚　你说得对。

主人有把柄在仆人手中,

总担心把她的丑事传扬,

就不敢,即使敢也不会

对仆人大呼小叫,

　　　　　也不会乱加训斥。

克里斯蒂娜　　你看见歪嘴律师的女佣

　　　　　洛伦莎穿的鞋了吗?

　　　　　你知道是谁给她的?

多罗特亚　　是她的一个表兄弟送的,

　　　　　他可是个老好人。

克里斯蒂娜　　哎,多罗特亚,

　　　　　你把谁都说成老好人!

多罗特亚　　克里斯蒂娜,你听,

　　　　　乐师们奏乐了,

　　　　　那舞蹈高手理发师过来了。

穆尼奥斯　　天啊!

　　　　　这短剧真是精彩。

奥卡尼阿　　那老东西叫我生气,

　　　　　真该给他一个耳光。

　　〔乐师们和理发师上场,后者应和着下面的小曲跳舞。

乐师们　　我们这位理发师

　　　　　生来爱跳舞,

　　　　　应和着节拍,

　　　　　手脚灵活变化。

　　　　　即使给国王献舞,

　　　　　也不见得差,

　　　　　他双脚敏捷如飞,

　　　　　身子轻盈如柳丝。

　　　　　来吧,加油,跳吧,

　　　　　这里那里如闪电,

　　　　　清洁女工喜欢他，

　　　　　小伙子们尊敬他。

奥卡尼阿　喂，我有个要求。

　　　　　我不喜欢这舞蹈，

　　　　　东踢一脚，

　　　　　西踹一脚。

　　　　　演奏几个轻松舞曲，

　　　　　咱们就好打交道。

　　　　　我警告你们，可得老老实实地玩，

　　　　　别以为我看不见。

穆尼奥斯　世上还真有这么厉害的奥卡尼阿？

　　　　　天下还真有他这么机灵的仆役？

理发师　别闹啦，你们马上走开。

克里斯蒂娜　对，快走开，因为我们马上要跳舞。

乐师们　妈妈呀，我的妈妈，

　　　　　你老想管着我，

　　　　　可是如果我自己管不了自己，

　　　　　你也管不了我。

托伦特　真对劲！样样齐全，

　　　　　既摩登时髦，

　　　　　又甜蜜，又漂亮，

　　　　　又愉快，又温柔。

乐师们　据说书上这么说：

　　　　　人到饥时胃口好，

　　　　　饱汉哪知饿汉饥，

　　　　　此话说得多么好。

    越不让爱，

    他偏要爱；

    所以我请妈妈，

    不要把我关在屋里：

    如果我自己管不了自己……

奥卡尼阿 我已经说了，你们跳舞

    应该老老实实，

    我可不喜欢

    你们贴上姑娘们的脸蛋。

理发师 这干苦力的奴才真要命，

    你别管我们，

    我们想干什么就干什么！

奥卡尼阿 那你们跳吧，咱们走着瞧。

乐师们 爱情的力量

    强大非凡，

    最美丽的姑娘

    也会变得古怪。

    温柔的胸中

    充满烈火般的欲望，

    柔软的双手

    变得莫名地疯狂：

    如果我自己管不了自己……

托伦特 我也不喜欢

    这么旋转反复：

    他们一面跳舞一面调情。

    什么弯腰鞠躬，无非是为了调情。

乐师们　奴才老爷们，请走开，

　　　　去干自己的活儿吧，不要管我们。

奥卡尼阿　糊弄人的乐师，

　　　　唱你的，不要说话，

　　　　不管你如何难受，我们也要待在这里。

乐师们　这还像话，咱唱咱的。

　　　〔乐师们唱歌。

乐师们　情人们就是这样，

　　　　让爱情冲昏了头脑，

　　　　像飞蛾般扑向灯火，

　　　　你绞尽脑汁

　　　　也管不住，

　　　　费尽口舌

　　　　也不肯听从：

　　　　如果我自己管不住自己……

托伦特　讨厌的瘦娘，

　　　　不要使劲摇摆身子；

　　　　娇滴滴的小娘，

　　　　舞跳得正经像样。

多罗特亚　带脚的饭桶，快走开，

　　　　在这里我们可不买你的账；

　　　　你要么住嘴，要么走开，

　　　　因为你浑身散发奴才味。

穆尼奥斯　我们这些男子汉

　　　　既高贵又漂亮，

　　　　行为端正相貌堂堂，

　　　　可这些娘们胡诌瞎说不像样。

奥卡尼阿　我要同克里斯蒂娜跳舞。

托伦特　我可不答应。

　　　　奥卡尼阿先生,你忘了

　　　　她把手帕给了我?

　　　　这表明我对她

　　　　拥有所有权,

　　　　如果我能办到,

　　　　连太阳光都不准碰她。

奥卡尼阿　托伦特先生,你难道不知

　　　　凭本人资格,

　　　　可与大主教共舞,

　　　　连托莱多大主教也赏光。

卡尔德尼奥　还跳不跳舞呀?

奥卡尼阿　不跳了。如果继续跳,

　　　　先要消消奥卡尼阿的气,

　　　　试试奥卡尼阿的拳脚。

托伦特　哼,不打塌你的鼻子、

　　　　揍得你趴下,你就不认识老子!

　　　　你听着,我告诉你:

　　　　你敢过来,老子就揍你。

穆尼奥斯　哟,这滑稽戏可不怎么样,

　　　　剧本作者是怎么写的!

　　　　不过,我可没有安排这种内容,

　　　　对话中也没有这类话。

理发师　可怜的奥卡尼阿,

　　　　　　　　　要被打扁了!

玛尔塞拉　　我的老天哪!

理发师　　我去给他们放血①,

　　　　　　咱理发师就是干这个的。

多罗特亚　　我的小姐吓晕啦!

堂安东尼奥　　这全怨我,

　　　　　　早就知道奥卡尼阿

　　　　　　是个爱闹事的酒鬼。

理发师　　快,拿布来,拿纱布来,

　　　　　　快把蛋清拿来!

卡尔德尼奥　　混蛋,你跑吧;

　　　　　　混蛋,你跑吧,你已经把他打死啦!

托伦特　　你瞧瞧,能不能找到我的鼻子,

　　　　　　没有鼻子,我就不会

　　　　　　离开这屋子一步。

卡尔德尼奥　　走吧,你把他打死啦!

托伦特　　我不走!

多罗特亚　　哎呀,小姐,运气真不好!

堂安东尼奥　　你们两个把她抬到里边去。

　　　　　　你们去看看是谁在敲门。

　　　　　　门要破啦,那是什么?

堂弗朗西斯科　　我估计是捕快,

　　　　　　听到这些姑娘的哭叫声

　　　　　　就来了。

---

① 当时理发师不仅理发,还要应顾客要求给放血治病。

克里斯蒂娜　我看这是大好事：

　　　　　我只要报复了这两个

　　　　　骂骂咧咧、不识时务、

　　　　　奸诈狡滑、轻慢可恶、

　　　　　穷得要死而又恶劣卑鄙的

　　　　　盲目情郎，

　　　　　即使我爹死了

　　　　　我也不掉一滴泪：

　　　　　你们瞧，这两个混蛋多糟糕！

　　　〔一名法警和一名捕快上场。

法　警　那是什么吉他？

捕　快　这里有血，那是什么？

托伦特　是我，我的鼻子没有了。

奥卡尼阿　还有我，我都快被打死了。

法　警　一个也别走，

　　　　赶快关上门。

穆尼奥斯　我们必须出去……

多罗特亚　到哪里去？

穆尼奥斯　至少可以到监狱去。

堂安东尼奥　你们没有给他泼凉水？

多罗特亚　他马上就会苏醒的。

捕　快　咱们怎么办？

　　　　都得进监狱吗？

法　警　我首先得了解情况。

托伦特　我得去医院！

奥卡尼阿　我快咽气啦！

> 小心点儿,轻轻地
>
> 把探针插进去①!

理发师　　血流了有两捧。

奥卡尼阿　我已经流了两桶血啦,

　　　　　你还说

　　　　　我只流了两捧。

捕　快　　快让我看看鼻子。

托伦特　　别过来,别过来,

　　　　　小心你的脚,你的蹄子

　　　　　不要踩着我的鼻子,

　　　　　我还可以把它整理整理,

　　　　　至少可以留下个塌鼻子。

捕　快　　我没看见

　　　　　地上有鼻子。

托伦特　　嗨,鼻子在我手里。

穆尼奥斯　奇迹,奇迹,好大的奇迹!

奥卡尼阿　你这个好心的理发师

　　　　　小心翼翼地把探针

　　　　　插进了我的一个酒囊眼儿里。

堂安东尼奥　闹了半天都是假的?

奥卡尼阿　对,是假的。

堂安东尼奥　真要命!

　　　　　我把假的

　　　　　都当成真。

----

① 理发师插针给他放血。

　　　　　有妇女在场,竟敢脱光衣服,

　　　　　拿剑来宰了他!

托伦特　　哎呀,先生,

　　　　　你的脾气也太大了!

堂安东尼奥　　我说,你们太胡闹。

法　警　　原来全是开玩笑。

奥卡尼阿　　都是开玩笑,

　　　　　不过,一会儿你就会看到真格的。

卡尔德尼奥　　真是厚颜无耻!

堂弗朗西斯科　　真要命,这是我有生以来

　　　　　见到的最不像样的

　　　　　大混蛋。

多罗特亚　　咱们还跳舞吗?

克里斯蒂娜　　跳吧。

玛尔塞拉　　不跳了,我被吓得够呛,

　　　　　心还在嘣嘣跳,

　　　　　等我从这倒霉事儿中

　　　　　缓过精神来再说。

堂安东尼奥　　妹妹,跳吧。

玛尔塞拉　　来吧,

　　　　　你们跟我一起来。

托伦特　　让咱们

　　　　　突然打破

　　　　　这刚出现的宁静。

　　　〔克里斯蒂娜、玛尔塞拉和多罗特亚下场。

法　警　　都是喜剧,不是悲剧,

　　　　　这我就高兴。

　　　　　先生们,对不起啦,

　　　　　我去巡逻了。

　　　〔法警和捕快下场。

卡尔德尼奥　奥卡尼阿、托伦特,

　　　　　我觉得开头还是挺温和,

　　　　　到后来这事儿

　　　　　闹得太厉害。

穆尼奥斯　开头是我搞起来的,

　　　　　后来就不是我的事了;

　　　　　这秘鲁人和奥卡尼阿

　　　　　一肚子的鬼主意。

奥卡尼阿　你们瞧这伤口,

　　　　　是理发师扎针的地方,

　　　　　针扎得越深,

　　　　　我愈加来劲。

　　　〔拿出一个皮酒囊给众人看。

托伦特　绿林好汉们,

　　　　　我想再问一次,

　　　　　到底是谁该得到

　　　　　这交换了的手帕。

　　　　　请你们再思考一次,

　　　　　咱们在这地方

　　　　　遇到了很尖锐的问题,

　　　　　看了很有趣的短剧。

　　　　　请注意,我叫托伦特,

　　　　　不管怎么说是秘鲁人，

　　　　　我将给你们一堆堆白银

　　　　　和山一般高的黄金。

奥卡尼阿　弟兄们，我是奥卡尼阿，

　　　　　是个仆役，然而并不吝啬；

　　　　　同朋友们相处，

　　　　　只要有钱就给大家一起花。

〔众人下场。真正的堂西尔维斯特雷·德·阿尔门达雷

　斯及其随行者克拉维霍上场，前者手持金链或像金链一

　类的东西。

堂西尔维斯特雷　如果她不如画的那么美丽，

　　　　　如果确有某些不如人意之处，

　　　　　我可以另找一个美娇娘。

克拉维霍　少爷，我想劝你

　　　　　等见了面再说，

　　　　　见到以后才知道她的模样；

　　　　　如果你的堂妹长得丑，

　　　　　总能找到理由

　　　　　阻止与她结连理。

　　　　　当你结婚的时候，就获得第二生命，

　　　　　如果在第一生命中你不快乐，

　　　　　对待第二生命可得小心。

　　　　　婚姻情节一旦轻扣上，

　　　　　就紧紧相连，难解难分，

　　　　　直到生命最后一刻。

　　　　　任何难解的结

都比不上此结，

此结到死才了结。

你青春年少，却很有头脑，

我完全相信，毫无疑问，

你一定会慎重处理终身大事。

堂西尔维斯特雷　我一定按照你的主意办。

这个机会真好，

因为我想，这一位

就是我的堂妹。

克拉维霍　今天是假日，

她会出门做弥撒。

堂西尔维斯特雷　运气真好！

这是我堂兄的家。

这确实是他的家。

克拉维霍　大门敞开，

你可以一览无遗。

〔玛尔塞拉、多罗特亚、基尼奥内斯和穆尼奥斯上场。两
位女士身着披风，基尼奥内斯手拿天鹅绒枕头，穆尼奥斯
牵着玛尔塞拉的手。

玛尔塞拉　奥卡尼阿带头胡闹，

穆尼奥斯帮忙凑趣。

穆尼奥斯　小姐，你不知道

他是西班牙头号大混蛋？

玛尔塞拉　竟互相拔刀，

真令我痛心。

穆尼奥斯　那些醉鬼

　　　　　从来不会拔刀厮杀，

　　　　　因为他们都是胆小鬼。

　　　　　奥卡尼阿像海绵一样

　　　　　猛吸琼浆玉液，

　　　　　托伦特也不甘落后，

　　　　　把美酒直往肚里灌，

　　　　　一点儿也不忸怩作态。

玛尔塞拉　堂西尔维斯特雷留在家里了？

多罗特亚　是的，小姐，他躺在床上。

玛尔塞拉　我的堂兄倒真安逸，

　　　　　实在过分不像样。

　　　　　多罗特亚，你带祈祷书了吗？

多罗特亚　带着呢，小姐。

穆尼奥斯　我预感到

　　　　　今天的祈祷

　　　　　必定需要三小时。

　　　〔堂西尔维斯特雷和克拉维霍走过时，向玛尔塞拉深深

　　　一鞠躬，她也就还了礼。

穆尼奥斯　我得耐心听祈祷，

　　　　　免得着急生气。

玛尔塞拉　这么说，你不想听祈祷？

穆尼奥斯　听一部分，不想全听。

　　　〔玛尔塞拉、穆尼奥斯、多罗特亚和基尼奥内斯下场。

堂西尔维斯特雷　这位是我的堂妹玛尔塞拉，

　　　　　画像很像她。

克拉维霍　她当你的堂妹

　　　　　　果然十分相配,

　　　　　　既美丽又优雅,

　　　　　　如果她的谨慎

　　　　　　与她的美貌相当,

　　　　　　她就是个完全的美人。

堂西尔维斯特雷　她说什么堂兄堂西尔维斯特雷,

　　　　　　又说什么他躺在床上,

　　　　　　舒适而又悠闲。

　　　　　　克拉维霍,这是怎么回事?

克拉维霍　这事儿真蹊跷,

　　　　　　怎么聪明也猜不到。

　　　　　　不过那侍从回来了,

　　　　　　他定会对我们说明这事。

　　　〔穆尼奥斯上场。

穆尼奥斯　布道拖的时间真长,

　　　　　　我这老骨头站着吃不消,

　　　　　　天气又冷,肚子又饿,

　　　　　　难道这就算虔诚!

　　　　　　不如到这儿晒太阳,

　　　　　　众人都把那个

　　　　　　一本正经的神父当成圣徒,

　　　　　　那就由他绞尽脑汁没完没了地讲。

克拉维霍　尊敬的先生,请问:

　　　　　　那位由人搀着进教堂的

　　　　　　小姐是谁?

穆尼奥斯　进哪个教堂?

克拉维霍　圣塞巴斯蒂安教堂。

穆尼奥斯　她就是玛尔塞拉·德·阿尔门达雷斯，

　　　　　是贵族妇女中

　　　　　最姣美的姑娘。

　　　　　她十分诚实而且深居简出。

　　　　　她的兄长叫

　　　　　堂安东尼奥·德·阿尔门达雷斯，

　　　　　她有个叔父在美洲，

　　　　　是个广有钱财的富翁，

　　　　　有个儿子正在她家中

　　　　　躺在床上安享清福，

　　　　　等待着罗马教皇

　　　　　给他送来允许与他堂妹

　　　　　成婚的批准书。

堂西尔维斯特雷　他叫什么名字？

穆尼奥斯　他叫堂西尔维斯特雷·德·阿尔门达雷斯，

　　　　　是利马人，

　　　　　来到我们府上，

　　　　　光溜溜一无所有，

　　　　　因为在一次风暴中，

　　　　　两千只装满金砖

　　　　　和白银的箱子

　　　　　全部沉入海底，

　　　　　箱子中有我的大衣，

　　　　　不过我只是听说并未眼见。

克拉维霍　天哪，这么严重！

穆尼奥斯　前面来的这个人

　　　　可以把严重事件

　　　　讲述得更为生动：

　　　　因为当时他在场，

　　　　心灵十分痛苦。

堂西尔维斯特雷　你是说，他的心里十分痛苦。

穆尼奥斯　心灵或心里，

　　　　这没有什么关系。

　　〔托伦特上场。

托伦特　穆尼奥斯，弥撒进行到哪儿了？

穆尼奥斯　在做祈祷；现在刚开始。

托伦特　克里斯蒂娜来过这里吗？

穆尼奥斯　托伦特，我认为

　　　　你走反了方向。

　　　　奉劝你不要找她，

　　　　还是看顾好你自己，

　　　　奥卡尼阿可是个愣小子，

　　　　而且有一身好武艺。

托伦特　不管什么情况，

　　　　难道是我在惹事？

　　　　如果不是，那他又为何

　　　　偏偏盯着我？

　　〔信差上场。他的打扮如同在宫庭中往返递送信件的信

　　差。

信　差　先生们，

　　　　你们是否知道

堂安东尼奥·德·阿尔门达雷斯住在哪里？

穆尼奥斯　拐弯，在街角那里。

　　　　　信差，

　　　　　是罗马来的？

信　差　是的，先生。

穆尼奥斯　可能是那伟大的朝圣者

　　　　　正在等候的

　　　　　与那非凡美女

　　　　　结婚的批准书。

　　　　　邮资多少？

信　差　一个埃斯库多①。

穆尼奥斯　哟，真不少，

　　　　　你去找管家，

　　　　　由他付钱，由他收批准书。

　　〔信差下场。

托伦特　这下可好了，

　　　　　咱们可以敞开吃喝，

　　　　　丰盛酒菜一桌桌，

　　　　　欢天喜地乐陶陶。

　　　　　脱下这破旧衣衫，

　　　　　穿上一身精工细作的

　　　　　裘皮大衣。

穆尼奥斯　你得购买洋货，

　　　　　要十分时髦考究，

---

① 金币名。

　　　　　　让谁见了都夸赞，

　　　　　　使你忘却

　　　　　　风暴海难的惊吓。

　　　　　　依我看，那海难

　　　　　　必定发生在百慕大，

　　　　　　因为那里常有害人的风暴。

托伦特　　那里风暴委实厉害，

　　　　　　我和我主人堂西尔维斯特雷

　　　　　　虔诚而又惶恐地祈祷。

　　　　　　因此，我觉得那些不走陆路

　　　　　　而宁愿走海路的人，

　　　　　　必定神经错乱、脑子不好。

　　　　　　我们闷声不响，

　　　　　　一路上毫无欢乐，

　　　　　　当遥遥望见

　　　　　　巴布达①旅店时，

　　　　　　只见大门紧闭；

　　　　　　即使大门敞开，

　　　　　　人们不可轻信

　　　　　　那长胡子的老妖婆。

堂西尔维斯特雷　　是否平平安安地穿过

　　　　　　巴哈马海沟？

托伦特　　什么海沟不海沟，

---

① 在西班牙语中，"百慕大"与"巴布达"（意为大胡子）谐音，故最后又引出"长胡子的"形容词。

　　　　　酒神哗啦啦地洒下酒，

　　　　　我哪还管它什么海沟。

克拉维霍　那条船是在何处把货物抛下海的？

托伦特　我的主人根本无货可抛，

　　　　　那不过是胡说八道；

　　　　　他倒是期待着他漂亮的堂妹

　　　　　给他生下个小宝宝。

穆尼奥斯　这回答虽然风趣，

　　　　　却会把我们坑害。

堂西尔维斯特雷　最艰难的时刻

　　　　　是否在母马湾①？

托伦特　我觉得我们在离它

　　　　　四海里远的海面上经过。

克拉维霍　在哪里登岸？

托伦特　在陆地上。

堂西尔维斯特雷　你说得正好。

穆尼奥斯　二位先生，对不起，

　　　　　我们走了。

堂西尔维斯特雷　这位香客

　　　　　确实有才干：

　　　　　如果他要当领航员，

　　　　　我一定举手

　　　　　赞成把他推选，

　　　　　因为他能信口说出

---

① 在作者那个时代的地理文献中提到过这个地名，位于大西洋上，常风暴不断。

　　　　　　海湾和港口。

穆尼奥斯　　托伦特确实享有

　　　　　　精细领航员的声誉，

　　　　　　他对大海大洋、

　　　　　　港湾海沟了如指掌。

托伦特　　那酒神就在美洲，

　　　　　　而且跨过了我的海沟。

穆尼奥斯　　如果这次谈话

　　　　　　不及时结束，

　　　　　　托伦特，我的朋友，

　　　　　　我看你难以自圆其说。

　　〔托伦特和穆尼奥斯下场。堂安东尼奥、堂弗朗西斯科

　　和堂安布罗西奥上场，后者手拿一张纸。

堂安布罗西奥　　如果你不认为这是喜事，

　　　　　　或者你不信是真的，

　　　　　　就不必为我的灾难而痛苦，

　　　　　　也不必为我的喜事而高兴。

　　　　　　那痛苦、漫长、黑暗

　　　　　　的悲伤之夜过去以后，

　　　　　　好运来到，

　　　　　　阳光明媚。

　　　　　　那高山我原以为

　　　　　　不可逾越，

　　　　　　然而终于我看到从山尖冒出亮光，

　　　　　　那是慈悲的火光，

　　　　　　它如指南针轻柔地

指引我驶向海港，

使我远离

爱情之海中的一切危险。

玛尔塞拉已有了下落，

有了她的亲笔信和签字

就确认了我的全部幸福，

你们瞧，我已是她的丈夫。

堂安东尼奥　你知道这是

她的亲笔信和签字？

堂安布罗西奥　毫无疑问。

堂安东尼奥　交了这样的好运，

你春风得意；

不过我从她父亲处得知，

她的家坐落在别处。

堂安布罗西奥　无论是他还是谁，

都不能动摇我的信心。

你们瞧瞧，我的信心

已用鲜血写在这纸上。

堂安东尼奥　爱神让你

长久安享好运。

快收下吧，好好地享用

老天赐给的好运。

堂弗朗西斯科　下了决心的女人

不怕一切困难。

嘿，你看，你夫人的父亲

从那边来了。

堂安布罗西奥　在这里等他

　　　　　会坏了我的计划。

〔玛尔塞拉的父亲上场,堂安布罗西奥离去,奥卡尼阿也下场。

父　亲　我向你提出的要求

　　　　光明正大,所以我

　　　　来了解你的回答

　　　　是否符合我已

　　　　公开提出的要求。

　　　　我不愿意拐弯抹角,

　　　　使人们以为

　　　　我是个糊涂爸爸,

　　　　我就是这么宣布:

　　　　把我的心肝——我的爱女

　　　　嫁给堂安东尼奥先生,

　　　　让她与他白头偕老。

　　　　谁个不知,谁个不晓,

　　　　我的女儿生就贤妻的料;

　　　　更为可贵的是,

　　　　长得一副好相貌。

　　　　只有阳光与和风

　　　　同我这宝贝女儿接触,

　　　　在宗教教义约束下,

　　　　她天真又纯洁,

　　　　确确实实、实实在在

　　　　是个单纯、娇嫩的姑娘。

> 我把她奉送给你,外加
>
> 两千杜卡多①的年金作嫁妆。

堂安东尼奥　堂佩德罗·德·欧索里奥先生,

> 我十分高兴,您给我的好处
>
> 价值何止千金万金。
>
> 然而玛尔塞拉小姐
>
> 不顾您老费心
>
> 为她寻求门当户对的新郎,
>
> 她已经亲自动手为自己
>
> 挑选了一个如意郎,
>
> 就是这刚离去的小子,他已走出门廊。

父　　亲　我的女儿玛尔塞拉会这么干?

堂弗朗西斯科　对。

父　　亲　作为老父多悲伤,我这老脸何处放,

> 你听说了什么? 那是怎么回事?

堂弗朗西斯科　她给了他一封情书,

> 从此把所有的爱情
>
> 完完全全向他倾注。

父　　亲　情书会不会是假的?

堂弗朗西斯科　有可能,

> 不过我想不会是假的。

父　　亲　那他为什么把情书给你们看?

堂安东尼奥　他高兴得昏了头。

父　　亲　与其让他见到她,

---

① 金币名。

与其让他染指她，

与其让他享用她，

倒不如叫她死，或者我自己死。

他是个骗子，

尽管把脏手洗涮，

仍然不能清白，

他盗走你的灵魂，从你的躯体抢走！……

儿子们占据我灵魂的一半，

女儿们占据我整整一半的灵魂，

为了灵魂的荣誉，老父我必须万分谨慎。

奥卡尼阿　老天爷啊，

这可怜的老头滔滔不绝，

道理说得多透彻，

我真为他痛心。

那些花花公子，

那些满脑子坏主意的人，

整天在打傻姑娘们的主意，

骗局哪能少得了！……

堂安东尼奥　混帐，这是什么话？

奥卡尼阿　我住口，而且悔不该

说这些话。

堂安东尼奥　蠢货，

你为什么老爱多管闲事？

奥卡尼阿　我可不能对我主人的事

乱插嘴，然而如果

咱们要讲谨慎小心，

　　　　　我至少可以给你出几十条主意！……

父　亲　我不想向你讨主意，

　　　　　也没有理由向你讨主意，

　　　　　孩子，如果你真有能耐，

　　　　　请把我的白发变黑，让我健康长寿。

　　　　　不听话的女儿们，

　　　　　小小年纪

　　　　　就想情郎，

　　　　　让上帝惩罚你们，诅咒你们！

　　　〔父亲下场。

堂安东尼奥　我空欢喜了一场！

堂弗朗西斯科　情书要是假的又该如何？

堂安东尼奥　朋友，即使是假的，

　　　　　玛尔塞拉已声名狼藉。

　　　　　尤其是人人都知道，

　　　　　堂安布罗西奥是老实人，

　　　　　绝不会搞

　　　　　这欺世骗局。

堂弗朗西斯科　我也这么想。

堂安东尼奥　引起纠纷，

　　　　　对簿公堂，

　　　　　闹得满城风雨的姑娘，

　　　　　可不是我追求的对象。

奥卡尼阿　真是充满哲理的格言！

　　　〔托伦特和卡尔德尼奥上场。

托伦特　傻子，你还等待何时？

　　　　　你到底干了哪些

　　　　　于你有利的好事？

　　　　　还等什么？为什么要拖延？

　　　　　这是你求爱、装模作样的

　　　　　大好机会和地方。

卡尔德尼奥　我已死了心，

　　　　　不想再说话。

托伦特　你的沉默

　　　　　必将把你葬送。

卡尔德尼奥　她的诚实和美貌

　　　　　阻挡了我的不良图谋。

　　　　　说到底，我将在沉默中

　　　　　将我自己葬送。

托伦特　多傻的情郎！

卡尔德尼奥　是害怕，不是傻。

托伦特　都由着你说。

　　　〔玛尔塞拉、多罗特亚、穆尼奥斯、克里斯蒂娜和基尼奥

　　　　内斯上场。

玛尔塞拉　你怎么笨手笨脚，

　　　　　快走，上帝保佑你。

奥卡尼阿　一对一，二成双，

　　　　　聚到一起闹一场。

　　　〔堂西尔维斯特雷和克拉维霍上场。

堂西尔维斯特雷　这里有位名叫

　　　　　堂西尔维斯特雷，

　　　　　姓阿尔门达雷斯的吗？

卡尔德尼奥　先生，我就是。

　　　　　有何见教？

堂西尔维斯特雷　先生，请你伸出你的双脚，

　　　　　因我是令尊的

　　　　　忠实仆人。

卡尔德尼奥　先生，你很有礼貌，

　　　　　然而又不见得那么有礼貌。

堂西尔维斯特雷　我父亲来信告诉我，

　　　　　托你带给我一万比索，

　　　　　我母亲托你带给我三千比索。

托伦特　比索比索多么沉重，

　　　　　一万四千比索沉海底，

　　　　　此事我是见证人。

堂西尔维斯特雷　我说是一万三千比索。

托伦特　我说是一万四千比索。

卡尔德尼奥　先生，我确实

　　　　　收到这笔钱，

　　　　　不过让大海……

克拉维霍　你可别说什么"不过"。

堂西尔维斯特雷　你不要插嘴，

　　　　　我的事儿我自己管。

　　　　　你的堂妹还寄给我一幅画像。

托伦特　大海对画像也不客气，

　　　　　把它一口吞下去。

　　　　　我们本以为，大海碰到她的形象

　　　　　就会温和，不再发狂，

　　　　　　为表示尊敬、庄重，

　　　　　　会乖乖地躺下睡觉；

　　　　　　然而大海却如此疯狂，

　　　　　　波涛汹涌如山岳压顶，

　　　　　　黑乎乎一片挡住了地平线，

　　　　　　连金色太阳也看不见。

玛尔塞拉　画像又不是传世之宝。

克拉维霍　当然不是，不过如果将它

　　　　　　虔诚地抛入海中，

　　　　　　大海就会宁静，天空转为晴朗。

托伦特　穆尼奥斯，这一切咱们都不知道，

　　　　　　如果这一切都成为

　　　　　　天字第一号的大笑话，

　　　　　　咱们定会吃大亏。

堂西尔维斯特雷　阁下也许

　　　　　　还有个兄弟？

卡尔德尼奥　先生，你说对了。

穆尼奥斯　先生，大错特错啦！

　　　　　　真要把我吓死了！

克拉维霍　他叫什么名字？

托伦特　他叫堂胡安·

　　　　　　德·阿尔门达雷斯。

堂西尔维斯特雷　他有多大岁数？

托伦特　差不多就是那个年龄吧。

奥卡尼阿　他们在考查他们，

　　　　　　我不知道这是为什么。

堂西尔维斯特雷　你们经过百慕大没有？

托伦特　我已经提到这个巴布达，

　　　　再说一遍，我知道。

堂西尔维斯特雷　干出这种卑鄙勾当，

　　　　并非出于机智，而是无知，

　　　　这个人连一般常识

　　　　也一无所知。

　　　　堂安东尼奥先生，我就是

　　　　你真正的堂弟，

　　　　我带来的文件

　　　　和我堂妹的画像，

　　　　确实无误地证明

　　　　这人是个大骗子。

穆尼奥斯　急得我灵魂儿出窍！

　　　　如果今天我不死，我就自杀！

堂西尔维斯特雷　小姐，伸出你的双脚，

　　　　我就是你的堂兄和丈夫。

堂弗朗西斯科　这真是件奇事！

玛尔塞拉　很有礼貌，然而又不见得怎么有礼貌。

托伦特　倒霉蛋，三天来

　　　　你一言不发，

　　　　瞧，引出什么鬼来了，

　　　　到头来你挨打受罚。

　　　　坏家伙，你快向她"进攻"，

　　　　可别等到你倒霉

　　　　被驱逐时再后悔。

堂弗朗西斯科　你到底是谁？

卡尔德尼奥　一名学生。

托伦特　我是个二流子，

　　　　　不仅愚昧无知，

　　　　　还很狡猾，浑身是刺。

卡尔德尼奥　我为了追求爱情，

　　　　　找到一张情报单子，

　　　　　便开始了我的勾当……

托伦特　情报单子

　　　　　是穆尼奥斯这坏家伙提供的。

穆尼奥斯　上帝保佑！

　　　　　穆尼奥斯的末日到了！

堂安东尼奥　这不要脸的老东西，还当侍从！

奥卡尼阿　我一直在揭发他。

卡尔德尼奥　这两只超凡的眼睛

　　　　　令我的愁云忽升忽落，

　　　　　令我张口结舌如木头，

　　　　　犹如镣铐锁住我的手。

　　　　　她眸子的闪光

　　　　　令我自惭形秽，

　　　　　不敢恣意妄为，

　　　　　唯恐触怒芳心。

　　　　　如果你们要惩罚我，

　　　　　先生们，请允许我提醒你们，

　　　　　为爱情而犯的错误

　　　　　值得饶恕。

堂安东尼奥　在这喜事临门的日子，

　　　　　我饶恕你，然而我告诉你，

　　　　　教皇不愿意

　　　　　对我堂弟与我妹子的婚事

　　　　　开恩给予特许。

玛尔塞拉　近亲结婚

　　　　　有诸多不便。

克拉维霍　只要有特许，就百无禁忌。

　　　　　我去罗马把批准书拿来。

堂西尔维斯特雷　尽管我是货真价实的堂兄弟，

　　　　　别说不愿意住在这家里，

　　　　　连一只脚也不愿跨进门；

　　　　　堂妹的声誉十分要紧，

　　　　　必须继续加以保持，

　　　　　可别让什么臭学生

　　　　　再来调戏将她欺骗。

克里斯蒂娜　难道咱们府里

　　　　　再也没人成亲？

奥卡尼阿　克里斯蒂娜，如果我合你的心意，

　　　　　咱俩就可以共结连理。

克里斯蒂娜　基尼奥内斯称我心意。

基尼奥内斯　可你并不合我心意。

克里斯蒂娜　哼，你有什么了不起，

　　　　　配得上我？

基尼奥内斯　我就是了不起。

克里斯蒂娜　奥卡尼阿，你如果追求我，

　　　　　　我就在你面前。

奥卡尼阿　我实在不配，

　　　　　　你别以为，一个跟班扔下的，

　　　　　　我就会捡起。

托伦特　这里没人告状，

　　　　　　不怕吃官司，

　　　　　　我这胆大的傻瓜

　　　　　　讨你做老婆。

克里斯蒂娜　这年月真是太不吉利！

托伦特　你这丑妖婆，

　　　　　　不要忘了那手帕

　　　　　　和演的那出戏。

玛尔塞拉　请我阿哥和堂兄

　　　　　　允许我

　　　　　　判处这臭侍从

　　　　　　和这大骗子。

　　　　　　如今这事要倒过来，

　　　　　　然而规矩仍然不改变：

　　　　　　我的堂兄留在家里，

　　　　　　这骗子马上滚出去，

　　　　　　让他羞辱一辈子，

　　　　　　这是爱神对

　　　　　　设下骗局的混帐们

　　　　　　最大的报复。

　　　　　　我要将穆尼奥斯

　　　　　　赶出家门，

让他去悔过自新。

穆尼奥斯　　我感谢

小姐从轻发落。

这样慈悲的处理

我心悦诚服，

因为你瞧，我即使不该死，

也该挨几百鞭子。

奥卡尼阿　　卖主求荣

到底发不了财，

当奴仆就该

谦恭勤快。

我在马厩里

闻着马骚味，

看着马背油亮亮，

心中顿时感到

我的活儿庄严神圣。

克里斯蒂娜　　遭基尼奥内斯抛弃，

受奥卡尼阿白眼，

然而我不会吃亏，

依旧有希望沾光。

作奸犯科的人

心虚着急一场空，

有句俗话说得好：

好有好报，恶有恶报。

多罗特亚　　只有我一个命不好。

好事竟那么不久长，

要么是我不够优雅，

要么是我不够美貌。

我从没有被人追求，

不知道爱情的滋味；

不过无论坏事好事，

完全靠自己的运气。

托伦特 在这件倒霉事儿中，

我只可惜失去了克里斯蒂娜。

穆尼奥斯 穆尼奥斯啊穆尼奥斯，走吧，

你这可怜虫，别再想那呢绒和裁缝。

〔穆尼奥斯下场。

多罗特亚 堂安东尼奥失去了玛尔塞拉，

心中苦涩又懊恼。

〔多罗特亚下场。

堂西尔维斯特雷 我得不到结婚的特许。

〔堂西尔维斯特雷下场。

克里斯蒂娜 克里斯蒂娜找不到情郎。

〔克里斯蒂娜下场。

克拉维霍 我心中虽然不太高兴，

也要紧跟我的朋友走。

〔克拉维霍下场。

堂弗朗西斯科 我赞赏堂安东尼奥的思想，

我要跟他走。

〔堂弗朗西斯科下场。

玛尔塞拉 我依然相信自己，

不追求空中楼阁，

　　　　　只寻找那适合

　　　　　我性情的郎君。

　　〔玛尔塞拉下场。

　奥卡尼阿　这故事结尾就是如此：

　　　　　有的人是不愿意，

　　　　　有的人是不能够，

　　　　　到头来谁都不能结连理。

　　　　　我请诸位向我证明

　　　　　这人人皆知的真理：

　　　　　春情误会乱哄哄，

　　　　　亲事未成一场空。

　　〔奥卡尼阿下场。

　　　　　　　　　　　　　　　　　（剧　终）

鬼点子佩德罗

序　言

　　这是塞万提斯所写的最具有启发性、最活泼的喜剧,获得批评界一致好评。在西班牙戏剧中,本剧属于一种不常见的剧类,可以称之为流浪汉喜剧。作为本剧剧名的中心人物,是属于社会底层的传奇人物,他的名字指那种惹事生非、奸诈狡猾、顶风冒险的人。有人提出这样的问题:塞氏是否受某个如今已失传的故事或小说的启发。当然,鬼点子佩德罗这种人物从十六世纪起已在民间广泛流传。在一首题为《胡安·德尔·恩西纳的大甩卖》(类似法国诗人弗朗索瓦·维永的《小遗言集》)的怪诞诗中,在提及一名大学生一般拥有的物品时说:

　　　　在鬼点子佩德罗这家伙

　　　　的一本神话书中。

　　克里斯托瓦尔·德·维亚龙[①]写的《土耳其游记》中,提及诸多人物,其中有一个叫鬼点子佩德罗。有人谈到了民间传说人物卢卡斯·费尔南德斯和弗朗西斯科·德利卡多。在葡萄牙,相当于"恶作剧的小伙子",在卡斯蒂利亚则称之为出鬼点子的佩德罗(乌尔塔多·德·拉维拉所写《凡世梦》)。在塞氏同代及其后世,

---

　　① 克里斯托瓦尔·德·维亚龙,生卒年不详。十六世纪西班牙作家。

有引自埃斯庇奈尔①的奇怪引文：

> 他的最大笑料和最大悲哀
>
> 是谈及鬼点子佩德罗，
>
> 那是一部冗长又讨厌的传奇。

提到这个人物的作者维加、莫利纳、克维多等人。人们所知的关于这个人物的文学作品，如小说，是在塞氏这部作品之后。萨拉斯·巴尔瓦迪约②在一六二〇年发表的《精明的科尔多瓦人鬼点子佩德罗》，蒙塔尔万③所写与塞氏剧本同名的喜剧，都是在此之后；卡尔德隆的警世短剧——《世界大市场》(1632年?)也是在此之后，该剧内容写古尔帕④变成鬼点子佩德罗，用各种假象欺骗去赶人生大集市的好脾气赫尼欧和坏脾气赫尼欧。因而没有存在成文的民间故事的证据，可以相信，同其他类似的一般民间故事一样，它仅仅是口头传说的题材。

> 我是从石头缝中蹦出来的，
>
> 从未见到过生身父亲。

这首小曲从他口中唱出，一开始就具有民间传说和耍赖的味道，语气既无耻又痛苦。无论什么样的营生，不论体面与否，佩德罗都干；无论干什么，他都具有高尚的精神，至少具有同情心。我们看到他化装成盲人、受苦的鬼魂、吉卜赛人或演员；然而，无论化装成什么人物，他总是根据一个算命人对他说的预言，试图干出点名堂来。因此，他在选择最后一个职业——当演员——时十分认

---

① 埃斯庇奈尔(1550—1624)，西班牙作家。
② 萨拉斯·巴尔瓦迪约(1581—1635)，西班牙作家。
③ 蒙塔尔万(1602—1638)，西班牙作家。
④ 剧中人物名，意为罪过。

真,因为在幻想世界中可以当公爵、亲王、教皇或国王:

> 因为丑角是演
>
> 所有角色的职业。

　　塞氏先于皮兰德娄①,把"舞台大世界"这一幻想次序略加颠倒,使之成为"世界大舞台",自有其用意。这与格里尔帕策②所说的幻梦——人生——幻梦相像。

　　在观众面前排练喜剧的场面中,作者手拿剧本,旁边有两名演员,这使人想到"戏中戏"的形式,这部喜剧最后的话,又令人想起皮兰德娄的说法。

　　正如塞氏小说中最佳的人物描写那样,鬼点子佩德罗在流浪耍赖中是个变化多端的人物,在丰富的人物画廊中是个突出的中心人物形象,这些人物充满生气和个性。如马丁·克雷斯波这个插科打诨的粗鲁镇长,或者在剧中经常出现的其他人物,如"吉卜赛人族长"马尔多纳多,或贝丽卡这个高雅人物,后者良心有点冷漠,最后显得有点儿忘恩负义。这部喜剧有的地方有点像《吉卜赛姑娘》。剧本接近结尾时,贝丽卡高升,进入宫廷阶层,在戏剧梦幻世界中亮出她的出身时,鬼点子佩德罗在她面前谦卑而略带苦涩地承认:

> 你我心气都很高,
>
> 现在结论做出了:
>
> 我的狂想不过是虚幻,
>
> 你的狂想已经成现实。

---

①　皮兰德娄(1867—1936),意大利小说家、剧作家。一九三四年获诺贝尔文学奖。

②　格里尔帕策(1791—1872),奥地利剧作家,他的剧作之一是《幻梦人生》。

在本剧结尾,宣布另演一场戏时,塞氏不忘讽刺维加戏剧的窠白,颇具现代色彩:

> 收场不是大团圆,
>
> 那是俗套看够了;
>
> 也不会是第一场姑娘刚出生,
>
> 第二场就有了个长髯儿子,
>
> 他冲锋陷阵,勇敢凶猛,
>
> 为父报仇又雪恨,
>
> 最后登上宝座当国王,
>
> 鬼知道他的王国在何方。

塞氏这部喜剧估计写于一六一〇至一六一一年间。喜剧韵文极好,富于变化。圣胡安节之夜这一段既有讽刺意味,又富有魅力,表现了诗的轻松韵味。这一段里的小曲和迷信描写,以塞氏优美的方式体现了我国南方多彩的《仲夏夜之梦》。剧中描述的铃鼓声、风笛声,花枝,小曲等,都是围绕恋人和圣胡安之夜而写的:

> 姑娘,你等候在
>
> 铁栅后面或阳台上,
>
> 无论在哪里,请留意,
>
> 你的意中人将到来。

吉卜赛人以及狡诈行为场面与宫廷高雅场面交替出现,而且始终淳美、优雅,韵味十足。乌莱因把这部喜剧比作"热闹的婚礼前夕";阿尔芒多·柯塔列洛[1]则说:"贝丽卡手持响板,连续敲击之声不绝于耳,直至剧终,余音犹在耳际。"

在《鬼点子佩德罗》中,我认为有永不枯竭的课题可供发掘。

---

[1] 阿尔芒多·柯塔列洛(1879—1950),西班牙学者,专门研究塞氏戏剧。

在我国戏剧中,它以别致的形式表现流浪汉题材,然而并不因此而失去高尚的意境。

安赫尔·巴尔布埃纳·普拉特

剧 中 人 物

鬼点子佩德罗

克莱门特——青年牧人

克莱门西娅和贝尼塔——两位姑娘

克雷斯波——镇长,克莱门西娅之父

桑丘·马丘和迭戈·塔鲁戈——两个镇务会委员

拉加提哈和欧纳却洛——两个农夫

雷东多——书记官

帕斯夸尔

教堂司事

马尔多纳多——吉卜赛人族长

乐师们

伊内丝和贝丽卡——两个吉卜赛姑娘

寡妇

农夫——搀扶寡妇者

盲人

国王

西莱里奥——国王的一名仆役

警官

王后

莫斯特任戈

马尔塞洛——绅士

两名演员及剧本作者

农夫

三个丑角

剧中的警官角色

第　一　幕

〔鬼点子佩德罗和克莱门特上场,前者身穿青年农夫服
　装,后者为牧人打扮。

克莱门特　佩德罗,我的好朋友,

　　　　　我完全指望你的智慧

　　　　　和咱们之间的交情。

　　　　　你的智慧高无比,

　　　　　咱们的友情世人皆知;

　　　　　你的智慧

　　　　　和咱们的友谊皆为上乘,

　　　　　我的一切心病

　　　　　都指望这两个因素予以治疗,

　　　　　不必另找灵丹妙药。

　　　　　你主人的那位千金,

　　　　　大名叫克莱门西娅的,

　　　　　我称她为审判官,

她一见到我就逃避，

犹如小鹿见到猎人。

她天生丽质，

如你亲眼所见，

美貌无比，

使我销魂难眠，

令我日夜思念。

我对她小心奉承，

满以为已获得她

好感青睐，

却不知是谁将她

由羔羊变为猛虎；

也不知为什么

她由温顺

变为暴怒，

爱神啊，我真不知道

你为什么如此残酷地

将箭射中我。

佩德罗 你不要绕弯弯，

要什么，就请直说。

克莱门特 老哥，

请你出个好主意，

或者巧妙地帮个忙，

让我摆脱这困境。

佩德罗 你如此朝思暮想，

曾否甜言蜜语地追求？

曾否触及

爱神通常

所注意的中心？

克莱门特　你知道我是个牧人，

不会唱高调，

说话没技巧。

佩德罗　我再问你，

你是不是知名的英雄？

克莱门特　我不过是安东·克莱门特，

佩德罗，你太无礼，

说什么好汉英雄，有名无名。

佩德罗　同这类人打交道，

必须讲排场摆架子。

你曾否单独或在昏暗处

与克莱门西娅会面？

在那里她是否让你

动手动脚，

不加计较。

克莱门特　佩德罗，如果我爱她

表现却不正派，

老天不容我活，

大地把我吞下，

空气不让我呼吸。

她父亲是有钱阔佬，

瞧不起我的穷父亲，

两家财产悬殊不相称，

依我看,她只瞧上

约伦特和帕斯夸尔,

只因他们是财主,

就能勾引

女人的心,

她们不是为了爱,

而是为了占有黄金。

此外有人说坏话,

惹得克莱门西娅

不肯答理我,

见到我的身影

她就别过脸。

佩德罗,

如果你不撮合,

我只能自认完蛋啦。

佩德罗　假若我不成全你的美事,

那我就太没有头脑。

今天如果像我所想,

我是说,如同我猜测的那样,

我的主人当上镇长,

命运就没有把你

白送来同我谈话。

你瞧着吧,我会

把你得不到的幸福,

平静又开心地交给你,

而且在给你的时候,

无须求情、许愿和送礼。
在我安排这桩美事的时候，
你就睁大眼睛，瞧着
爱神为你牵线，
你为之唏嘘叹息的美人
将不再隐而不见。
你瞧着克莱门西娅
金黄色头发吧，爱神
正痴痴迷迷地在金发中游戏，
为见到他在金黄色头发中
而感到万分惊喜。
她的堂姐贝尼塔
同她一起来了，
如同星星伴着太阳，
星星的光亮并不弱于
太阳，克莱门特啊，
这就是克莱门西娅好姑娘，
千万注意，当她来到面前，
你要向她行礼，
我对贝尼塔也要像
对一件圣物那样，
向她鞠躬敬礼。
你要以新奇的话语
同她谈论她爱听的事，
有件事你一定须记住：
没有一个女子不爱听人

称赞她美丽。

你要多多使用这手段，

连声不断地

赞美她，

你就会看到

你的好运来到。

〔克莱门西娅和贝尼塔两个牧羊女上，她们手提水罐，像是要去汲水。

贝尼塔　克莱门西娅，你为什么回头张望？

克莱门西娅　贝尼塔，你问我为什么回头张望？

为的是不愿碰到

使我恶心头晕、

叫我反胃倒霉的冤家；

为的是不愿碰到

那名字叫得好听，

行为却令人恶心、

狂妄无礼的人。

贝尼塔　我敢打赌，

你说的是克莱门特。

克莱门特　牧羊女，难道我是蛇怪？

难道我是

来得不是时候的幽灵，

使人害怕，

叫人心情更坏？

克莱门西娅　你不过是个碎嘴子、

马屁精，爱阿谀奉承，

　　　　　说大话吹牛皮，

　　　　　胡吹瞎说，

　　　　　瞎说胡吹。

　　　　　我什么时候给过你

　　　　　爱情的信物？

　　　　　你那么自信，

　　　　　自认为一定能得到爱情

　　　　　而不怕怄气？

　　　　　你对哈辛塔瞎说，

　　　　　还把我给你的那条肉色带子

　　　　　向她炫耀，

　　　　　在这里，从你脸上可以看出

　　　　　你说的不是实情。

克莱门特　克莱门西娅，如果我说过一句

　　　　　不是讨好你的话，

　　　　　罚我不能称心如意，

　　　　　五雷轰顶倒大霉；

　　　　　我总是把你捧到天上，

　　　　　如果我的嘴巴不这样赞美

　　　　　而企图说一句埋怨你的话，

　　　　　老天爷就会罚我变成哑巴。

　　　　　如果我口是心非，

　　　　　为追求爱情

　　　　　却不肯为爱情舍命，

　　　　　自会遭到爱情规律的严惩；

　　　　　如果我曾胡言乱语，

爱神在箭壶中就永远

找不到射我的重箭，

即使爱神找到黄金箭，也不会射向你，

而是射向我，令我受爱的烈火烧灼

而令你对我冷漠。

佩德罗　克莱门西娅，令尊大人驾到，

他握着镇长的权杖。

克莱门西娅　此权得来不易，

我父亲为此费了力。

克莱门特哥，再见。

克莱门特　喂，到底怎么办呐？

克莱门西娅　算啦。

贝尼塔，咱们走吧。

贝尼塔　对，咱俩这就走。

〔贝尼塔和克莱门西娅下场。

佩德罗　克莱门特，趁早走吧，

这事交给我，

我一定为你尽力。

克莱门特　好吧，再见。

佩德罗　上帝保佑你。

〔克莱门西娅之父马丁·克雷斯波镇长和镇务会委员桑

丘·马丘、迭戈·塔鲁戈上场。

塔鲁戈　马丁·克雷斯波，这事儿真叫我们高兴，

没有一个人投反对你的票。

这枝权杖该扔了，重做一枝漂亮的。

镇　长　迭戈·塔鲁戈，只有上帝知道

这枝权杖害我花了多少钱，

用了我多少酒、鸡和牛羊

权杖啊，不了解你的人都赞美你，

只因都想手中有点儿权。

桑　丘　我也是这么说，

应该全力以赴去捞权。

这权柄要是落到我对手手里，

那还得了，这权杖可是个宝。

镇　长　现在权杖到你朋友手里了。

桑　丘　克雷斯波，这权到你手里就要用好，

无论向你求情送礼，都不可用权作交易。

镇　长　绝对不会，只要我活着就不会！

内人吹来枕边风，我决不理会；

绅士来求情，只当耳边风，

定要执法如山，铁面无情。

塔鲁戈　我毫不怀疑，你掌权以后

会像智慧王所罗门那样，

用刀劈孩子的智谋巧断公案①。

桑　丘　我也希望你断案明察秋毫。

再见。

镇　长　桑丘·马丘，祝你交好运，

福星高照，万事如意。

塔鲁戈　克雷斯波，不管恐吓或奉承，

---

① 《圣经·旧约》记载，有两个女人争夺一个孩子，都说是自己所生。所罗门说，
把孩子劈成两半，两个女人各拿一半。真母亲心疼自己的孩子，要求不要杀
孩子。所罗门便把孩子判给了真母亲。

　　　　　断案要果敢公正，

　　　　　我就讨厌犹豫徘徊。

　　　　　愿上帝保佑你。

镇　长　你们到底是我的好朋友。

　　　　　〔桑丘·马丘和迭戈·塔鲁戈下场。

镇　长　佩德罗,我听到你在这里,

　　　　　我有这样的好事,

　　　　　你怎么不向我祝贺?

　　　　　我已是镇长了,老实说,

　　　　　如果你不帮忙,

　　　　　如果你对我这差事没有热心,

　　　　　我这镇长也是白当;

　　　　　因为我看你机智又谨慎,

　　　　　胜过神父和博士。

佩德罗　经验证明,

　　　　　那是实情。

　　　　　我可以毫不费力地

　　　　　教会你一种学问,

　　　　　使你出名有身份。

　　　　　到时候,大法官不如你,

　　　　　世人称道的雅典

　　　　　也不敢吹嘘它的法典;

　　　　　众王和优秀的法学学派

　　　　　都将羡慕你的才干智慧。

　　　　　我在你的风帽里

　　　　　塞进两打判决词,

对民事和刑事案子

都有不同的处理，

令世人感叹惊喜。

你伸手随意摸来，

判词必定恰当合宜，

比绞尽脑汁想出的还令人满意。

镇　　长　　佩德罗，从今天开始，

你不再是我的跑腿，而是我的兄弟。

来吧，快来教我如何

把你出的全部或部分主意

付诸实施，显示威力。

佩德罗　　我还能给你出更多主意。

镇　　长　　我必定言听计从。

〔镇长和佩德罗下场。桑丘·马丘和迭戈·塔鲁戈上场。

桑　　丘　　塔鲁戈，你瞧，我觉得不对劲，

尽管你向克雷斯波祝贺，

使他高兴满意，

你心头却留下了

难受的阴影；

从弗兰德到希腊，

从埃及到卡斯蒂利亚，

此人是天下头号蠢货，

让他来治理这个镇，

确确实实太不光彩。

塔鲁戈　　桑丘·马丘，我的好委员，

如今只好由实践来证明

　　　　　　克雷斯波的智力究竟如何，

　　　　　　不看到他首次断案，

　　　　　　我决不议论他的长短；

　　　　　　目下只能如此，

　　　　　　马丘，我的意见

　　　　　　已向你全部说明。

桑　　丘　也罢，

　　　　　尽管在我看来，

　　　　　他不过是蠢货一个。

　　　　〔农夫拉加提哈和欧纳却洛上场。

欧纳却洛　先生们，谁能告诉我们

　　　　　镇长是否在家？

塔鲁戈　我们两个在此伺候他。

拉加提哈　这表明他会从这里出来。

桑　　丘　那当然，咱们马上会见到他。

　　　　　〔镇长和书记官雷东多、佩德罗上场。

镇　　长　啊，委员们，你们真棒！

雷东多　诸位请坐。

镇　　长　先生们，不要客气。

塔鲁戈　镇长你呀，

　　　　　也太客气啦。

镇　　长　书记官请坐这里，

　　　　　请两位委员分坐

　　　　　在我左边和右边；

　　　　　佩德罗你呢，

　　　　　请坐在我的身后。

佩德罗　　这样安排直截了当。

　　　　　你的风帽在这里，

　　　　　里面塞满判决词，

　　　　　多少官司都能应付，

　　　　　对什么案子

　　　　　你都不必绞脑汁；

　　　　　如有判词不明了，

　　　　　鄙顾问就在你身后，

　　　　　不论案子多疑难，

　　　　　我都能想出点子，

　　　　　保你轻松渡难关。

雷东多　　先生们，你们有事吗？

拉加提哈　对，我们要告状。

雷东多　　那就直说吧，镇长大人在此，

　　　　　他会给你们做主。

镇　长　　我若说得不对，请上帝饶恕，

　　　　　下面的话决非出自傲慢：

　　　　　我要像罗马做梦者①那样，

　　　　　正直无私，为民做主。

雷东多　　马丁·克雷斯波，是议员，不是做梦者。

镇　长　　都一样。

　　　　　快把案子简要讲来。

　　　　　只等你们陈述完毕

　　　　　我就给你们做出公直合理的判决。

---

①　原文做梦者，与议员谐音，镇长把二者混淆，表明其无知。

雷东多　　镇长大人,是公正合理的判决。

镇　长　　都一样。

欧纳却洛　　拉加提哈借给我三雷阿尔①,

　　　　　　我还了他两雷阿尔,还欠他一雷阿尔;

　　　　　　可他说,我还欠他四雷阿尔,

　　　　　　这就是我告的状。完了,我都讲完了。

　　　　　　拉加提哈,我说的对吗?

拉加提哈　　是事实;不过我有我的算法,

　　　　　　如果欧纳却洛不欠我四雷阿尔,

　　　　　　那我就是蠢驴一头。

镇　长　　这算什么案子!

拉加提哈　　打的就是这个官司,

　　　　　　克雷斯波老爷,我听凭您处决。

雷东多　　是判决,不是处决。这倒不要紧。

镇　长　　欧纳却洛,你有什么话说?

欧纳却洛　　没有说的了,一切我都交付②

　　　　　　马丁·克雷斯波老爷。

雷东多　　老天爷,

　　　　　　饶了我吧!

镇　长　　你让他交付吧,

　　　　　　雷东多,他给了你什么?

雷东多　　什么也没有给我。

镇　长　　佩德罗朋友,你就近伸手到风帽中

———————

① 西班牙古代钱币名。

② 农民用词不当,把"托付"说成"交付";而镇长以为欧纳却洛给了雷东多什么。

抽一张判决词来吧。

雷东多　还没研究案子,就有了判决?

镇　长　那就看谁的运气好。

佩德罗　念这张判决词,照直念吧。

雷东多　N 和 F 涉及的案子……

佩德罗　N 和 F 表示
　　　　甲和乙。

雷东多　对。我是说:"关于
　　　　甲乙涉及的案子,
　　　　我现在宣布判决,
　　　　判猪猡甲死刑,
　　　　因为他杀害前述乙的
　　　　宝贝孩子……"
　　　　这么多甲和乙,外加猪猡甲,
　　　　这是什么胡说八道,
　　　　我不明白这判决词
　　　　怎么能同眼下这两人对上号。

镇　长　佩德罗朋友,雷东多说得对,
　　　　你伸手再抽一张判决词,
　　　　也许能派上用场。

佩德罗　我是你的顾问,
　　　　马上能做出合理判决。

拉加提哈　我看这是发烧说胡话。

桑　丘　我说,这顾问太胡闹。

欧纳却洛　快做判决吧。

镇　长　佩德罗,行啦,我的声誉

全靠你的脑子灵不灵。

佩德罗　欧纳却洛,你先给本顾问

十二雷阿尔。

欧纳却洛　可这场官司只值你说的一半。

佩德罗　说对了:拉加提哈这老实人

借给你三个面值两雷阿尔的钱币,

你还给他两雷阿尔,

这么一算,你还欠他四雷阿尔,

不是像你所说只欠一雷阿尔。

拉加提哈　是这么回事,一点儿没错。

欧纳却洛　我不能否认;我认输,

为了补偿所欠四雷阿尔,

我认罚十二雷阿尔。

雷东多　佩服,佩服,

啊,鬼点子佩德罗,鼎鼎大名!

真是名不虚传有智谋。

欧纳却洛　我得跑去取钱来!

拉加提哈　我打赢官司真高兴。

〔拉加提哈和欧纳却洛下场。克莱门特和克莱门西娅扮

成蒙面牧人上场。

克莱门特　镇政府明镜高悬,

请允许我们蒙面倾诉。

镇　　长　这等于你们藏在麻袋里,

只闻其声,不见其人,我感到别扭。

克莱门特　古代黄金时代公正朴实,

万古千秋传美名,

当今保持古传统，

我们看到了秋毫明镜，

我们看到了克雷斯波镇长……

镇　长　愿上帝保佑你们，

请把丰盛话放一边……

雷东多　您是指奉承话。

镇　长　时间不早，

请把你们的事简要说明。

克莱门特　我字斟句酌，把满腹的话

简短扼要、明明白白地禀报。

镇　长　你说吧，我不是聋子，耳朵一直很好。

克莱门特　我从小就

命中注定必定见到

被迷人的云雾遮挡的太阳，

我对她一见钟情，

因为凡见到她的男子必定对她钟情。

她的光芒深深印在

我的心灵上，把我的心灵

变成了光芒；

我成了火一团，一团火，

如果有云雾把太阳遮挡，

失去温暖，我就冻成冰。

我正当、完美的愿望

得到了愉快的回应，

爱神允许我的心灵

得到充分的报答：

总之,这位牧羊女爱上了我,

就像我爱她一样。

她已没有母亲,

而她的父亲是不给她自由的死硬派,

她只得背着父亲

暗暗与我结为夫妻;

现在她因害怕父亲,

不敢承认是我娇妻。

她怕有钱的父亲

为我的寒酸感到羞耻,

因为他在这种独断专行的年龄,

就喜好装腔作势爱面子。

他比我有钱,

但在大自然赋予的财富方面,

我同他一样优越;

尽管在钱财方面不能同他一样富有,

但我没有任何好吃懒做的恶习,

因而可以同他平起平坐;

在好人之中选好人,

当然是金钱敌不过品德。

我要求她在您大人面前

确认是我的娇妻,

她父亲不在场,就不必害怕,

我们可以办成这桩喜事,

因为不可人为地拆散

上帝亲自恩准结合的夫妻。

镇　长　　事不凑巧,太阳藏入云雾中,

　　　　　　你又如何做答?

克莱门特　现在是她为我的困境而难过,

　　　　　　只得老老实实不吭声;

　　　　　　不过她可以用姿势

　　　　　　明白表达她的心意。

镇　长　　姑娘,你是他的妻子吗?

佩德罗　　她低下了头:这姿势明白表示

　　　　　　她不否认是他的妻。

桑　丘　　马丁·克雷斯波,您怎么想?

镇　长　　从我风帽中抽出判决词,

　　　　　　听听上面怎么说。

　　　　　　佩德罗,马上抽。

佩德罗　　我知道这判决一定能对上号,

　　　　　　因为我猜测,无论是直截了当,

　　　　　　还是迂回曲折,

　　　　　　事实总是事实。

　　　　　　待我来念这判决词。

　　　〔佩德罗从风帽中取出一张纸,念判决词。

佩德罗　　"我,马丁·克雷斯波镇长决定

　　　　　　让雄飞蛾配雌飞蛾。"

雷东多　　你的风帽真是算命帽,

　　　　　　现在宣读的判决词妙极了,

　　　　　　尽管涉及的是两只小虫子,

　　　　　　却表明此事颇费思虑处理得好。

克莱门特　我双膝跪下,衷心感谢上帝,

我吻你的双膝,犹如吻那

支撑科学和理智的

大厦的擎天大柱。

镇　长　这判决就此敲定,

孩子,如果涉及克莱门西娅,

我也甘愿把我的女儿给你,

我满心欢喜乐滋滋。

你这样告状叫我们高兴,

因为你既讲道理又有礼貌,

既然判决书已宣读完毕,

就必定要遵照执行。

克莱门西娅　我的父亲,既然有这样的保证,

我摘下蒙面布,跪倒在您脚下。

您这样随意处置可不好,

因为我是您的女儿,而不是怪物。

您随意做出判决,

如果不公正,那就会丢面子。

既然公正,就下令公布,

要求切实执行。

镇　长　孩子,你说得好,判决书既已写了,就有效,

我承认克莱门特是我的女婿,

让全世界都知道,我办事

不凭感情,而是依法治理。

桑　丘　这里没有一个人不为

你这意外喜事而高兴。

塔鲁戈　这里有口皆碑,无不称道

马丁·克雷斯波的机智和博学。

佩德罗　咱们的老爷该知道，

当上帝赐予男子

一个好妻子，

就是对他

的特殊恩典；

她也同样受惠，

如果赐予的丈夫

是个十足的男子，

必定勇敢耐劳，

而且和蔼可亲。

克莱门西娅和克莱门特，

结成幸福的一对，

令诸位高兴，使诸位满意，

他们将把高贵的血统

一代一代往下传。

今晚恰逢圣胡安节，

镇长和诸位高高兴兴

庆贺婚礼。

镇　长　所有的案子办得都很好，

证明你是个公道人；

不过婚礼改天再办，

因为今晚是

普天同庆

欢乐夜。

克莱门特　既然克莱门西娅已是我的，

那就一切都好说：
占有与希望相比，
更能使心里感到
满足和快乐。

佩德罗　啊,只要勤奋和机敏,
什么事都能办到!

镇　长　走吧,今晚可有
许多事情要做。

塔鲁戈　但愿万事如意。

克莱门特　我不必等待,也不必害怕,
我去找你,
你就是我的娇妻。

塔鲁戈　克莱门西娅,你真有眼力!

克莱门西娅　感谢安排判决书的人,
感谢老天爷。

佩德罗　我的心可一直是
七上八下。

〔众人下场。此时帕斯夸尔上场,拉住佩德罗的衣服,两
人留在舞台上;一名教堂司事跟在帕斯夸尔后面登台。

帕斯夸尔　佩德罗,我的朋友。

佩德罗　帕斯夸尔,什么事?
你别以为我忘了
你托办的事;
我一直惦记着,
几乎把其他事全丢脑后。
今夜是圣胡安节,

　　　　　你知道，当地姑娘

　　　　　都在等候男子

　　　　　向她们做求婚的表示。

　　　　　贝尼塔披散着头发，

　　　　　一只脚泡在盛满水的盆中，

　　　　　双耳静静倾听，

　　　　　等待求婚的信息，

　　　　　会一直等到黎明。

　　　　　你先到她住的那条街上，

　　　　　报上你的姓名，

　　　　　让她听清楚。

帕斯夸尔　人人都说你聪明能干，

　　　　　果然名不虚传。

　　　　　我一定照办；你请放心。

　　　　　这一切都做到以后，

　　　　　余下的事还请你费心，

　　　　　这样，我这年轻人的事

　　　　　就不会再劳你的神。

佩德罗　就这么办。上帝保佑你。

　　〔帕斯夸尔下场。

教堂司事　不管你走多快，

　　　　　我抄近路赶过你，

　　　　　我毫不费力

　　　　　就听到了你们的秘密。

〔教堂司事下场。吉卜赛人族长马尔多纳多上场，请注意，扮演吉卜赛人的演员讲话要带吉卜赛人口音。

马尔多纳多　佩德罗先生,上帝保佑你。

　　　　　那天下午我特意去看你,

　　　　　瞧你是否已变得胆大包天,

　　　　　还是依然故我胆小鬼,

　　　　　你到哪里去了?

　　　　　我想问你,

　　　　　你是否愿意做我们的同道、

　　　　　朋友和伙伴,

　　　　　就如你曾经对我说的那样。

佩德罗　当然愿意。

马尔多纳多　你是否再考虑考虑?

佩德罗　不必了。

马尔多纳多　佩德罗,你瞧,我们的生活

　　　　　随便、自由又古怪,

　　　　　轻松、懒散又浪漫,

　　　　　任何时候,我们的愿望

　　　　　都能得到满足。

　　　　　草地是我们的床,

　　　　　无论到哪里,天穹下

　　　　　就是我们的卧室。

　　　　　不怕太阳晒,

　　　　　不怕寒风吹,

　　　　　大门紧闭的花果园,

　　　　　把园中最佳花果

　　　　　都献给我们;

　　　　　无论多好的葡萄,

刚一成熟，

没有不落到

大胆的吉卜赛人手里，

因为我们眼睛总盯着这些果实，

身手机灵敏捷，

脑子又灵活。

我们享受艳福，

根本不考虑

情敌们的焦虑，

还与他们共享篝火，

既不吃醋，也无恐惧。

现在我们家里有个姑娘，

长得十分漂亮，

相貌无可挑剔，

见了令人爱怜，

可是她对谁都看不上眼。

是一个吉卜赛女人

把她偷来，然而她生来

美丽又诚实，

表明她出生于

有钱的显要世家。

佩德罗，她是属于你的，

尽管你热爱自由，

总躲避这种枷锁，

然而咱们是朋友，

商定的事就必须做。

佩德罗　马尔多纳多,为了让你了解

促使我想要改变

种族的意图,

我请你细听我

讲述片刻。

马尔多纳多　我很高兴倾听。

佩德罗　你听我讲了以后,

就会明白

我是否能当吉卜赛人。

马尔多纳多　我洗耳恭听,

请开始讲吧。

佩德罗　我是从石头缝中蹦出来的,

从未见到过生身父亲,

这是人生中

最大的不幸。

我不知人们在何处将我扶养长大,

然而我知道

我是那种

到处都有的赖皮孩子。

挨饿遭打是家常便饭,

我在这种环境中

学会了祈祷,

学会了忍受饥饿;

还学会了

读书写字,

学会了偷窃食品,

请原谅,还学会了撒谎。

当我认为天欲降大任于我,

就不满足于这种生活,

我只身上了

船队中的一艘船,

当上水手,

去了美洲又回来,

衣衫褴褛,

身无分文。

我怕飓风,

也怕宁静,

到过百慕大,

走上海岸一看就害怕。

在到达圣马丁以前,

连用漆黑的脏手

抓吃饼干和喝

劣质酒的福分都失掉。

我还到过

瓜达尔基维尔河①边,

与它的湍急水流做伴,

然后回到塞维利亚,

当时找不到工作,

只能给神父当帮手,

忍气吞声,

---

① 西班牙安达卢西亚自治区的第一长河,流经科尔多瓦和塞维利亚两大城市。

干起偷儿勾当；

尽管我不是神父，

却抓到许多什一税①的钱，

尝遍世间炎凉，

始终在此间逡巡。

后来我倒了霉，

那打杂活儿就到了头，

开始干上称之为

"拖网"的危险职业。

过上流氓团伙

阔绰而粗野的生活，

打架斗殴是常事，

耍刀动枪不足奇。

我的主人

凶暴又敏捷，

有一次悄悄抢人钱包，

手刚摸到东西，

就被巡警捉住。

他不愿当硬汉，

乖乖地坦白认罪。

马尔多纳多，我是说，他不愿吃苦头。

马尔多纳多 你愿意怎么说就怎么说，

这跟我有什么关系，

不过你讲话别含糊。

---

① 天主教徒每月将自己收入的十分之一交给教会，但现在并不遵守这一规定。

佩德罗　据通风报信的人说，
　　　　那巡警对他毫不客气，
　　　　不管他喜欢不喜欢，
　　　　一顿毒打，打得他垂头丧气。
　　　　他们把他送进班房，
　　　　我去探监，见他
　　　　双手抓着铁栅栏，
　　　　哼哼唧唧直哭泣。
　　　　失去这安达卢西亚勇士，
　　　　我就没有了可依靠的头头，
　　　　不得不从流氓团伙，
　　　　变成单干的扒手。
　　　　来往于港口的
　　　　诸多大兵中，
　　　　有一个好斗的大兵，
　　　　让我发了一笔横财。
　　　　没收的一捆捆烟叶
　　　　全落入我手中，
　　　　多亏老天爷帮忙，
　　　　否则我休想发财！
　　　　那些日子还真吉利，
　　　　因为我得知
　　　　那个饶舌的大兵
　　　　东窗事发美差完蛋，
　　　　我立即委身投靠
　　　　一个混世魔王，

饱尝了心惊肉跳，

享尽了人生乐事。

然而我害怕去阿尔及尔①，

便乖乖逃到科尔多瓦②，

干起了卖烧酒

和桔子汁的营生。

在那里，一个月的工钱

我在一天里就喝光，

因为我一见到酒

就拼命喝个没完。

我的主人手拿火枪

将我赶出店门。

我只得自做蛋卷，

沿街叫卖兜售，

我手痒要赌钱，

一天就输掉蛋卷十筐。

我不得不扔下这买卖，

投靠一个瞎子度日，

为他干了十个月的活，

学到的本领胜过梅林③。

我学到了暗语黑话，

学会了如何抬高自己，

学会了用韵文体编写

---

① 当时重犯大多被押到阿尔及尔服苦役。

② 西班牙安达卢西亚自治区的一个重要省份。

③ 英格兰与威尔士神话中的传奇魔法师。

堂皇优雅的祈祷文。

可怜我的瞎主人一命呜呼，

未给我留下分文，

却教会我机智灵敏。

后来我当上骡夫，

还当过一个骗子的帮手，

那骗子委实厉害，

恨不能一口吞下一个钱庄；

他是玩四点牌①的高手，

我见他一局牌

就让对手们输个精光，

灰溜溜有苦难言。

……

有一天他的房子忽然倒塌，

他命丧梁下咽了气，

喽啰们没有了头目，

自寻出路各奔东西，

我撇下主子来到乡下。

你瞧，就在这里如此这般，

为马丁·克雷斯波镇长效力，

他待我如亲生骨肉。

敌人大名叫佩德罗·德·乌尔德，

有一天一个神卜手

望着我手掌上的纹路，

---

① 一种牌戏。

对我这样说：

"给佩德罗·德·乌尔德这名字

加上鬼点子的雅号，

不过，孩子，请你注意，

你会阅尽人间风光，

吃尽世上苦头。

我告诉你，你适合做

一个普通的吉卜赛人，

国王王后会听你进言，

他们会乐意倾听你的意见。

你将历尽千辛万苦，

最后终将获得成功，

如同我现在对你预言的一样。"

尽管我不信他的话，

然而我总觉得

乐意去做

他对我说的事；

我看他的预言

在你身上应验，

我是说，我必须当吉卜赛人，

而且从现在起就是吉卜赛人。

马尔多纳多　鬼点子佩德罗啊，

你将是吉卜赛人的顶梁柱！

来吧，着手实现

那激励你的高尚意图，

成为吉卜赛族中的一员；

你来吸引我说过的被偷来的

姑娘那苦涩而娇嫩的心，

你是她最适合的人。

佩德罗　对，这一点我毫不怀疑，

希望取得巨大的成功。

〔二人下场。贝尼塔披头散发来到窗口。

贝尼塔　夜晚啊，你张开翅膀，

福荫所有奉承你的人，

照顾他们的喜好和兴趣，

难怪连天南地北的摩尔人

也对你拍手称道叫好。

我为了达到我的目的，

把头发披散在肩上，

左脚泡在盛满

清凉凉水的脚盆里，

耳朵倾听着窗外动静。

夜啊，你多么神圣，

连你的声息也包含着

对倾听你的人

良好的祝福。

请在我的耳边

响起那促使我

期待好运的声音。

〔教堂司事上场。

教堂司事　毫无疑问，罗凯一定能

抓到那个美丽姑娘；

    罗凯在这场游戏中

    一定是抓住那姑娘的人，

    尽管她会挣扎防卫，

    因为我福星高照，

    定要享用这美味猎物。

贝尼塔 有人在喊罗凯，我听到了罗凯。

    可在这里，除了那蠢货教堂司事，

    再没有人叫罗凯。

    我再等等，听听是否有人

    再喊罗凯。

教堂司事 罗凯就是

    这么个厉害角色，

    姑娘中无一能避免

    将其秀色交给他；

    尽管罗凯经济拮据，

    但在穷中自有乐趣。

贝尼塔 嘿，英俊的男子，接住

    这条绸带，待到明天

    你拿上绸带来显露你的面目。

教堂司事 世间独一无二的美人啊，

    我对你忠贞不渝。

  〔当贝尼塔给教堂司事绸带时，帕斯夸尔上场，掐住教堂

  司事的脖子，夺去绸带。

教堂司事 住在这屋里的姑娘，

    不管你是谁，

    一定胜过

　　　　　维纳斯。

帕斯夸尔　　怎么回事？

　　　　　贝尼塔,你不清楚吗？

　　　　　竟把你的信物

　　　　　交给一个教堂司事!

　　　　　这过错多么严重,

　　　　　如果今夜不是圣胡安节,

　　　　　就不能予以宽恕。

　　　　　你,只会写顺口溜的

　　　　　中学毕业生,

　　　　　从谁那里刺探到消息？

　　　　　偷偷摸摸来做这游戏,

　　　　　图谋骗取姑娘的芳心。

　　　　　你这不要脸的家伙,

　　　　　竟敢在半夜三更哼哼唧唧？

　　　　　一个疯丫头几句好话

　　　　　竟叫你忘了念经撞钟？

　　　〔佩德罗上场。

佩德罗　　帕斯夸尔朋友,怎么回事？

帕斯夸尔　　这教堂司事和贝尼塔

　　　　　两个人企图互相证明

　　　　　她是个正经小姐,

　　　　　他则是正人君子。

　　　　　请你不要吃惊,

　　　　　看他们多么放荡,

　　　　　竟不顾一点脸面。

> 这绸带和这个笨蛋
>
> 就是证据。

教堂司事　我凭这些神圣的祭器起誓，

> 这些祭器我每天使用，
>
> 为敬拜上帝而叫祭瓶空空，
>
> 我发誓，我决非有意
>
> 来捣乱胡闹。
>
> 今天我听两个人说，
>
> 贝尼塔会在这里
>
> 头发梳得光溜溜，
>
> 我为了过节凑热闹，
>
> 先生们，就来到这里，
>
> 呼叫我自己的名字，
>
> 她一听到我的名字
>
> 就赶出来搭腔，
>
> 这清楚表明
>
> 她既高兴又喜欢；
>
> 因为在圣胡安节的前夕
>
> 姑娘们使用了虚妄的巫术，
>
> 使她们自己变得
>
> 轻狂而迷幻。

帕斯夸尔　她为什么给你这条绸带？

教堂司事　给我佩带身上，

> 在黎明到来的时候，
>
> 可以让她认出
>
> 我是谁。

贝尼塔　　帕斯夸尔,为什么问这么多?

　　　　　你是否对我存心不良?

　　　　　我敢肯定是这样,

　　　　　因为我早就看出

　　　　　你想坑害我。

帕斯夸尔　不知好歹的,你这么说话

　　　　　完全失去了良心,

　　　　　竟怀疑咱俩的友情,

　　　　　从友情出发你会看到

　　　　　我是真心实意的男子。

　　　　　我用我的刀子

　　　　　在那河边的白杨树干上

　　　　　刻上了你的名字,

　　　　　这事实告诉你

　　　　　我是不是行为端正的人。

佩德罗　　贝尼塔,我是见证人,

　　　　　在那草原上没有一棵山毛榉上

　　　　　不写着你的名字,

　　　　　每个写着的名字

　　　　　都在宣扬你的声誉。

帕斯夸尔　究竟在什么时候,

　　　　　在牧民们聚会上

　　　　　你能看到我不把

　　　　　贝尼塔捧到天上,

　　　　　以表达我良好热情

　　　　　却隐藏起我的爱情?

你见过哪棵杏树、

樱桃树或苹果树

结出的第一批果子

在鸟儿们啄过以前，

我没有亲手摘下

送到你美丽的手里？

你也知道，

我为你的声誉和利益

做了许多其他

值得你称道的事。

残酷的冤家呀，你将看到

现在用来装饰

你家门框的青枝绿叶上

千真万确地

凝聚着我心中伟大的信念。

你将看到具有

奇异功效的马鞭草，

令人心旷神怡的玫瑰，

还有喜气洋洋的棕榈，

我这样做不行吗？

你还将看到

挺直的白杨树上

挂着一张张从镇上

特意买来的薄脆饼，

为的是使你的门口

既遮阳又有食品香。

贝尼塔　你滔滔不绝的话语

　　　　促使我拉住你的手,

　　　　这次相见是多么温柔多情,

　　　　可是名字不叫罗凯的人

　　　　就不能做我的夫君。

佩德罗　你说得很对,

　　　　不过补救的办法很简单,

　　　　大家都会很满意,

　　　　因为她和咱

　　　　都可以做神圣的承诺。

　　　　帕斯夸尔允诺

　　　　可以把他的名字

　　　　改换成罗凯,

　　　　这样她就高兴,你也乐意,

　　　　双双结成百年连理。

贝尼塔　这样我接受。

教堂司事　谢天谢地,

　　　　这算给我解了围!

佩德罗　你扮演了一个潇洒角色。

　　　　贝尼塔,人们流传

　　　　这么一句谚语:

　　　　"邻居的孩,

　　　　要好好待。"

　　　　我把这句谚语赠给你,

　　　　办事谨慎不会错。

贝尼塔　帕斯夸尔,戴上这绸带,

　　　　　　戴在身上明显处,让我容易看见。

帕斯夸尔　我要把绸带变成财富,

　　　　　　使它变成天上

　　　　　　绚丽的彩虹。

　　　　　　你别走,听,

　　　　　　乐曲已奏响,

　　　　　　这是安排送来青枝绿叶的信号。

佩德罗　那咱们就高高兴兴地在这里等候。

贝尼塔　来的正是时候。

　　　〔幕后奏响各种乐曲和风笛。所有能出场的人都手持绿
　　　　枝登场,突出克莱门特和乐师们,后者唱首歌。

乐师们　姑娘,你等候在

　　　　　　铁栅后面或阳台上,

　　　　　　无论在哪里,请留意,

　　　　　　你的意中人将到来。

　　　　　　在圣胡安节之夜

　　　　　　伟大的圣徒①

　　　　　　手比时钟准确,

　　　　　　他神圣的指头

　　　　　　巧妙地一点,

　　　　　　向我们显示

　　　　　　今天这日子不会有黑夜。

　　　　　　他向我们清楚地显示,

　　　　　　给予你的黎明将如此美丽,

_____

① 指圣胡安。

在每个花朵上

洒上颗颗珍珠。

在你等候太阳出来的时候，

请柔声地告诉

我心上的姑娘：

姑娘，你等候在，等等。①

请你告诉贝尼塔，

牧人帕斯夸尔

牢记着你心中

对他的关切；

那位已经成为

克莱门西娅丈夫的人

当然就是

克莱门西娅谦卑的奴隶；

对那个为追求爱情

而晕倒的姑娘，

请你伸手将她扶起，

不要把她忘记，不要忘记，

你轻声地

或高声地告诉她，

务必使她听到

这想象的歌声：

姑娘，你等候在

铁栅后面或阳台上，

———————————

① 这里的"等等"，意思是重复开头的几句。

无论在哪里,都请你留意,

你的意中人将到来。

克莱门特　　唱得真好。

喂!把这门框

两边都用树枝装点。

帕斯夸尔,你在这里干什么?

还有两个伙伴

帮我们来干,对贝尼塔

你得小心伺候,

给她把家门装点:

对心灰意冷的姑娘,

多赔小心就能让她回心转意。

你把这桂花枝放在这里,

那根柳树枝插在那边,

这根白杨树枝放在这里,

两边都要装点·

茉莉花和紫萝兰。

在这蓝宝石地面铺上高莎草,

让这些木犀草花

变成漂亮的黄玉,

在这些地方都

布满美丽的鲜花。

贝尼塔　　先生们,请再奏乐,

让克莱门西娅和你——我的罗凯欣赏。

〔离开窗口。

贝尼塔　　请他们再奏乐。

帕斯夸尔　甜蜜美丽、

　　　　　与我订了婚的姑娘啊，

　　　　　这样做我很欢喜。

　　　　　再把铃鼓敲起来，

　　　　　把吉他使劲弹起来，

　　　　　再蹦跳舞蹈吧，

　　　　　要使整个杰出的世界

　　　　　今天上午成为盛大节日，因为

　　　　　这是我最荣耀的日子。

克莱门特　唱吧，唱吧，马上就要天明。

　　　　〔克莱门特唱。

克莱门特　在我爱情的门口，

　　　　　所有荆棘和芒刺

　　　　　都变成鲜花。

　　　　　高大的白蜡树

　　　　　和粗壮的橡树

　　　　　都布置在

　　　　　我宝贝住的

　　　　　房子门口，

　　　　　你们将看到，

　　　　　只要她瞧上一眼，

　　　　　它们都会变成

　　　　　香气扑鼻的绿树，

　　　　　荆棘和芒刺

　　　　　都变成鲜花；

　　　　　只要她瞧上一眼，

　　　　　幼嫩的树苗

　　　　　和枯萎的花草

　　　　　就变得葱郁蓬勃；

　　　　　田野欢笑，

　　　　　心花怒放，

　　　　　奴仆们相亲相爱，

　　　　　老爷们心悦诚服，

　　　　　荆棘和芒刺

　　　　　都变成鲜花。

　　〔众人唱着下场。伊内丝和贝丽卡两位吉卜赛姑娘上
　　场，这两个角色也可由扮演贝尼塔和克莱门西娅的演员
　　扮演。

　伊内丝　　这显然是太大的幻想，

　　　　　贝丽卡，我该怎么说呢？

　　　　　你一会儿梦想当伯爵夫人，

　　　　　一会儿想成为国王的女友。

　贝丽卡　　我就怕这是个梦，

　　　　　伊内丝，请不要对我

　　　　　这么强烈地责备，

　　　　　让我跟随我的命运走。

　伊内丝　　你觉得自己漂亮，

　　　　　就这神气狂傲。

　　　　　可是，请你注意，

　　　　　美貌不是品德，

　　　　　极少能获得成功。

　贝丽卡　　我遭到的不幸

很好地证实了这条真理。

多么残酷的命运啊！

你为什么给一个可怜的吉卜赛姑娘

这么丰富的想象？

伊内丝　那制造空中楼阁的幻觉

既看不见，也难以毁灭。

逃离那些幻想吧，

过来，快来练习这些日子

你刚学会的舞蹈。

贝丽卡　伊内丝，你古怪的念头

会纠缠得夺去我性命；

如果你以为

我会对你言听计从，

那就是打错了主意，

只有国王陛下

才能使我翩翩起舞。

伊内丝　贝丽亚①，你这么狂想，

如果不进医院，

那才是怪事：

你生来就不是

当公主王后的料。

你趁早学会

做饭扫地抹桌椅，

忙个不休赛跳舞！

——————

① 贝丽卡的爱称。

贝丽卡　我可不是干那种活儿的料。

伊内丝　那为什么？

　　　　难道为了潇洒、优雅和豪华，

　　　　就要使我们用朴实所

　　　　赢得的吉卜赛人的荣耀

　　　　全部毁弃？

　　　　与其如此,倒不如眼看着你

　　　　因不如意而气死,

　　　　被一个吉卜赛男子驯服

　　　　而变得服服帖帖,

　　　　或者被一个屠夫

　　　　施奸计将你降服。

　　　　难道事情果真会如此?

　　　　坏丫头,难道你同

　　　　吉卜赛男子结婚就见不得人?

　　　　假若你果真这么坏,

　　　　倒不如你父母没有生你。

贝丽卡　伊内丝,你说得太过分,

　　　　大概你脑子不灵,看不出

　　　　我心中到底想什么。

伊内丝　我这个笨蛋倒能猜到

　　　　你后来才会知道的事情。

　　　　〔佩德罗和马尔多纳多上场。

马尔多纳多　佩德罗兄弟,你见到的这个丫头,

　　　　就是我说的那个吉卜赛姑娘,

　　　　她相貌非凡,

　　　　　我有责任把她

　　　　　亲手交给你。

　　　　　来吧，你换上衣服，

　　　　　学习我们的吉卜赛话；

　　　　　你是望族中佼佼者，

　　　　　即使不学吉卜赛话，

　　　　　也定能当吉卜赛儿郎。

伊内丝　　漂亮的小伙子，

　　　　　请施舍我们一点儿吧！

马尔多纳多　　只有乡巴佬才乐意这么干！

　　　　　伊内丝，

　　　　　你对他太不了解！

伊内丝　　贝丽卡，你去向他乞讨。

佩德罗　　如果她来乞求，

　　　　　无论事儿多么艰巨浩大，

　　　　　我都会照办，

　　　　　所需的报偿，

　　　　　只是能效劳于美丽的姑娘。

马尔多纳多　　姑娘，你为什么不回答他？

伊内丝　　族长大人，您瞧，

　　　　　那边来了个吝啬寡妇，

　　　　　她钱财越多，

　　　　　越是爱财如命。

　　〔一个农家寡妇出场，她由一名农夫随从搀扶着。

伊内丝　　为了慈善的玛利亚，

　　　　　为了她的圣子耶稣，

　　　　　　　我的太太,施舍点儿吧。

寡　妇　　不管你叫声多高,也不管你多执拗,

　　　　　　别想从我身上捞到一分钱。

　　　　　　你们这么不要脸地叫嚷讨钱,

　　　　　　硬要老娘我为你们白干活。

随　从　　这世界变了样,

　　　　　　怎叫人能忍受。

　　　　　　这个时代一切都颠倒,

　　　　　　没有一个女仆愿意干活,

　　　　　　没有一个男仆

　　　　　　不偷懒嬉耍,

　　　　　　他笨头笨脑,她虚荣高傲。

　　　　　　这类人什么正事都不干,

　　　　　　没有坏事他们不干,

　　　　　　虚伪,奸诈,狡猾,

　　　　　　不向教堂交实物税,

　　　　　　也不向国王缴纳贡物。

　　　　　　他们假借名义,

　　　　　　干尽各种坏事;

　　　　　　请原谅我说这句话:

　　　　　　在吉卜赛人的牧场上,

　　　　　　没有一头毛驴不被偷走。

寡　妇　　别理他们,走吧,

　　　　　　约伦特,时间不早啦。

　　　〔约伦特和寡妇下场。

贝丽卡　　可怜可怜我吧。

不要在那样的人面前

装得若无其事，

不要显得冷漠无情，

世上总有个把约伦特，

也少不了别的阿狗阿猫

对你纠缠却啥也不给，

反而冷言冷语将你欺凌。

马尔多纳多　佩德罗，你看到了吧？她是有名的富婆，

在她床脚边

藏着一万杜卡多，

分装两箱，用铁条加封，

任凭多乖巧的小偷也毫无办法。

人人都眼红她的钱，

一心想着她的钱，

费尽心机要捞她的钱：

然而这钱对于她

像眼珠一般珍贵。

她每月只给一个瞎子

一雷阿尔，

只因他每天早晨

在她家门口祈祷，

为神裁①而打点，

万一她的至亲好友、

丈夫和儿孙

---

① 基督教徒们认为，人死后，灵魂将接受上帝的审判。

　　　　　　落入涤罪所，

　　　　　　教廷会大发慈悲

　　　　　　给他们恩典。

　　　　　　她以为这样做好事，

　　　　　　就可以顺顺当当、

　　　　　　痛痛快快进天堂。

佩德罗　我只需略施计谋，

　　　　　　就可帮她脱离苦海。

　　　　　　马尔多纳多，请你把

　　　　　　她的爷爷奶奶、

　　　　　　姑姑舅舅、

　　　　　　表叔表婶，总之诸亲好友

　　　　　　都写出来告诉我，

　　　　　　你瞧，我只需举手之劳

　　　　　　就可以把他们统统救出苦海；

　　　　　　这等小小的骗局

　　　　　　何足道哉。

马尔多纳多　我会给你一张名单，

　　　　　　从她第三个爷爷起

　　　　　　到最后一个孙子，

　　　　　　凡已死的，统统列上，

　　　　　　一个也不会漏掉。

佩德罗　好吧，你以后会看到，

　　　　　　遇到这种情况

　　　　　　我会为共同的利益做些什么。

马尔多纳多　贝丽卡，

　　　　　你要去哪里？

贝丽卡　去伊内丝想去的地方。

佩德罗　无论你把她带到哪里，

　　　　你那非凡的思想

　　　　总是为了追求光荣的目的。

贝丽卡　佩德罗，无论你本领多大，

　　　　决不可捉弄、

　　　　嘲笑我的愿望。

　　　　我在远处就从你老兄身上

　　　　看到了一种希望，

　　　　你将做好铺垫，

　　　　把我引向幸福的地方。

佩德罗　以你的绝世美丽，

　　　　完全可以指望

　　　　得到相应的幸运。

　　　　吉卜赛姑娘，来吧，

　　　　年轻人为你倾倒。

第　二　幕

〔镇长马丁·克雷斯波、镇务会委员桑丘·马丘以及一
名警官上场。

镇　长　喂,警官先生,

我有个足智多谋的小伙子

突然不知去向,

他能说会道计谋多,

即使化成灰我也认得;

他给我提供一计,

只等那国王要开舞会,

我就举办一个

在各方面都领先的

最漂亮的舞会。

他说,带女子跳舞

是很累人的事,

国王不喜欢带女人,

因为那种舞蹈

平常又俗气。

按咱们的优势,

不如让山里的小伙子

打扮成山村姑娘模样，

脚踝和胳膊上

戴上无数铃铛；

到目前，我已借到

二十四个小伙子，

我可以毫不担心，

放手把他们送到大剧场。

我先挑出两个

请你老总鉴赏。

警　官　老天爷，

这真是异想天开。

桑　丘　我们镇长安排的事，

真是十分稀奇，

他所知道的事

全都从他的一个仆人那里学到，

那仆人是开启他智慧的钥匙；

然而那仆人已抛下我们走了，

啊呀，镇长算倒了霉：

没有那小伙子，我们脑子空空，

没有了智慧，失去了勇气。

警　官　他那么有能耐？

桑　丘　他十分机智，

连犹太王所罗门①

也输他一等。

———————————

① 《圣经》中所说的犹太王所罗门，被称为智慧王。

镇　长　请注意，

　　　　那二十四个小伙子过来了：

　　　　一个个十分健壮，

　　　　像青松一样挺拔，

　　　　健康、潇洒又机灵。

　　　　那一个名叫笨蛋迭戈，

　　　　他的腿一点儿也不瘸；

　　　　另一个叫希尔·埃尔·佩拉伊莱，

　　　　他们俩善于蹦跳舞蹈，

　　　　就像吱吱喳喳的火烈鸟。

　　　　平加龙给他们伴奏，

　　　　无论奏出什么曲子，

　　　　他们俩都跳得优美，

　　　　人人都赞扬

　　　　我们想出的好点子。

　　　　那些剑舞

　　　　今天就收起不跳，

　　　　尽管菜农们不高兴，

　　　　吉卜赛男子们忌妒，

　　　　姑娘们干生气。

　　　　先生，你看如何？

　　　　这两个舞蹈者

　　　　身材和气质好不好？

法　警　如果我来评判，

　　　　我觉得还没有见过比这更糟的舞蹈；

　　　　如果你们去跳舞，

> 恐怕很难这样
>
> 轻松愉快地回来。

镇　长　先生,依我看

你有点儿吃醋。

我们就是要去,

这二十四个小伙子

一个也不会少,

因为这是新的创造,

要么得到赞扬,要么被人耻笑。

警　官　我已经警告你了,再见。

〔警官下场。

桑　丘　镇长,就按你的意思办,

因为你将看到,

试跳这种新鲜舞蹈,

会博得国王欢心。

镇　长　我相信这一点。桑丘,

这舞蹈得到

这么多的祝福,

我绝对放心。

桑　丘　你说得对:

回来时你将心宽体胖。

〔二人下场。两个瞎子上场,其中一个为鬼点子佩德罗。

另一个瞎子走到一家门口站住,佩德罗站在他旁边,寡妇

来到窗口。

瞎　子　涤罪所里的鬼魂们,

你们交了好运啦,

愿你们得到上帝的安慰，

在短时间内离开

这受尽的苦难，

佳美天使将像一个响雷

突然从天降临，

把你们带去安享幸福。

佩德罗　从这家起程

走向涤罪所的鬼魂，

从上帝的殿堂

飞来的天使二话不说，

让你们坐在靠椅或板凳上

向天上飞翔，

把你们带到天堂，

让你们观赏天堂的一派好气象。

瞎　子　老弟，到那家门口去吧，

因为那是我的家，

在这里祈祷有什么用。

佩德罗　我是尽义务祈祷，

不是为得赏钱，这当然好，

我可以随处祈祷，

不必担心会引起争吵。

瞎　子　好心瞎子，你是后天变成盲人的？

佩德罗　我从出生以来，

就处于黑暗之中。

瞎　子　我倒是曾有段时间看得见，

可是由于我的罪过，

　　　　　现在什么也看不见，

　　　　　只看到一个不幸者

　　　　　看得到的事。

　　　　　也许你会背诵许多经文吧？

佩德罗　我会背诵许许多多，

　　　　　朋友，不是我夸口，

　　　　　我都可以写出来送给众人，

　　　　　只有少数几篇经文我秘不示人。

　　　　　我会念孤魂经，

　　　　　神力摔跤经，

　　　　　这两篇经文百试百灵；

　　　　　圣吉利和安告休经，

　　　　　西班牙安乐雅经，

　　　　　还有许多别的经，

　　　　　篇篇经文优雅动听，

　　　　　字字珠玑动人心。

　　　　　我还知道送终经，

　　　　　共有三十零几篇，

　　　　　篇篇精美又动听，

　　　　　叫世上所有祈祷人

　　　　　个个动心，眼红心敬，

　　　　　因为无论走到哪里，

　　　　　我都是佼佼者中

　　　　　独一人。

　　　　　我会诵冻疮经，

　　　　　连那治疗

鼓胀病、瘰疬病，

以及给吝啬成性的人

治疗贪心病的经文都会念，

我还会背诵

治疗内心烦躁、

好奇多心的怪病经。

这许多经文我都会，并且惊叹

它们的奇效和上帝的慈悲。

瞎　子　我多想学会这些经文啊。

寡　妇　兄弟，等一等。

佩德罗　谁在叫我？

瞎　子　听声音，是这家的女主人。

尽管她富有，

却不随便花钱，

只是用来请人

祈祷把经文念。

佩德罗　对不愿花钱的主儿，

我就不愿开口：

如果她一不花钱，

二不求情，

我就闭口不吭声。

〔寡妇上场。

寡　妇　我站在窗口，

听到了他们的谈话，

得悉他的慈悲心肠

和能治疗疾病的

　　　　　许许多多经文，
　　　　　我想求他
　　　　　满足我的要求，
　　　　　为我念上几篇经，
　　　　　看他能否赏光
　　　　　给我情。

佩德罗（旁白）　如果把那个瞎子支走，
　　　　　我就给你念经。

寡　妇（旁白）　我马上叫他走。

佩德罗　太太,不管你给赏还是求情,
　　　　我决不会给你念经文。

寡　妇　朋友,请你走开,
　　　　过会儿再来。

瞎　子　下午三点我再来
　　　　念那几篇经文。

寡　妇　请走好。

瞎　子　老弟,
　　　　不论你是先天瞎
　　　　还是后天瞎,
　　　　再见。
　　　　如果想联系,
　　　　我家就在那边,
　　　　尽管穷酸矮小,
　　　　在那里你能找到
　　　　一颗甜美的心,
　　　　还能轻松地得到

　　　　　一个塞哥维亚的金币，
　　　　　如果你施舍奇迹或经文，
　　　　　就可以在我家自由自在、
　　　　　安安稳稳地享用。
佩德罗　好极了。我一定去
　　　　　拜访那充满爱
　　　　　和至诚热情的家，
　　　　　我将教你诵经文，
　　　　　算作付给你的客房钱。
　　　　　不管我到哪里，
　　　　　随身都带着
　　　　　四十篇奇妙经文，
　　　　　我的生活就可以过得
　　　　　像国王一样满足。

　　　〔瞎子下场。

佩德罗　啊,玛丽娜太太,
　　　　　尊姓是桑切斯,
　　　　　请你侧过耳朵
　　　　　细听一个瞎子的
　　　　　神谕宝训。
　　　　　从涤罪所走出、
　　　　　进入望乡楼的诸灵魂
　　　　　小心地安排,
　　　　　要把遭受的痛苦
　　　　　向他们的亲人宣示。
　　　　　他们让一个灵魂

小心翼翼,悄无声息,

变成一个

诚实的老头,

去经办一切,

向世人显灵。

他们给他一份

长长的名单,

千叮咛万嘱咐,

为的是让他们

减轻痛苦或得到宽恕。

这个灵魂已走近这里,

他变成一个诚实老头,

我见他身骑毛驴,

驴背上还驮着无数财宝。

裙裾里装满金币,

都是在阴曹地府

受磨难的那些灵魂的

亲属成堆成堆地

慷慨诚心的捐献。

当他们听到名单上

有亲人的灵魂在涤罪所

受苦遭磨难,

不管藏在哪儿的钱

都舍得拿出来。

甚至连那些怀胎的猫,

为了让受苦的魂得解救,

　　　　也都高高兴兴加速生出

　　　　金黄色的小猫崽。

　　　　我的玛丽娜太太，

　　　　这个魂儿今天下午来，

　　　　手拿那名单与你细细谈，

　　　　不过这需要你

　　　　绝对保密，

　　　　请你单独把他接待，

　　　　把你亲戚需要的东西

　　　　准备好交他带走，

　　　　你的亲戚们正受炉火烤炙，

　　　　你必须减轻他们的痛苦。

　　　　由这件事开始，

　　　　保证教会你念增福经：

　　　　这是至诚的捐献，

　　　　以此表明

　　　　自己的慷慨大方，

　　　　因此必须翻箱倒柜，

　　　　连一个小钱也不留，

　　　　全部献出，

　　　　分文不剩。

寡　妇　好心瞎子，

　　　　这个魂儿会给我带来音信？

佩德罗　他会把一切都告诉你，

　　　　还会把你的家谱

　　　　写成书面材料给你。

寞　妇　他来的时候，

　　　　我怎么认得出来？

佩德罗　我会让他

　　　　变成我的模样。

寞　妇　啊，我一定给你赏钱！

　　　　嗨，我该如何报答你！

佩德罗　在这类事情上，

　　　　值得把过去的积蓄

　　　　全都用上；

　　　　为了把一个魂儿

　　　　从苦难中救出，

　　　　再把他带到

　　　　不受苦的地方，

　　　　要甘愿实行

　　　　禁食和自我鞭笞。

寞　妇　你放心去吧，告诉那老头儿，

　　　　我很高兴等候他，

　　　　一见到他，就把我的心灵交给他，

　　　　这心灵体现为金钱、

　　　　谦恭和基督徒的胸怀：

　　　　尽管我手头拮据，

　　　　听你说，我亲戚的灵魂

　　　　受火刑、挨冻饿，

　　　　种种苦难不胜说，

　　　　我心中痛苦又难受。

佩德罗　你名不虚传，

慷慨又大方，

心胸宽又广；

一只美丽天鹅

为你而歌唱，

你的芳名

传扬四方，

向上飞至天堂，

在人世间

犹如大地广袤无边。

〔二人下场。马尔多纳多和贝丽卡上场。

马尔多纳多　贝丽卡，你瞧，此人定能

将你救出泥淖，

他机智聪明，

谨慎又灵敏，

定能令你钦佩。

为了追求你，

他甘愿做吉卜赛人，

把其他追求

全都放弃：

请你考虑再三，

是否该对他敞开胸怀。

据我观察，

他是世界上

最好的盗马贼，

坑蒙拐骗样样强，

手段高明是奇才；

現在他布下的一场骗局
已使我完全相信，
那真是空前绝后的好戏。

贝丽卡　你太容易迎合他的兴趣，
又太随便看轻我。
难道我没有向你透露过，
不能让我成为大人物的人
绝对不是我的好对象？

马尔多纳多　这足以证明，
你这种幻想
完全是依靠
你的年轻美貌；
可是人的青春
如白驹过隙，
转瞬即逝如花凋谢。
我想告诉你，
白日至暮天也会黑，
以为美貌比白日长，
就是胡思乱想；
以为娇俏美人
必定配伟丈夫，
往往是痴人说梦，
倒不如找个
门当户对的男子。
你这疯姑娘
赶快抛弃自我抬高

又自我限制的狂想，

切莫拐弯抹角地

寻找不属于你的福分。

结婚吧，要这个门当户对的男子吧，

我把他奉送给你，

就是向你献上

价值、荣誉和财宝。

〔佩德罗打扮成吉卜赛人上场。

佩德罗　马尔多纳多朋友，事情怎么样啦？

马尔多纳多　她是个心高气傲的姑娘，

这不得不令我叹服：

看来是柔中有刚，

人穷志高；

看来这姑娘

地位越卑贱，

志向越是高，

胡思乱想，

要插翅飞到天上。

佩德罗　由她去吧，她做得对，

切莫小看了她，

她的理想插上了翅膀，

上下翻腾飞翔，

因此我心中欢畅。

我本是无名鼠辈，

可也梦想成为王子、宰相，

甚至还妄想

　　　　　　　主宰天下，

　　　　　　　成为独一无二的帝王。

马尔多纳多　那寡妇的事如何？

佩德罗　这事儿成啦，

　　　　　　　比预想的还妙。

　　　　　　　如果不让她出血，

　　　　　　　我就不叫佩德罗。

　　　　　　　瞧，那伙人是打猎，

　　　　　　　还是在寻欢作乐？

马尔多纳多　依我看，是国王。

贝丽卡　今天我找对象的愿望

　　　　　　　一定要爬上这崎岖的山冈。

　　　〔国王及其仆人西莱里奥上场，二人都穿猎装。

贝丽卡　今天我要看个够，

　　　　　　　尽情大饱眼福，

　　　　　　　给心灵以享受，

　　　　　　　让畅想和视觉

　　　　　　　将我全身心

　　　　　　　在欢愉中浸透。

马尔多纳多　依我之见，

　　　　　　　你如此胡来，

　　　　　　　必定自找倒霉。

贝丽卡　然而谁也不能

　　　　　　　抵挡命运的力量。

国　王　吉卜赛人，请告诉我，

　　　　　　　是否看见一头受伤的鹿

从这里经过？

贝丽卡　陛下，见过。

我刚刚看见

它从这田野穿过，

脊背右侧

插着一枝粗大的箭。

国　王　那是一段投枪。

贝丽卡　谁的心

被爱神之箭射中，

创伤直透心灵，

即使逃遁

也难以忘情。

马尔多纳多　这姑娘在这里

表明了她的疯癫。

国　王　美丽的吉卜赛姑娘，你说什么？

贝丽卡　陛下，我说一件事：

爱情和猎人

具有同样的精神，

要求同样严格的条件。

猎人射伤野兽，

尽管它惊恐万状，

奋力逃奔他方，

然而无论它逃向什么地方，

身上总是带着创伤；

爱神用金箭

射伤心脏，

使他感情突然迸发，

即使他超越自我，

心中依然情绪激荡。

国　王　这么懂事的吉卜赛姑娘

委实少见。

贝丽卡　我是天生的好姑娘。

国　王　令尊是谁？

贝丽卡　不知道。

马尔多纳多　陛下，她是个迷乱的女孩：

整日胡话连篇，

头脑空空，

只想些

莫名其妙的傻事，

闹得她不知道

自己姓什么。

贝丽卡　说得好，

在你这个傻子眼中

我就是疯姑娘。

西莱里奥　你知道会交好运吗？

贝丽卡　我这坏丫头从来就想

把自己从卑微的地位

努力提高，再提高，

直达云霄。

西莱里奥　你为什么要提得这么高？

贝丽卡　不算高，还要向更高推进。

国　王　你真风趣！

贝丽卡　风趣得很,

　　　　我还要依靠这风趣,

　　　　将我的希望

　　　　推向天上。

西莱里奥　你真叫人好笑!

国　王　还令人惊讶。

　　　　咱们走吧! 糟糕的是,

　　　　有的人兴趣要受别人管制!

西莱里奥　陛下说的是王后。

贝丽卡　来去匆匆,

　　　　多不好。

　　　〔国王和西莱里奥下场。

佩德罗　贝丽卡,现在我明白,

　　　　我把爱情倾注在你身上

　　　　也许是很大的失误;

　　　　倒不如

　　　　把我的爱好

　　　　转到别的方向。

　　　　马尔多纳多,我去实施我的安排,

　　　　让那俭朴的寡妇

　　　　见见我指明的

　　　　那个老头儿;

　　　　我去穿上隐士衣裳,

　　　　那种朴实打扮

　　　　使她更易上当。

马尔多纳多　你去吧,你知道

我把那怪衣裳放在何处。

〔佩德罗下场，负责舞会的警官上场。

警　官　这里哪位是马尔多纳多？

马尔多纳多　老总，我就是。

警　官　上帝保佑你。

贝丽卡　老总，我的好老总，

　　　　这是奇迹！是什么风

　　　　把你吹到村里来的。

马尔多纳多　你说对了，

　　　　因为他是王宫里的人。

警　官　需要给林中行宫

　　　　派去一个

　　　　舞蹈队。

马尔多纳多　要给我们时间做准备。

警　官　会给的，从今天起两天以内，

　　　　国王从现在住的寺院里

　　　　搬到林中行宫居住。

马尔多纳多　一切遵命照办。

贝丽卡　王后同国王一起来吗？

警　官　那还用说，当然来。

贝丽卡　王后还跟先前那样

　　　　嫉妒又严厉？

警　官　据说是，不过我什么也不知道。

贝丽卡　她是王后，长得又俊，

　　　　依然不自信？

警　官　心气太高，

　　　　　　追求更多，

　　　　　　反而使自己糊涂。

贝丽卡　惊恐和担忧

　　　　总是伴随着爱神。

警　官　你小小年纪，就知道这种事？

　　　　我打赌，你的心灵

　　　　已落入爱神网中。

　　　　我走了，但还要回到这里来。

　　　　马尔多纳多，请多加注意，

　　　　那舞蹈可一定得办好，

　　　　既然办，就要办好。

马尔多纳多　我们必定全村出动，

　　　　　　多姿多彩载歌载舞。

　　　〔警官下场。国王的仆人西莱里奥和吉卜赛姑娘伊内丝

　　　上场。

西莱里奥　什么？那丫头那么刁？

伊内丝　老爷，她就是这样，

　　　　一点儿也不会改变，

　　　　爱发脾气爱吵闹。

　　　　她脑子里有幻想，

　　　　常对我们说，

　　　　或者她常梦想，

　　　　她一定要当公主或王后，

　　　　不愿与吉卜赛男子打交道，

　　　　动不动就同他们大吵大闹。

西莱里奥　现在机会来了，

　　　　　她可以大显身手，

　　　　　因为国王要见她，

　　　　　怕是有爱她的意思。

　伊内丝　萝卜青菜各有所好，

　　　　　没有什么规律。

　　　　　她幻想太多，

　　　　　心志比天高，

　　　　　也许只有国王

　　　　　才能满足她的愿望。

　　　　　就我而言，

　　　　　遵命照办，

　　　　　为了让你满意，

　　　　　一定把你的口信带给她。

　西莱里奥　如果软的不成，

　　　　　就来硬的。

　伊内丝　强迫不如自愿，

　　　　　若有兴趣，她自会急着去。

　　　　　我们一定会有舞蹈队，

　　　　　这事咱们以后再谈，

　　　　　若有兴趣，

　　　　　多难的事也能办成。

　西莱里奥　还有一事相告，

　　　　　这事可十分重要。

　伊内丝　什么事？

　西莱里奥　保密。

　　　　　因为王后是个醋罐子，

　　　　　无论什么事,

　　　　　只要不顺眼,

　　　　　就会让国王扫兴,

　　　　　我们也跟着倒霉。

伊内丝　请你走吧,

　　　　　我们的族长来了。

西莱里奥　好吧,再见,

　　　　　你要说服那个丫头,

　　　　　其他事都交给我。

　　〔西莱里奥下场。马尔多纳多和佩德罗上场,后者一身
　　　隐士装束。

佩德罗　那事办得太好啦,

　　　　　我怎么也难以描述。

马尔多纳多　天下最大的骗子

　　　　　在你面前也要低头。

　　　　　你有如此了不起的本领,

　　　　　可以看出

　　　　　你的智慧

　　　　　多么大,

　　　　　定是骗子精灵赋予你这本领。

　　　　　任何时候你都能得手,

　　　　　从不丢面子也不受气,

　　　　　你胸有城府比海深,

　　　　　嘴上有蜜比糖甜。

伊内丝　族长大人,

　　　　　国王那天下午等咱们去跳舞。

佩德罗　让贝丽卡发挥

　　　　我指点的精美技巧；

　　　　好好打扮，显示

　　　　她的娇艳容貌。

伊内丝　大名鼎鼎的佩德罗，

　　　　这次你也许会帮她交好运。

　　　　咱们去排练舞蹈吧，

　　　　要穿得花枝招展，

　　　　让所有的人都赞叹。

佩德罗　说得好，时候不早了。

　　　〔众人下场。国王和西莱里奥上场。

西莱里奥　启奏陛下，

　　　　　舞蹈队马上到。

国　王　我越来越焦急，

　　　　简直要失去耐心；

　　　　这比我想象的

　　　　还要缓慢得多，

　　　　事儿越临近，

　　　　越叫人着急。

　　　　你绝不能

　　　　让王后看到。

西莱里奥　我一定照陛下的意思办。

国　王　你告诉她，我如何喜欢

　　　　这个或那个，

　　　　总而言之，你发挥想象，

　　　　多多陈述我的愿望。

西莱里奥　如果爱神头脑清醒，

那就不必多费脑筋；

如果爱神不讲道理，

那就不怨我也不怨你。

国　　王　我明白自己的毛病，只怨我自己，

不需作任何辩解，

辩解也难讲清道理。

西莱里奥　王后驾到。

国　　王　你多加留意，

千万要机灵，

行事要合我心意。

因为这女人嫉妒成性，

有一双机敏的眼睛。

西莱里奥　陛下今天可以饱看

美丽的吉卜赛女郎。

〔王后上场。

王　　后　陛下，怎么不带我来？这成什么体统？

我真不知陛下怎么想。

国　　王　在夕阳西下的时候，

宁静多么令人惬意。

王　　后　我在身边就使你不痛快？

国　　王　这么说不好。

我是说，宁静之中

我的思绪随意飞翔。

王　　后　如果我看不见你，如果我

看不到你的身影，

> 任何事都会使我受惊，
>
> 要见你的欲望就会增长；
>
> 尽管这样做不够恰当，
>
> 然而如果陛下了解
>
> 爱神如主子般将我调遣，
>
> 就一定乐意耐心地同我在一起。

西莱里奥　　陛下，舞蹈队来了，

　　　　　　乐声已经可以听到。

　　　　〔传来铃鼓声。

国　　王　　如果你喜欢，

　　　　　　咱们就在这花丛中

　　　　　　看跳舞，这地方

　　　　　　舒适又宽敞。

王　　后　　好啊，就在这里看。

　　　　〔镇长克雷斯波和镇务委员迭戈·塔鲁戈上场。

镇　　长　　要我不对他讲？

　　　　　　你们想错了。他那样无礼，

　　　　　　我打赌，我一定要

　　　　　　向国王告状。

塔鲁戈　　克雷斯波，

　　　　　　我这边有礼了。

镇　　长　　你想骗我？

　　　　　　哪个是国王？

国　　王　　我就是。请问，

　　　　　　他们把你们怎么了？

镇　　长　　我不知说什么好。

陛下的奴仆，

瞧上去那么神气，

他们作弄我，

把我们的舞蹈队搞垮。

我倒是想不说出来，

然而还有比这更糟的事吗？

二十四个小伙子

个个挺拔潇洒，

原是要到这里来。

我不知国王为什么不严惩他们，

这些奴仆都不是好东西，

这样的坏家伙世上少有。

因为我禀告陛下，

我以我的热情，

作为一镇之长，

集合了这么多青年，

让他们化装并带上铃铛，

给陛下义务演出。

我不愿带姑娘们来，

因为那种舞太俗气，

而是请她们的兄弟

来跳个欢快的舞蹈。

他们穿得齐齐整整，

时髦又漂亮，

陛下的奴仆们一见，

便一拥而上，

　　　　　将泥巴污物抛向他们，

　　　　　把整个舞蹈队

　　　　　搞得落花流水。

　　　　　陛下，我的舞蹈队员

　　　　　是方圆百里的俊小伙，

　　　　　而那些奴仆却把他们

　　　　　糟蹋得不像样。

王　　后　你再把他们招拢来，

　　　　　我请国王等候。

塔鲁戈　即使有人愿意回来，

　　　　　也不能唱歌跳舞，

　　　　　因为他们一个个

　　　　　狼狈不堪，

　　　　　像落汤鸡一般，

　　　　　肮脏难看不好露脸。

王　　后　我倒愿意看看他们，

　　　　　哪怕叫一个来也行，好吗？

塔鲁戈　我试试看。

镇　　长　注意，国王在等着呐。

　　　　　塔鲁戈，我看任戈

　　　　　已太不像样，

　　　　　如果可能，你就把

　　　　　我的侄儿莫斯特任戈带来，

　　　　　他们看到他

　　　　　就知道其余人是什么模样。

　　　　　呸，宫里养了这么一帮子

坏事的奴才!

我原以为,国王手下的人

应该都是好样的,

一个个都该

彬彬有礼;

谁知从哪里出来

这帮大混蛋,

一肚子坏水

狠命向外泼。

他们如此作弄我们,

这场恶作剧证明,

他们表面上道貌岸然,

一肚子男盗女娼。

〔塔鲁戈带着莫斯特任戈回来。后者头上打双髻,发辫
长达耳际,穿齐膝长的绿呢裙,裙子滚黄边,绑腿上扎着
铃铛,上身穿紧身背心,敲着长鼓,却站在那里原地不动。

塔鲁戈　喂,克雷斯波,

我把莫斯特任戈带来了。

镇　　长　好小子,敲鼓吧,

国王陛下会看出

咱们下的功夫,

〔莫斯特任戈敲鼓。

镇　　长　和咱们如花的智慧。

小子,扭扭身子呀,

啊,你也学乡下乐师,

要我先跪下求你。

喂！你听到没有？

我的侄儿唉，看我的面子，跳舞呀！

塔鲁戈　　我看哪，

一定是鬼把咱们缠住了。

直起身来，真见鬼！

〔抓住他往上提。

镇　长　　这些混蛋奴才啊！

王　后　　算啦，算啦。

镇　长　　你这拗劲

今天可把我们坑苦了。

莫斯特任戈　我动弹不了了，

上帝啊！

西莱里奥　　这小伙子多娇气！

塔鲁戈　　怎么啦？

莫斯特任戈　我右脚的

一个趾头断了。

国　王　　由他去，

你们回去吧。

镇　长　　陛下一定得赐我恩典，

我是洪基约镇镇长，

如果陛下惩罚你的仆人，

我们再给您带个舞蹈队来，

无论舞蹈和服装

都十分考究像样。

〔迭戈·塔鲁戈、镇长和莫斯特任戈下场。

王　后　　这个镇长太厉害。

国　王　舞蹈员穿得真好。

王　后　聊天、拌嘴挺有趣,

　　　　这要给予奖励。

西莱里奥　现在来的

　　　　是吉卜赛姑娘舞蹈队。

王　后　不少吉卜赛姑娘

　　　　长得漂亮,

　　　　穿得也入时鲜亮。

国　王　一个国王竟为一个吉卜赛女郎

　　　　而心灵震颤,多么脆弱的心!

西莱里奥　陛下,在这些姑娘里,

　　　　您将看到一个特别优美

　　　　而漂亮的姑娘,

　　　　她还特别纯洁。

国　王　那当然值得一看!

王　后　为什么还不来?等什么呢?

　　　　〔乐师们身穿吉卜赛服装上场。伊内丝和贝丽卡以及两
　　　　个吉卜赛小伙子上场,他们全都衣着华丽,贝丽卡的打扮
　　　　尤为出众。佩德罗(打扮成吉卜赛人)和马尔多纳多也
　　　　上场。他们必须带来长鼓和两个排练好的舞蹈。

佩德罗　国王、王后陛下,愿上帝保佑你们,

　　　　我们这些谦卑的吉卜赛人向你们致敬,

　　　　我们要显示

　　　　我们的青春朝气。

　　　　我们要使这舞蹈

　　　　跳得光彩夺目;

然而能力有限，

难以达到要求的水平。

不过，无论如何，有贝丽亚在，

凭她的风度和双眼

就能消除陛下的不快，

让陛下笑逐颜开。

喂，天赐的吉卜赛姑娘们，

开始吧，开场大吉！

王　后　这吉卜赛男子一定是个好小伙。

马尔多纳多　你们两个往前去。

佩德罗　喂，贝丽卡，春之花，

伊内丝，舞蹈能手，

拿出你们的本领来，

把这个舞和别的舞跳出名气来！

〔众人跳舞。

佩德罗　那位姑娘跳快点儿！

注意，要踩到点上！

弗朗基亚，动作干脆点！

喂，希奈莎，使劲跳！

马尔多纳多　穿插走得快又快，

胳膊甩得高又高。

如果这还不是天堂之舞，

我就是笨驴一头白受苦。

佩德罗　嗨，动作利索，

脚要使劲踩，

胳膊和身子

要摆得更潇洒！

马尔多纳多　耳朵听着吉他声，

两脚移动快如风。

佩德罗　好啊，这三个姑娘跳得好！

马尔多纳多　那四个跳得也不错。

不过贝丽卡最出色，

有风度，优美又洒脱。

佩德罗　这可不是在大厅里，

我怕她们会绊倒。

〔贝丽卡在国王跟前摔倒。

佩德罗　瞧，可不是，贝丽亚

倒在国王跟前。

国　王　天下新的第八奇迹，

我当然该把你扶起；

我要让你明白，这样做，

是双手把我的心儿捧给你。

王　后　这样做得对，

国王很客气。

陛下这样平易，

亲自弯腰伸手

将吉卜赛女郎扶起，

把她举到陛下的高度。

贝丽卡　这表现了他的伟大，

因为在陛下身边

谁也不觉得卑微，

可是这已近乎不敬；

然而这一切

　　　丝毫不降低陛下的伟大，

　　　因为真正的浩大庄严

　　　不会轻易地消减；

　　　我感到，似乎我

　　　时来运转，连国王和王后

　　　也对我优礼有加。

王　后　我明白啦。

　　　这美人儿倒能享受

　　　这特权？

国　王　嘿，我的夫人，

　　　现在莫搅乱，

　　　尽情享乐吧！

王　后　这些轻浮的话

　　　令我心惊。

　　　把这些吉卜赛娘儿们带走，

　　　统统关进大牢：

　　　女色是祸，

　　　能征服任何人的心，

　　　这女色的威力显明可见。

国　王　一个吉卜赛姑娘就叫你嫉妒？

　　　这太不像话，

　　　不可忍受。

王　后　如果这姑娘不美，

　　　你作为一国之尊，

　　　这话就说得对，

然而事情并非如此。

马上把她们押走。

西莱里奥　这个决定好奇怪!

伊内丝　王后陛下,但愿这种嫉妒想法

不会令您烦恼,

也不会迫使您做出

毫无道理的突兀事件。

如果您愿意,

我想单独禀报您几句话,

这绝不是说,我想

以此逃脱牢笼。

王　后　把她们带到我的行宫去,

马上让她们跟我走。

〔王后和众吉卜赛姑娘下场。

国　王　只要她醋劲发作,

无不如此残酷。

西莱里奥　陛下,就我在这里所见,

我产生了怀疑,

我把您的愿望

告诉了那个吉卜赛女郎,

她却要私下

与王后谈话,

因此我怕她会把

您的意图统统报告王后。

国　王　我如万箭穿心,

已无任何惧怕,

因为我的运气

已不能更坏。

你过来,传我的旨意,

设法平息

王后的怒气,

消除误会和混乱。

　　〔国王和西莱里奥下场。

佩德罗　　既然你喜欢这行当,

　　　　　咱们可干了桩好买卖!

马尔多纳多　　我说,我好糊涂,

　　　　　傻呵呵呆如木鸡。

　　　　　贝丽卡突然被抓,

　　　　　伊内丝要与王后谈话。

　　　　　这事儿真叫我费脑子!

佩德罗　　而且可怕!

马尔多纳多　　就是嘛。

佩德罗　　至少我没有料到

　　　　　会发生这样的情况;

　　　　　我得乖乖

　　　　　退出吉卜赛人的事情。

　　　　　依我理解,

　　　　　是尊敬而神圣的

　　　　　上帝意旨,将我

　　　　　救出这困境。

　　　　　再见,马尔多纳多!

马尔多纳多　　等一等,

你想干什么？

佩德罗 不干什么。

我什么也不在乎，

四海为家，过惯漂泊生涯。

绳捆索绑

也不能把我留住。

马尔多纳多 这么点事儿就把你吓趴下，

我从未料到你竟是如此；

原以为你

气壮如牛，

敢于独挡千军万马。

佩德罗 纸上谈兵可以；

我倒是有别的能量。

你对我还不够了解；

马尔多纳多，你该清楚，

做人必须诚实、

谦逊，却不可胆大妄为；

要小心谨慎，防止出危险。

再见。

马尔多纳多 你有什么可害怕的，

不过，随你的便吧。

佩德罗 我告诉你吧，

为什么可怕：

君王们权力无边，

他们一旦发怒，

就无法无天。

马尔多纳多　　既然如此,咱们马上走开,

　　　　　　　这样倒也干净。

乐师们　　马尔多纳多,

　　　　　我们也都害怕。

马尔多纳多　　我也承认这一点。

　　　〔众人下场。

第 三 幕

〔佩德罗化装成隐士上场,身带三四个粗麻布褡裢,里面装满沙子。

佩德罗　　那个幸运的寡妇家,

　　　　　我是说,那个叫

　　　　　玛丽娜·桑切斯的家

　　　　　就在这里,

　　　　　由于她慷慨,那个灵魂就上天堂。

〔玛丽娜在窗口。

佩德罗　　当玛丽娜明白,

　　　　　她的丈夫比森特

　　　　　在烈火中受苦的时候,

　　　　　她的丈夫就能不费事地

　　　　　脱离那烈火;

　　　　　她的儿子佩德罗·贝尼托

　　　　　当然也放低了

　　　　　在黑暗地府烈焰中

　　　　　痛苦挣扎而

　　　　　发出的可怕呼叫;

　　　　　她的侄儿——脸上有痣的

马蒂尼科见到

正在为他准备

通向幸福的康庄大道,

也就不再干生气了。

寡　妇　神父,等一等,我马上下来,

如果让你久等,

请你原谅。

〔离开窗口,下楼。

佩德罗　感谢上帝,

我一工作,就有光给我照亮;

感谢引我进入

那窄小房间的人,

到了屋里,我一定毫不畏惧地

让舌头诚实、高兴而有效地说话。

记忆力啊,你莫失灵,

千万不要让舌头

一声不吭沉默不语;

你要十分小心地

使我高兴,

或使我悲伤,

脸上表情不停地变化,

使那寡妇对我信任,

使她既害怕又满意,

最后让她身上不剩分文。

〔寡妇上场。

寡　妇　神父,让我吻你的脚。

佩德罗　诚实的农妇,站住,

　　　　　不要碰我。你难道不知,

　　　　　贫寒人家

　　　　　不讲究礼节?

　　　　　处在痛苦中的灵魂们

　　　　　心中一点也不高兴,

　　　　　尽管充塞宫廷的礼仪

　　　　　一再向他们召唤,

　　　　　他们也不能接受。

　　　　　千百次的吻手,

　　　　　不如做一次弥撒,

　　　　　你的父亲会把这告诉你,

　　　　　这类宫廷礼仪

　　　　　你只能把它们当作笑料。

　　　　　朋友,在我告诉你

　　　　　我是谁之前,

　　　　　你先把我那个褡裢

　　　　　和另一个打死结的

　　　　　沉沉的褡裢都放好。

寡　　妇　放好了,先生,我知道

　　　　　你是谁,而且知道

　　　　　你是一心为了

　　　　　让那些灵魂得怜悯,

　　　　　而不是受酷刑。

　　　　　我知道你负有诚实的任务,

　　　　　总之我请求你告诉我,

我父母亲戚的灵魂

如何才可能得到

安息和宽恕。

佩德罗　你的丈夫

比森特·德尔·贝洛尔卡

需要七十个大金币，

才能赎罪

而得到千般好处。

你的儿子佩德罗·贝尼托

只需四十六个金币，

就能脱离那

阴暗的地方，

这样他就会感到

非常满意。

你的女儿桑恰·雷东达

求你爽快地答应

她的请求：

乐善好施，

等于给那深洞抛下一条绳子。

她需要五十二个

圆圆的黄铜板，

或者二十六个双料铜钱，

狱中的枷锁

就会被打碎。

你的侄儿马丁和基特里亚

关在一口井里，

空间窄小真难受，

在井底哭泣着

向你发出痛苦的呼声。

他们要求你

向神圣的虔诚祭坛

献上十个双面多乌隆①，

因为在马丽娜的众多

贵重物品中有许多多乌隆。

你的好舅舅桑丘·曼洪

在一个湖里

又渴又冷受煎熬，

他哭哭啼啼求你

出钱挽救他。

他只要十四个新铸的

杜卡多银币，

我愿舍命把钱扛在老肩上，

统统给他送去。

寡　妇　先生，你有没有在那边

看到我姐姐桑恰？

佩德罗　我看到她在一个坟中，

上面盖着一块青铜板，

那板子重又硬，

我从上面走过时，

她说："我在这里痛苦哭泣，

---

① 西班牙古代金币名。

如果能触动你的心，

你现在要去阳世，

就请告诉我妹妹和表妹，

我一心想离开

这黑暗的世界，

走向明亮的天地；

慷慨施舍

就是给黑暗以光明。

我妹妹只要知道我的痛苦，

就会爽爽快快

给我三十弗罗林①，

她很理智，不爱钱，

愿意了结我的痛苦。"

我见到许多人，

你的亲朋好友和仆人，

他们都向你求援，

有的要两个杜卡多，

有的需要马拉维迪②；

我拿起笔来，

一一记下，

总数达到

二百五十个金币，

现在我把这事告诉你。

————————

① 西班牙古代钱币名。
② 钱币名。

你不必害怕，

我交给你的第一个口袋，

如果我没有记错，

是一个极为豪爽的

餐馆主人给我的，

只因为她的女儿

躺在深洞中，

炭火烧灼实难受，

为了让她娇嫩的双腿

少受烤灼苦。

我交给你的

第二个口袋，

是一个赶骡脚夫给我的，

他是世上伟大的脚夫，

是个坏东西，可是信基督。

口袋里装满

上好的砂金，

有了这个，地底下的灵魂们

苦涩的工作

变得甜如蜜。

伟大的女人啊，

强壮善良的女人啊，

没有任何东西阻挡你

为所有受苦的灵魂

减轻痛苦！

把阻塞着

　　　　你说话的难处抛开，

　　　　以平静的声音说：

　　　　"主啊，只要你响亮、神圣的声音

　　　　吩咐，我全都照办。"

　　　　高高兴兴、痛痛快快

　　　　把钱钞统统交到

　　　　这双粗糙的手上，

　　　　最最残酷的火焰

　　　　也会消减而变为烟。

　　　　如果突然看到

　　　　有个善舞的灵魂由奴隶变为贵人，

　　　　在天上潇洒地跳舞，

　　　　你将作何感想？

　　　　无论你走到哪里，

　　　　也不论你在何方，

　　　　都将听到

　　　　今天被你解救的灵魂

　　　　对你的赞扬！

　　　〔寡妇把褡裢还给他。

寡　妇　给你，请等一会儿，

　　　　我立刻回来，

　　　　把你要的都拿来。

　　　〔寡妇下场。

佩德罗　愿上帝保佑你

　　　　生活愉快、平安又宁静。

　　　　虽然在这事中可以发现，

这是个坚强的女人，

只有在《圣经》中才能找到。

玛丽娜，祝你活得有福，

死了也交好运。

贝丽亚，美丽的吉卜赛姑娘，

尽管你不喜欢

我追求你，

但是你完全可以享受

这场骗局得到的成果。

这笔钱足够

演出舞蹈

和化装的花销，

因为我希望你不致因缺钱

而不能实现你的愿望。

〔寡妇抱着一个装满钱的钱袋上场。

寡　妇　尊敬的老头儿，请收下，

你要的，都装在这钱袋里，

我还愿意出更多的钱。

佩德罗　玛丽娜，你按基督徒的做法

把你的钱给了我。

越过这山冈

一步就跳到罗马，

再一步跳到世界中心；

我对他人负责，

请收下我的祝福，

保你牙齿健康，

　　　　　　保你不受骗上当，
　　　　　　整天喜气洋洋。
　　　　　　夜里见到流动哨，
　　　　　　不会担心害怕。
　　　　　　在黑暗的大厅里
　　　　　　最胆小的心灵
　　　　　　也能展翅飞翔，

　　　　〔祝福她。

佩德罗　带走伟大的鬼点子
　　　　　　佩德罗的祝福。

　　　　〔佩德罗下场。

寡　妇　灵魂们在不停思虑，
　　　　　　害怕那日子艰辛，
　　　　　　据他们说，去涤罪所的路
　　　　　　是一个劲儿的下坡。
　　　　　　灵魂们的忠实代表啊，
　　　　　　你顺坡滚下，飞快直达
　　　　　　那黑暗深渊，
　　　　　　或痛苦哭泣的深谷，
　　　　　　把我慷慨交给你的钱财
　　　　　　为他们花销赎罪。
　　　　　　我给你的每一个金币
　　　　　　和每一个铜板，
　　　　　　都带着我的一颗心，
　　　　　　似乎这件事令人迷惑，
　　　　　　只好像变得一无所有。

我把钱袋交出以后，

就变成了一个

遭受苦难的幽灵，

然而踩着我信念的肩膀

我走向宁静的天堂。

〔寡妇下场。王后上场，手拿着用头巾包着的首饰；同她
一起上场的有老绅士马尔塞洛。

王　后　马尔塞洛，我要请你

回答我几个问题，

不过这并不

妨碍你保密，

因为这不会让你

面临身败名裂的境地。

马尔塞洛　王后陛下，您太客气，

还谈什么请不请，

尽管随意问吧。

因为我的声誉和生命

全都拜倒在您的脚下，

这正是我最乐意的事。

王　后　这些价值连城的首饰

现在属于谁，过去又属于谁？

马尔塞洛　我的主子有一段时间

是这些首饰的主人。

王　后　那怎么落入他人之手？

我很想了解

到底是怎么回事：

　　　　　是赠予还是被偷窃？

马尔塞洛　这是被大地掩盖的

　　　　　过失或耻辱。

　　　　　无论耻辱或过失，

　　　　　都是真诚的爱情铸就，

　　　　　我要打破沉默，

　　　　　再也顾不得这是否会

　　　　　伤害死者或健在者，

　　　　　以前我却只顾全他们的面子。

　　　　　在一个漆黑的夜里，

　　　　　大雾笼罩着大地，

　　　　　王后陛下，我正在那里

　　　　　犹豫地等候

　　　　　您赐我为妻的

　　　　　那位姑娘，

　　　　　菲丽克斯·阿尔瓦侯爵夫人

　　　　　（上帝已将她请入天堂）

　　　　　带着吉卜赛人口音

　　　　　焦急地对我说："先生，

　　　　　愿您心想事成，

　　　　　不管您是谁，

　　　　　在这危难时刻，

　　　　　我向您乞求，

　　　　　请显示您基督徒的胸怀。

　　　　　请细心照料这宝贝，

　　　　　她有幸，但更高贵；

请给她洗礼，

还要给她取个名字。"

说到这里，

她用发辫当绳子

吊下一个香白藤

编的小筐。

那时候我满腹狐疑，

好奇、惊讶又心疼，

因为我听到一个婴儿

在小筐里啼哭，

那哭声像是新生儿。

总之，您马上会知道

这奇怪故事的结尾，

当时我立刻动身，

一点儿也不敢怠慢，

从城里赶往

在山上的那个村庄，

因为路程不远。

可是老天自有安排，

黎明时中途

经过一个吉卜赛人村庄，

那里有个贫寒的茅舍。

一个不甚年轻的吉卜赛女郎

送礼又乞求，

从我怀中将那婴儿抱走，

当时她把裹着婴儿的布解开，

发现在带子中裹着这些首饰，

我马上认出，

都是王后陛下弟弟的。

我把首饰留给婴儿，

那是个美丽的女婴，

几小时前出生后

就被放在筐中；

我拜托这女人抚养她，

给她洗礼，叮嘱这女人

给她穿的衣服朴素不要紧，

然而一定要洁净。

可是奇事还在后头：

我向陛下弟弟

报告此事后，他说：

"马尔塞洛，那女孩

连同那首饰，都是我的。

菲丽克斯·阿尔瓦侯爵夫人

是她的母亲，

也就是我梦寐以求的对象，

是我痛苦渴求的荣光。

这是不足月的分娩，

只怨没有好好保养。

由此得到一条经验，

凡事多思，切莫莽撞。"

说到这里，所有寺院教堂

都把钟叮当敲响，

哀伤的钟声四处回荡。
这哀伤的齐鸣
表明她是个要人,
将造福人间。
这时一名小厮进来
报告一件事情,
他说:"老爷,我的女主人
菲丽克斯·阿尔瓦已归天。
是昨晚突然撒手离去,
正是为了她,老爷,
才有这么多钟敲响,
才有这么多人哭泣。"
听到这个噩耗,
陛下您的弟弟顿时惊呆,
双目不动失去光彩,
全身木然如痴如呆。
过了一会儿他回过神来,
一开口就对我说:
"你让人抚养这女孩,
不要夺走她的首饰;
让她长成吉卜赛人一样,
等她长大以后
也别让她得知她自己的身世,
这是我的意愿,要照办不得走样。"
两小时以后他起程奔赴边关,
以一杆长矛阻遏摩尔人进犯,

用对过去的回忆

聊以自慰消磨时光。

他经常给我写信，

要我看顾贝丽卡

——他就这么称呼她，

要我十分珍爱她。

我不清楚他的意图，

根本不明白

他为何不愿让她知道

如此奇特而伤心的身世。

有人告诉这姑娘，

她是一名吉卜赛窃贼偷来的。

因此她自己想象

是贵人的女儿。

我多次看见，

她的言行

好像她头上

已经戴上王冠。

她的奶母死了以后，

所有的首饰都留给

她那另一个女儿，

尽管这姑娘不像她那么美丽、年轻。

这位姑娘现在拥有那些首饰，

然而她并不知道

她母亲所了解的事，

也不知道谁是

伊莎贝尔①的双亲。

伊莎贝尔就是陛下的侄女，

她俏丽又健美，

机智又潇洒。

以上所说就是我对陛下所问

——这些首饰是别人赠予

还是偷盗而来的回答。

现在看到这些首饰在这里，令我惊奇。

王　后　这奇怪的历史

我已了解一半，

这一半和另一半合成一体，

毫无半点差异。

不过，请告诉我：

你是否认识

你所说的那美丽的吉卜赛姑娘？

马尔塞洛　陛下，我对她极为熟悉。

王　后　请你在此稍候片刻。

〔王后下场。

马尔塞洛　是谁把这些首饰带来？

真是若要人不知，

除非己莫为！

我披露此事对不对？

不对，因为谁嘴快，

说话欠考虑，

---

① 即王后弟弟的私生女，亦即剧中人贝丽卡。

　　　　　肯定会惹事。
　　　　〔王后、贝丽卡和伊内丝上场。

王　后　是不是那位先生
　　　　以前来看过你妹妹？

伊内丝　是的，
　　　　我见过他不止一次
　　　　同我母亲联系。

王　后　她长相像我弟弟，
　　　　加上这事实，
　　　　我可以认定
　　　　站在我面前的，是我的侄女。

马尔塞洛　陛下完全可以相信：
　　　　您手拉着的这位姑娘
　　　　是您弟弟极为喜爱的
　　　　心肝宝贝。
　　　　出于对她父亲的考虑，
　　　　上帝把她造就成世上无双的姑娘，
　　　　也由于她母亲的原因，
　　　　上帝将她造就成杰出的姑娘，
　　　　而她本人，如此美貌，
　　　　值得世人珍爱。

　　　　〔国王和一位绅士上场。

国　王　事情明明白白，
　　　　嫉妒者必疯癫。

王　后　我的陛下，应该说，
　　　　嫉妒者必有爱心。

国　王　嫉妒是暴怒，
　　　　而爱心必定无暴怒；
　　　　好事儿不会产生
　　　　恶劣的效果。

王　后　就我而言，与此相反，
　　　　嫉妒使我心里难受，
　　　　然而总是由于我对陛下
　　　　深切的爱才引起嫉妒。

国　王　如果要报复我，
　　　　我可以告诉你，
　　　　你腹中的狐疑
　　　　缺乏任何根据，
　　　　更无任何理由
　　　　可以指责我。
　　　　如果你好好考虑，
　　　　我并非那种轻佻人，
　　　　竟能对如此卑贱的吉卜赛姑娘
　　　　低下我高贵的头。

王　后　陛下，您瞧，她是个丽姝，
　　　　在奇异美丽的后面
　　　　隐藏着高贵
　　　　和强大的力量。
　　　　从我的眼睛，您可以看到
　　　　她那一双美丽的眸子。

国　王　你想让我生气，
　　　　可也不能使用这种手段。

王　　后	为什么请您看一个
	姑娘,您就生气?
	可她除了美丽,
	还是我的侄女。
贝丽卡	伊内丝,这是怎么回事?
	依我看,
	他们是在嘲弄我。
伊内丝	别吭声,以后你自会明白。
王　　后	陛下,您这粗心人,瞧瞧她,
	再告诉我,她像谁。
国　　王	在我看来,她活脱是
	又一个罗沙米罗。
王　　后	不过分,因为是他的女儿,
	我请陛下要这样看待她。
绅　　士	王后陛下,这不是开玩笑吧?
王　　后	事情一清二楚,
	怎能是玩笑。
国　　王	如果你不是开玩笑,
	这样的新鲜事
	实在使我惊喜。
王　　后	伊莎贝尔,到国王跟前去,
	请他把手伸给你,
	给予待我弟弟女儿的礼遇。
贝丽卡	我如奴婢一般走向他。
国　　王	美丽的姑娘,抬起头来,
	看你的相貌,

　　　　　完全可以相信，

　　　　　你将交更大的好运。

　　　　　可是，夫人，你告诉我：

　　　　　你是怎样得知这事的？

王　后　尽管事情明白又简单，

　　　　　现在可不是说的时候。

　　　　　咱们回城去吧，

　　　　　在路上陛下就会知道

　　　　　那可靠的事实。

国　王　走吧。

马尔塞洛　陛下，不必怀疑，

　　　　　事实非常清楚，

　　　　　因为她的脸庞是明证，

　　　　　而我，是当事人。

　　〔众人下场，伊内丝和贝丽卡留在后面。

伊内丝　贝丽卡，现在你

　　　　　是王后的侄女，

　　　　　请把你这双宁静的眼睛

　　　　　多多看顾咱们穷苦人。

　　　　　你该记得，咱俩

　　　　　不止一次同盘吃饭，

　　　　　咱俩不止一次

　　　　　辛辛苦苦地一起跳舞；

　　　　　尽管咱俩多次

　　　　　蓬头垢面干营生，

　　　　　我对你一直是

　　　　看重又尊敬。

　　　　你已高升显贵，

　　　　可以为咱穷吉卜赛人谋福；

　　　　你有足够的能力

　　　　让许多吉卜赛姑娘幸福。

　　　　要充分利用

　　　　你这显贵的身份。

贝丽卡　伊内丝，给我一份申请书，

　　　　我就给大家办理。

　　〔二人下场。鬼点子佩德罗上场，他一身学生装束——

　　　　身着长袍，头戴圆帽。

佩德罗　人们都说

　　　　自然界千变万化，

　　　　乐趣无穷美韶华，

　　　　此话有理丝毫不假。

　　　　老吃一个菜

　　　　令人乏味；

　　　　一条胡同走到黑，

　　　　明智者决不愿意；

　　　　一条胡同走到黑，

　　　　这么走令人生气。

　　　　老穿一套衣服讨人厌。

　　　　总之，变换花样

　　　　可以开阔心境，

　　　　能令精神安宁。

　　　　当上帝把我带走的时候，

我将极有成就，

因为我可以说，在世上

我是第二个普罗透斯①。

上帝保佑我，瞧我

更换了多少套服装，

改换了多少个行当，

我使用的语言又是多么甜蜜！

现在我扮成学生，

为的是躲避王后，

因为我的命运变幻不定，

真害怕突然倒霉送命。

可是，我为什么老觉得

自己的成功没把握？

既然是我们的灵魂

在不停的运动之中，

上帝已经把我抛到

最用得着我的地方。

　　〔一个农夫提着两只母鸡上场。

农　夫　这两只鸡没有卖掉，

　　　　好像今天是礼拜二。

佩德罗　老兄，拿来看看；

　　　　过来，老兄，你为什么发愁？

　　　　这是两只大肥鸡，

　　　　每只鸡都可以

----

① 希腊神话中的一个早期海神。

表达你的慈善心意。

愿上帝保佑你,你把鸡留下,

从远处看着它们,

就像对待圣物一般,

你对着它们歌唱,将它们装扮,

将它们向上帝祭献。

农　夫　只要你给钱,将它们祭献

或当圣物一样供奉,

或干其他什么

都由你。

佩德罗　要是用这两只鸡

使一位最受人尊敬的

基督徒

实现愿望,

就是给你付钱

也是既神圣又公正的。

农　夫　先生,依我看,

你的打算是妄想。

　〔两名丑角上场,他们分别称为一号、二号。

佩德罗　你虚伪又恶劣,

因为你不尊敬

我这个心情忧郁的人,

像我这样的人

无论如何也不会干坏事;

有两个人

为了实现神圣的愿望,

　　　　被囚禁在阿尔及尔，

　　　　他们现在健康又活泼，

　　　　我决心用这两只母鸡

　　　　将他们救出。

一号丑角　这个故事很重要。

　　　　这个教堂司事是干这个行当的先生，

　　　　却在扮演托儿的角色。

佩德罗　啊，钱迷心窍，

　　　　心里嫉妒又刻薄！

　　　　为从暴君手中

　　　　救出两个基督徒，

　　　　只需献出区区两只鸡，

　　　　你竟然要逃避，这算哪门子的事？

　　　　叫你不得好死！

农　夫　喂，小子，你说，

　　　　我的母鸡难道

　　　　一钱不值？娘的！

　　　　我就那么愿意

　　　　把它们白白扔掉？

　　　　让有钱人、当官的、

　　　　教士、慈善人

　　　　赎出这两个基督徒；

　　　　可是我不干活，

　　　　就没有银钱。

一号丑角　咱们要阻止这骗局。

　　　　你是个令人厌恶的人，

满脑子坏主意，

一肚子黑心肠，

没有一点儿能讨人欢喜。

佩德罗　对我的诅咒，

对我的辱骂，

都会让你自己倒霉，

等你被关进

非斯①大牢，

看你是否

对募捐两只母鸡

再说三道四。

啊，铁石心肠，

你完全是魔鬼！

唉，卑贱的人呀，

口出秽言，

竟要达官贵人

向卑贱的俗人

苦苦求告！

农　夫　去你妈的！把母鸡还我，

我可不能

施舍。

一号丑角　那两个胖子都是要人，

赎取他们，十分重要，

① 今摩洛哥北部大城市。古代是摩尔人的重要据点，许多天主教俘虏被关押在该地。

　　　　你这等人哪能知道！

　　　　我十分清楚，

　　　　他们身材高大，满脸胡子，

　　　　腰杆粗壮，奇形怪状，

　　　　在我看来，他们价值

　　　　三百多个杜卡多，

　　　　却只要用两只母鸡

　　　　就能赎出他们。

　　　　你瞧瞧，这乡巴佬

　　　　多没见识，

　　　　心肠多么卑劣！

　　　　这类人就是如此，

　　　　卑劣又小气，

　　　　吝啬又贪婪！

农　　夫　　不管怎么说，

　　　　这里还有衙门和公义。

　　　〔农夫下场。

佩德罗　　而我有一张嘴巴和一双腿，

　　　　你们等着瞧吧。

一号丑角　　你是个阴险家伙，

　　　　彻头彻尾是

　　　　骗子堆中的人物。

二号丑角　　你就随他干去吧，

　　　　反正他已把东西留下，

　　　　让他去吧。

一号丑角　　那好，现在咱们怎么办？

佩德罗　　随你们的便。

　　　　　　先把鸡毛拔了，

　　　　　　然后寻找

　　　　　　一间草房或小酒馆，

　　　　　　坚决彻底

　　　　　　把它吃光：

　　　　　　出于伙伴之谊，

　　　　　　从现在起，

　　　　　　我甘愿放弃一切跟你们走。

二号丑角　　这非常不方便：

　　　　　　我们先得试试。

佩德罗　　那你告诉我：二位是不是丑角？

一号丑角　　很不幸，我们是丑角。

佩德罗　　我愿放弃安乐来苦干，

　　　　　　我愿放弃拥有的财富，

　　　　　　把我这微贱之躯变成巨人；

　　　　　　我极为企求的、

　　　　　　我所希望的一切，

　　　　　　全都寄托在你们身上。

二号丑角　　你发什么疯，

　　　　　　竟产生这种狂想？

佩德罗　　我一定要当丑角，

　　　　　　我准会干得出色，

　　　　　　将我的名声传扬，

　　　　　　从东到西，

　　　　　　从南到北。

我的事迹将到处传扬，

山南海北，

天东地西，

无人不晓

我的大名尼科拉斯，

敝姓里奥斯：

这个名字其实是指

那位教我懂得

人世如何残酷的魔法师，

他虽是个盲人，

却看到许多骗局。

我这名字将用

俚语和官话

在农舍和华屋传扬，

而现在这鬼点子佩德罗

将被人们遗忘。

二号丑角　先生，你所说的一切，

我们简直是

一窍不通。

佩德罗　给你们介绍我的历史，

至少现在

完全没有任何

必要和意义。

你们瞧：

如果我当丑角交了好运，

你们将是

我具有机智头脑的见证人，

我将主要是在

演出幕间短剧中

临场发挥才智。

〔另一丑角上场。

三号丑角　你们难道不知道

已是排练的时候？

国王要看喜剧，

而剧本作者已经等候一个半小时。

你们太粗心大意！

一号丑角　嗨，我们走快一点，

就把损失的时间补回。

小伙子，来吧，今天我要

设法让你当演员。

佩德罗　如果我当上演员，

至少我所知的剧本

都能上台演出。

时机一到，

那演出的效果

会使人猜测，

一定是能说会道的神仙

附在我身上。

我既会演乡绅员外，

又会演主教、学生，

连皇帝这角色也可承当，

因为丑角是演

　　　　　所有角色的职业；

　　　　　尽管这活儿苦又累，

　　　　　苦中有乐，意趣无穷，

　　　　　因为演的都是风趣事，

　　　　　只要你演得妙，

　　　　　丑角名声自然会传开。

　　〔众人下场。一名剧本作者和两名丑角（以数字编号）上
　　场，前者手持喜剧剧本。

作　者　警官大人，

　　　　　您真是宽宏大量，

　　　　　从有关情况来看，

　　　　　连我也会失去耐心。

　　　　　真要命！闹了二十天，

　　　　　这喜剧还没有排练好，

　　　　　这是怎么回事？

　　　　　算我倒霉。

　　　　　这令我不解，

　　　　　叫我生气，

　　　　　领口粮的时候，

　　　　　一个人也不少，

　　　　　到排练的时候，

　　　　　东寻西找，

　　　　　大呼小叫，

　　　　　却一个人也找不到。

佩德罗　如果我愿意，

　　　　　我就能巧妙地使你变成

一个聪明的骗子，

一个机灵的饶舌鬼。

作　者　如果你不是吹牛教师爷，

定然胸有成竹办法多。

佩德罗　我的知识不亚于

滑稽明星；

滑稽明星该具备的

一切古怪条件

尽管万万千千，

我全都拥有。

首先要有好记性，

第二舌头要灵巧，

第三必须有风度，

仪表潇洒令人羡。

如果扮演美男子，

体态端庄不可少，

举止得体要像样，

谈吐风趣引人听。

无论严肃的老人，还是灵巧的青年，

什么角色都能投入地扮演，

若是扮演衣冠楚楚的情郎，

醋劲发作时要大吵大嚷。

朗诵声音要宏亮，

语调顿挫又抑扬，

形象生动又活泼，

生活的一切都能表达。

凡是诗歌韵文，

就用灵巧的舌头吟诵，

要把呆板的寓言

吟诵得生动活跃。

要一会儿说得

人们笑出眼泪，

又一会儿说得

人们号啕大哭。

要使听众们的表情

跟着你的表情变化，

如能做到这一点，

就是优秀的演员。

〔负责喜剧的警官上场。

警　官　你们还这么慢慢腾腾？

难道我得等着你们聊完？

看来你们不知道

宫里的新闻。

走，你们这么懒散

实在叫我生气。

国王和王后正在等候

他们的新侄女。

作　者　什么侄女？

警　官　是一个吉卜赛姑娘，

据说她非常漂亮。

佩德罗　恐怕是贝丽卡。

这是真的吗？

警　官　当然啦，

　　　　如果不是真的，

　　　　那就再不会有真事了。

　　　　我的女主人王后陛下

　　　　想给她举办联欢会。

　　　　来吧，到那里你们就知道

　　　　究竟是怎么回事了。

佩德罗　我同你们一起去，对我固然好，

　　　　然而对你们剧团更好。

作　者　接受你加入剧团，

　　　　同我们一起干这快乐的行当；

　　　　你的奇特思路

　　　　将赢得更大奖赏。

　　　　走吧，过会儿咱们再谈，

　　　　来吧，咱们排练一个短剧，

　　　　试试你的才能

　　　　是否像你自己所说。

佩德罗　你将看到

　　　　谁都赶不上我。

警　官　先生们，时候不早了。

作　者　还缺人吗？

一号丑角　不缺了。

　　　〔众人下场。国王和西莱里奥上场。

国　王　无论穿什么衣服，

　　　　她都显得美丽：

　　　　吉卜赛姑娘，真让我爱煞你，

姑娘啊,你真让我想死了。

亲戚关系也不能

减弱我的渴望,

这渴望越来越强烈,

我的心为此而惆怅。

〔吉他声起。

国　王　咳,这是什么音乐?

西莱里奥　也许是演员们来了,

您瞧,就在那边。

国　王　这次联欢会成为我的伤心日,

心里既有这种渴望,

我只想一人独处,

平息那撞击我的

情海波浪。

可是你呀,好像

他们在歌唱我的历史,

这表明,我的历史

将彪炳千古。

〔乐师们唱着小曲上场。

乐师们　吉卜赛姑娘们在跳舞,

国王将她们细端详;

王后不快醋劲发,

下令将她们捉起来。

为了讨国王和王后欢心,

贝丽卡和伊内丝

为国王卖力表演

吉卜赛舞。

贝丽卡跳得头晕,

一头栽倒在国王身边。

国王出于礼貌

将她小心扶起;

然而贝丽卡

长得过分美丽,

王后心生嫉妒,

下令捉走两个丽人。

西莱里奥　他们唱得很投入,

竟没有看到咱们。

国　王　他们一定唱得

忘了一切。

乐师甲　国王在这里。嘘!

咱们唱的小曲

也许不能讨他欢喜。

乐师乙　国王一定不高兴,

因为这是个新曲,

内容说的无非

是谁都知道的

甜蜜的尴尬事:

王后生来爱吃醋,

这原是女人本性:

对丈夫都不放心。

国　王　你真明白!

天知道你是怎样打听到的。

西莱里奥,她们一起来了,

难煞我也,叫我如何是好?

西莱里奥　要献出一片诚心,

一会儿假,一会儿真。

〔王后、贝丽卡、伊内丝、马尔多纳多、剧本作者、镇长马

丁·克雷斯波、鬼点子佩德罗等人上场。贝丽卡已作贵

妇人打扮,伊内丝仍为吉卜赛女郎装束。

佩德罗　过去的贝丽卡呀,

现在您已是著名的伊莎贝尔,

闻名的骗子佩德罗

跪倒在您脚下,

我惯于胡作非为,

为了扬名四海

已把鬼点子佩德罗的大名

改为尼科拉斯·德·洛斯·里奥斯。

我是说,在您面前

是您熟悉的佩德罗,

已由吉卜赛人变成

一个著名的丑角,

如果您不亏待他,

他愿再为您效力。

你我心气都很高,

现在结论做出了:

我的狂想不过是虚幻,

你的狂想已经成现实。

各人运气不一样,

有人堂皇又荒唐，

假模假式当大爷，

却像真的一样。

我这丑角马上当皇上，

如果喜剧中有这种角色；

而您这位听者，

正儿八经地成为半个王后。

为了给您效力，我玩世不恭，

如果您在高升之后

仍不愿意忘记过去，

请您实实在在地给予赏赐；

如果在荣华富贵之中

个别人仍保持谦卑，

那是因为原来的低贱

或多或少仍留在记忆中。

不过您的人品

令我十分满意，

您这好心人

决不会忘恩负义。

为了王后陛下

善良的心地，

为了这个向您低头行礼的人

——曾为您而甘愿当吉卜赛人，

请您求国王恩准一件事，

此事随着光阴飞逝，

不仅是好事而且愈显有益，

　　　　　因为它将符合我的心意。

国　王　我当然恩准，

　　　　你随意说吧。

佩德罗　既然我的要求合理，

　　　　我就不怕公开宣布。

　　　　众所周知，演戏

　　　　是一种职业，

　　　　它既教育百姓，

　　　　也使他们得到娱乐，

　　　　为此就必需

　　　　技艺高超，

　　　　苦干钻研，

　　　　能给予又能获取，

　　　　任何人也不得

　　　　让演员们演出

　　　　既无教育又无娱乐作用的戏。

　　　　不可随心所欲

　　　　让面包师当剧本作者，

　　　　而是首先要经过考试，

　　　　或者具有戏班的证明。

　　　　如此这般，众人才会

　　　　对演出精益求精：

　　　　因为演戏是个好职业，

　　　　如果追求那高尚目的。

贝丽卡　我一定请国王陛下

　　　　恩准你的请求。

国　王　一定恩准,而且对你

　　　　　有求必应。

王　后　现在我对国王对她的态度

　　　　　和为她所做的一切

　　　　　都改变了看法,

　　　　　我不仅为之高兴而且钦佩。

　　　　　我已经对陛下、对她

　　　　　都同样相信:

　　　　　在我对你的嫉妒之中

　　　　　你已成为我的侄女宝贝。

　　　　　既然上帝安排

　　　　　不让我的嫉妒

　　　　　酿成一场悲剧,

　　　　　咱们就高高兴兴听戏吧。

　　　　　以后再把这喜事

　　　　　通知我弟弟。

　　　　〔王后下场。

国　王　我已经把她搂入怀抱,

　　　　　可以用手将她抚摩。

　　　　　啊,这都是胡思乱想!

　　　　　这种事已经不可能,

　　　　　国王们的希望

　　　　　完全是不能实现的疯狂!

西莱里奥　陛下不必烦恼,

　　　　　亲戚关系未必能

　　　　　阻挡陛下美事成真。

国　王　说得对;然而现在急煞人。

　　〔国王和西莱里奥下场。

马尔多纳多　贝丽卡小姐,等一等,

　　　　　　瞧,我是马尔多纳多,

　　　　　　是你的族长。

贝丽卡　我的身份已变,

　　　　此地不便久留,

　　　　马尔多纳多,请原谅,

　　　　咱们改天再谈。

伊内丝　贝丽卡,我的好姐妹!

贝丽卡　王后在等我,让我走吧。

　　〔贝丽卡下场。

伊内丝　她走了! 是谁几乎就在昨天

　　　　告诉我那件事!

　　　　如果不是亲眼所见,

　　　　怎么可能相信。

　　　　上帝啊,这姑娘多么无情,

　　　　把过去忘得一干二净!

佩德罗　生活的变化

　　　　把山盟海誓全打消,

　　　　带来万千气恼,

　　　　惹出多少风暴,

　　　　许多年学到的礼貌

　　　　一小时内全部忘掉。

镇　长　佩德罗,在这里你怎么如此得意?

　　　　你交了什么好运?

佩德罗　如果我不看顾自己，

　　　　早已去见了上帝。

　　　　我已改换行当和名字，

　　　　这不是自己愿意，

　　　　而是幻想太多，只怨自己。

镇　长　你真是个想得开的人。

　　　　我是来领取

　　　　舞蹈的赏金，

　　　　那舞蹈原是你教的，

　　　　凝结着你的智慧和勇气。

　　　　如果世上没有跟班，如何得了，

　　　　我明白，像你这样的跟班

　　　　必将名扬千秋。

　　　　克莱门特和克莱门西娅

　　　　生活和谐，相亲相爱，

　　　　贝尼塔和帕斯夸尔

　　　　小日子过得火爆。

　　　　〔一名群众上场。

群　众　国王和王后陛下在等候，

　　　　好戏可以开场了。

佩德罗　咱们以后再谈。

群　众　喂，别再婆婆妈妈了。

佩德罗　诸位看官，国王和王后陛下

　　　　在里边等候，不可能让诸位

　　　　都进去观看我的作者

　　　　编写的喜剧，因为王宫卫队

持戟横枪,不让

任何观众进门。

明天在戏院另演一场,

只需花几个小钱,

就可以从头看到尾,

收场不是大团圆,

那是俗套看够了;

也不会是第一场姑娘刚出生,

第二场就有了个长髯儿子,

他冲锋陷阵,勇敢凶猛,

为父报仇又雪恨,

最后登上宝座当国王,

鬼知道他的王国在何方。

这类胡说八道

全是随便拼凑,

矫揉造作,花里胡哨,

伟大的鬼点子佩德罗就不干这一套。

(剧　终)